はじめまして、台湾の皆さま
本格ミステリとタイムトラベルのコンビネーションをどうぞお楽しみ下さい！

親愛的台灣讀者，初次見面
敬請享受這部融合本格推理與時空旅行的作品！

方丈貴恵

時空旅人的沙漏

時空旅行者の砂時計

方丈貴惠
HOJO KIE

李彥樺 譯

目錄

得獎感言

方丈貴惠

有幸榮獲第二十九屆鮎川哲也賞，在此致上最深的謝意。

我從小就是個愛幻想的孩子，一有空閒就會天馬行空地胡思亂想。隨著年紀增長，接觸越來越多的小說和電影，我的腦海不禁浮現一個疑問。

——怎樣的故事能夠讓讀者樂在其中，而且絕對沒有人看過？

打一開始，我就知道這是個幼稚、不切實際，窮盡一生也找不到答案的問題……但這個要命的問題如影隨形地纏著我不放，成爲我創作的原動力。

雖然我的能力還相當有限，不過在這部作品裡，我盡了最大的努力，希望創作出理想的本格推理故事。因此，獲得這樣的殊榮，我感到非常光榮。若是各位讀者能夠從中體會到閱讀的樂趣，對我來說就是最大的幸福。接下來我會繼續努力，還請不吝賜教。

最後，我想藉這個機會感謝諸位評審委員、東京創元社的編輯群，以及在背後支持著我的家人、朋友與大學推理研究會的成員。

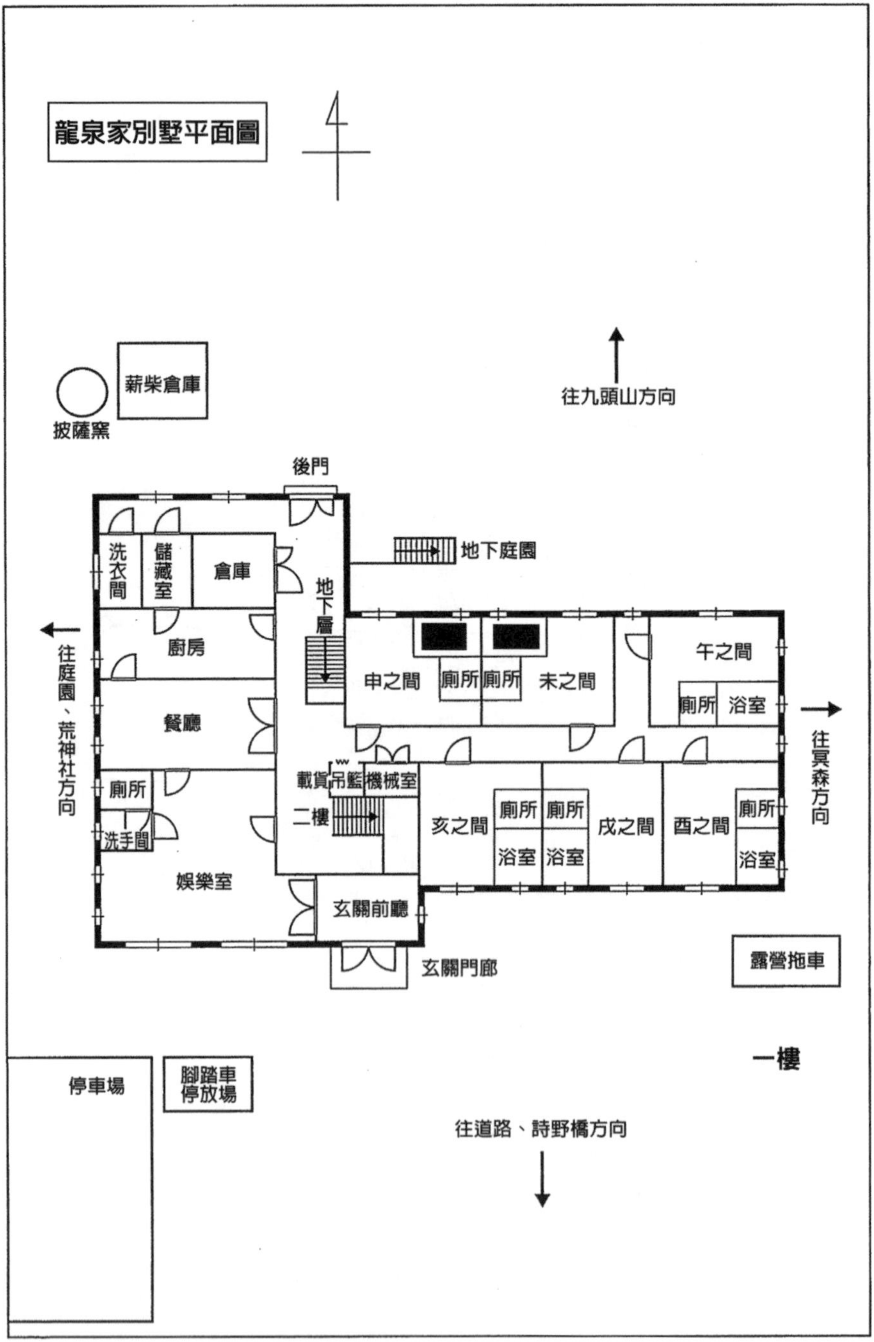
龍泉家別墅平面圖
薪柴倉庫
披薩窯
往九頭山方向
後門
地下庭園
洗衣間
儲藏室
倉庫
地下層
廚房
往庭園、荒神社方向
餐廳
申之間
廁所
廁所
未之間
午之間
廁所
浴室
往冥森方向
載貨吊籃
機械室
廁所
洗手間
二樓
亥之間
廁所
廁所
浴室
浴室
戌之間
酉之間
廁所
浴室
娛樂室
玄關前廳
玄關門廊
露營拖車
一樓
停車場
腳踏車停放場
往道路、詩野橋方向

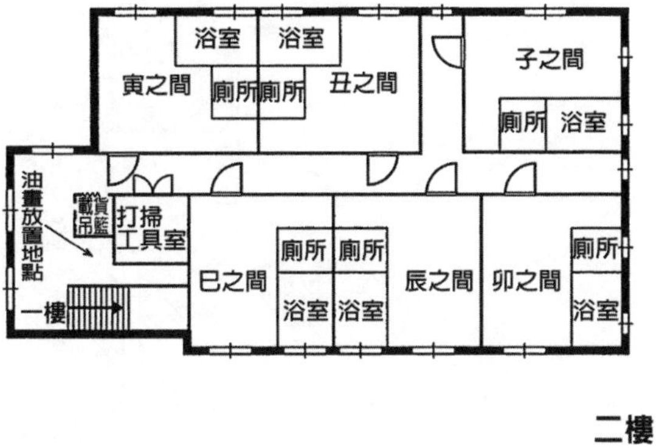
浴室
浴室
子之間
寅之間
廁所
廁所
丑之間
廁所
浴室
油畫放置地點
載貨吊籃
打掃工具室
巳之間
廁所
廁所
辰之間
卯之間
廁所
浴室
浴室
浴室
一樓
二樓

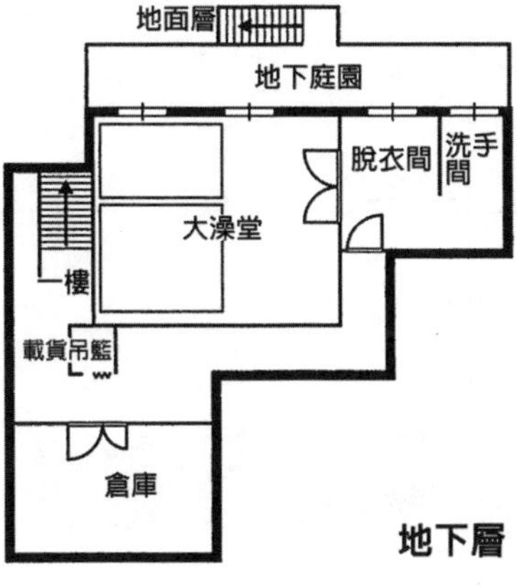
地面層
地下庭園
脫衣間
洗手間
大澡堂
一樓
載貨吊籃
倉庫
地下層

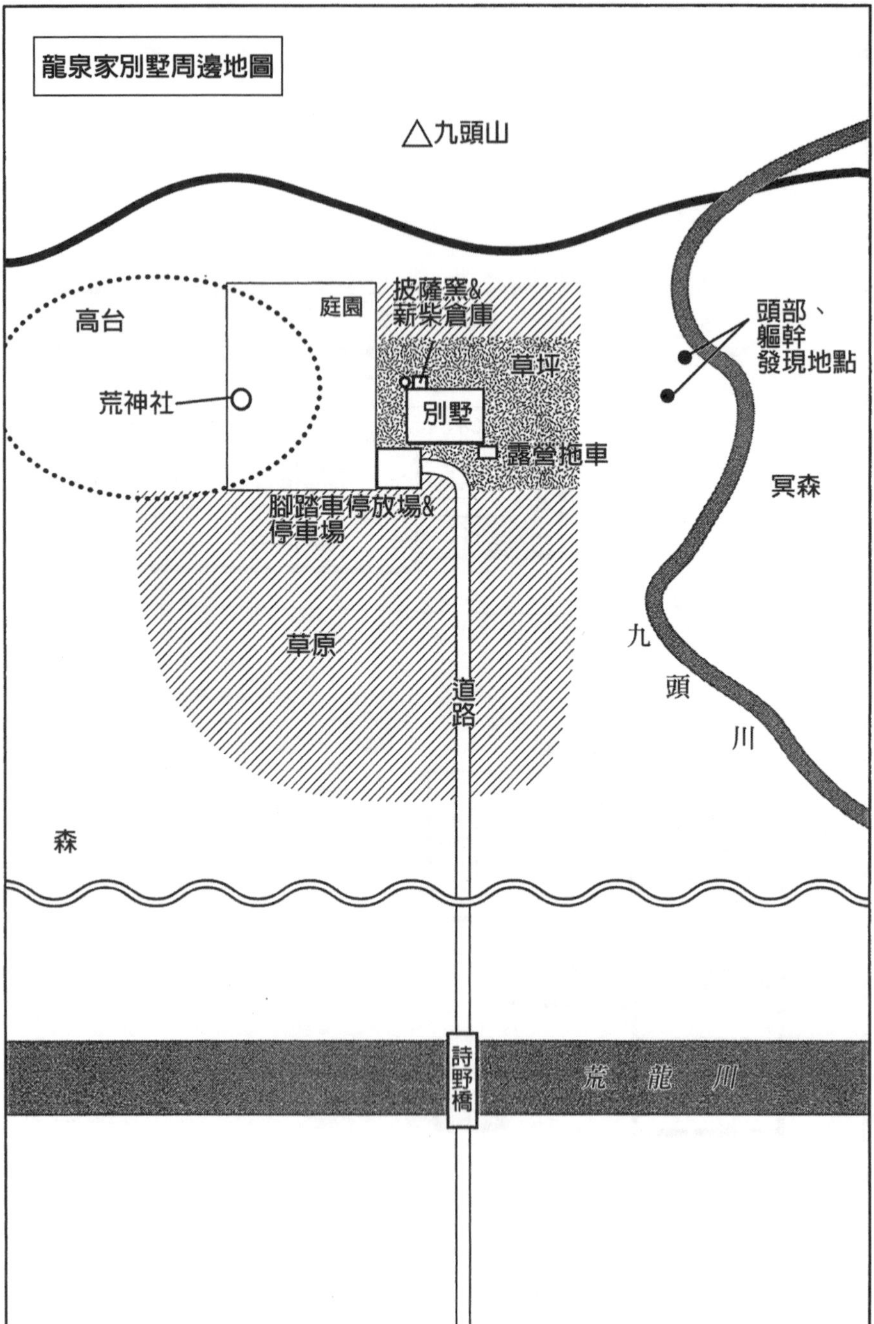
龍泉家別墅周邊地圖
△九頭山
高台
庭園
披薩窯&
新柴倉庫
草坪
荒神社
別墅
露營拖車
腳踏車停放場&
停車場
頭部、
軀幹
發現地點
冥森
草原
道路
九
頭
川
森
詩野橋
荒 龍 川

龍泉家人物關係圖

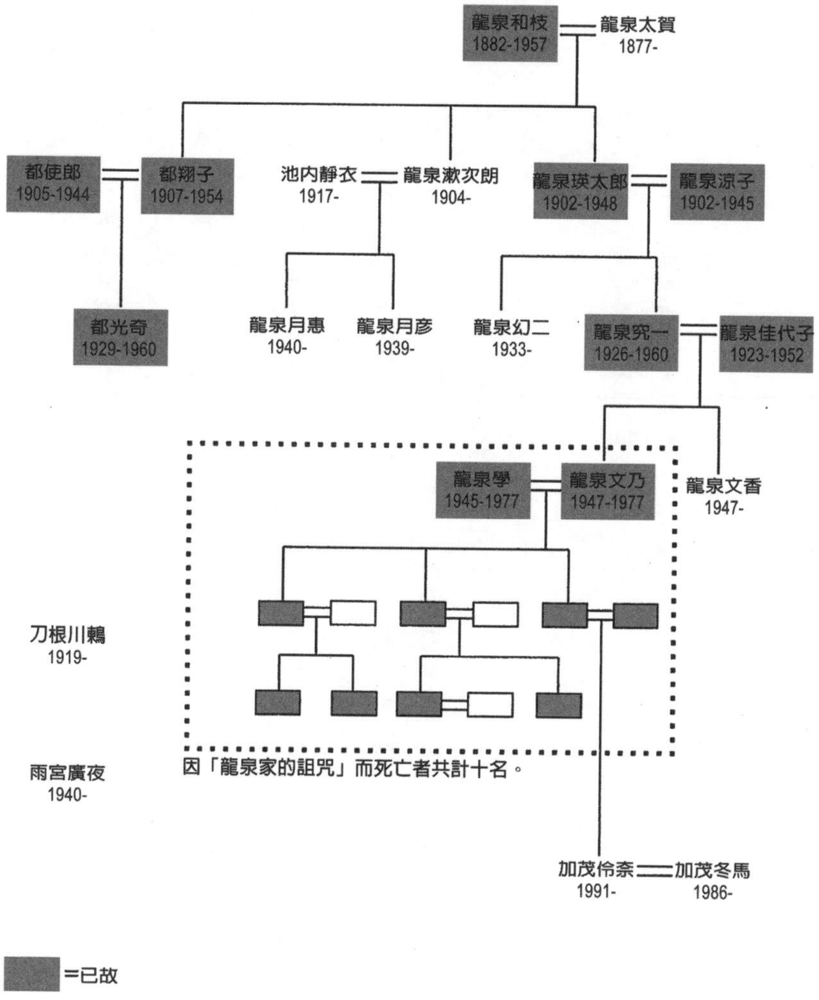
龍泉和枝
1882-1957
龍泉太賀
1877-
都使郎
1905-1944
都翔子
1907-1954
池内静衣
1917-
龍泉漱次朗
1904-
龍泉瑛太郎
1902-1948
龍泉涼子
1902-1945
都光奇
1929-1960
龍泉月惠
1940-
龍泉月彥
1939-
龍泉幻二
1933-
龍泉究一
1926-1960
龍泉佳代子
1923-1952
龍泉學
1945-1977
龍泉文乃
1947-1977
龍泉文香
1947-
刀根川鶇
1919-
雨宮廣夜
1940-
因「龍泉家的詛咒」而死亡者共計十名。
加茂伶奈
1991-
加茂冬馬
1986-
=已故

登場人物

龍泉太賀（83歲）：龍泉家的家主，房間爲辰之間。
龍泉文香（13歲）：太賀的長男（瑛太郎）的孫女，房間爲子之間。
龍泉幻二（27歲）：瑛太郎的次男，房間爲丑之間。
龍泉漱次朗（56歲）：太賀的次男，房間爲寅之間。
龍泉月彥（21歲）：漱次朗的長男，房間爲巳之間。
龍泉月惠（20歲）：漱次朗的長女，房間爲未之間。
龍泉究一（34歲）：瑛太郎的長男、文香的父親，房間爲申之間。
都光奇（31歲）：太賀的長女（翔子）的長男，房間爲戌之間。
刀根川鶫（41歲）：龍泉家的女傭，房間爲酉之間。
雨宮廣夜（20歲）：龍泉家的寄居者，房間爲午之間。
加茂冬馬（32歲）：時空穿越者，房間爲亥之間。
加茂伶奈（27歲）：冬馬的妻子，龍泉家的子孫。
麥斯達．賀勒（年齡不明）：時空穿越的引導者。

麥斯達・賀勒的序文

這是一個關於「詛咒」與「奇蹟」的故事。

主角加茂冬馬在一趟旅行中，遭遇難以解釋的神祕事件，並且挑戰解開背後的謎團。從此一角度來看，無疑是本格推理小說。

至於我是誰？我不是故事裡的華生，也不是故事的敘述者。對主角而言，我是引路人，也是旁觀者……既是他的瘟神，也是他的福神。雖然聽起來很矛盾，卻是千眞萬確的事情。

如今加茂冬馬的旅程已結束，我的職責也告一段落。但爲了讓各位讀者能夠充分理解這個故事，我再度擔任故事的引路人。打出本格推理小說的旗幟，我的立場當然必須客觀公正，是吧？

在此先聲明，我在故事裡沒有一句謊言，也不會做出任何欺瞞讀者的行爲。儘管我說出來的話大多突兀又荒唐，但各位不必擔心受騙。

或許有人會懷疑……故事裡的「麥斯達・賀勒」是假貨，言行中隱含著刻意誤導的敘述性詭計。

這一點請各位放心，故事裡登場的麥斯達・賀勒，確實就是我本人。

加茂冬馬緊緊握住妻子的左手。原本以爲只是小感冒，延誤了就醫時間，如今實在是後悔莫及。

「如果我更謹愼一點……」

躺在床上的伶奈神色憔悴，卻微笑著說：

「這不是你的錯。」

只不過說了短短一句話，她就弓起身子劇烈咳嗽。下一秒，固定在手指上的血氧飽和儀突然發出警示音。那意味著血液中的氧氣濃度已降低至相當危險的程度，但加茂除了輕輕撫著妻子的背之外，沒有辦法爲妻子做任何事。

伶奈的鼻子上裝著粗大的管子，那是高流量鼻導管，可將氧氣送進她的體內。由於肺部機能大幅衰退，一般的氧氣面罩已無法幫助她維持正常呼吸。這套高流量的供氧系統，能夠比較穩定地將氧氣送進她的肺部……然而，血液中的氧氣濃度仍不斷下降。

主治醫師認爲伶奈的體力恐怕會無法支撐，決定將她移往加護病房，進行氣管插管，並裝上人工呼吸器。

伶奈雖然咳個不停，還是努力想要說話。於是，加茂拿起粗簽字筆，讓她握在手裡。她顫抖著在加茂遞出的筆記本上寫下：

——我早就知道會發生這樣的事情，打從很久很久以前……

字跡非常凌亂。整間病房裡，只能聽見氣流產生器不斷發出淒涼的送氣聲。加茂咬緊牙關，勉強露出微笑。

「別擔心，妳馬上就會痊癒。」

加茂這麼說著，內心卻已有覺悟，這可能是兩人最後一次交談。插管的時候必須進行麻醉，而且如果病情繼續惡化，伶奈別說是開口，恐怕連提筆也沒有辦法。

伶奈仰望著加茂，雙眸因過高的體溫顯得濕潤，但她並未停筆。

——**龍泉家的詛咒，是絕對逃不了的**。

加茂想要反駁，卻察覺伶奈的眼底棲宿著一抹灰暗的絕望之色，頓時無法言語。

「對不起……我沒能好好保護妳……」

他最後吐出的這句話，微弱得幾乎連自己也聽不見。

「從痰和血液檢查的結果來看，造成肺炎的原因似乎並非傳染病。」

主治醫師如此告訴加茂。加茂剛剛到加護病房看了伶奈一眼，她正沉睡在各種螢幕與大型醫療儀器之間，身上連著人工呼吸器的管子。

「果然是間質性肺炎嗎？」

加茂問道。醫師面色凝重地點了點頭。

「根據電腦斷層掃描的結果，及症狀的惡化速度研判，很可能是特發性間質性肺炎中的急性間質性肺炎。」

間質性肺炎……在伶奈重病住院前，加茂根本沒聽過這種病名。在加茂原本的觀念裡，肺炎是細菌或病毒感染引發，是一種比較容易治療的疾病，只要施打抗生素或抵抗病毒的藥劑就能痊癒。

然而，伶奈罹患的肺炎，發炎部位相當特殊，與一般的肺炎並不相同。醫師向加茂說明，伶奈的免疫系統陷入失控狀態，開始攻擊自己的肺部間質。但爲什麼會發病，醫師也說不出個所以然。

病魔以驚人的速度侵蝕伶奈的身體。

起初，症狀類似一般的感冒，不料數天內咳嗽加劇，一星期後已陷入呼吸困難的狀態，甚至連走路也有困難。加茂趕緊將她帶往醫院接受檢查，一看X光片，發現她的雙肺下方都已變白。

當天伶奈立即辦理住院，短短五天後，也就是五月十九日，症狀便惡化到必須裝上人工呼吸器。

「目前你太太的情況，使用類固醇脈衝治療已得不到效果。接下來我將嘗試免疫抑制劑的脈衝治療，如果還是沒辦法阻止病情惡化，恐怕就會有生命危險……你可能要有心理準備，這三天是關鍵期。」

聽著醫師沉重的話語，加茂不禁感到一陣暈眩。

這幾天加茂在網路上搜尋相關資訊，明白醫師絕非危言聳聽。急性間質性肺炎的致死率高達六成以上，若類固醇發揮不了效用，治癒的機率更是渺茫。就連作爲最後手段的免疫抑制劑，都無法保證絕對有效。

聽完今後的治療方針，加茂簽署了一份答應讓醫療人員在加護病房內，基於醫療目的限制病患身體行動的同意書，便向主治醫師道別，走向停車場。

這是位於神奈川縣山區地帶的H醫療中心，停車場寬廣，加上星期六門診休診，顯得冷冷清清。旁邊的石壁上方是一片雜樹林，不時傳來鳥叫聲，反倒更讓加茂心煩意亂。

加護病房的探望時間有著嚴格的限制，下一次是下午兩點三十分。加茂打算趁這個空檔到外頭採買一些加護病房內會用到的生活必需品。加茂的智慧型手機上顯示爲十點五十分，算起來還有將近四個小時。

雖然腦袋很清楚現在應該做什麼，但加茂坐在汽車的駕駛座上，感覺身體完全提不起力氣，只能愣愣凝視著放在副駕駛座的公事包。

公事包裡露出了一疊資料，那是在伶奈住院前，由加茂負責推動的雜誌企劃案，名爲「呼喚幸福的都市傳說～奇蹟沙漏（暫訂）」。

「奇蹟沙漏……」

大約兩年前，社會上出現關於「奇蹟沙漏」的都市傳說，在社群媒體上引發不少話題。傳說的內容相當簡單明瞭，世上某個角落有一條沙漏形狀的項鍊，只要撿到便可實現一個願望。

如果眞的有那種沙漏項鍊，能治好伶奈的病嗎？或許是逃避現實，加茂抬頭望向加護病房所在的建築物二樓，竟萌生這樣的想法。

加茂的母親已過世多年，與父親又完全沒有往來，妻子是唯一的家人。妻子伶奈也是類似的情況，但伶奈會變得孑然一身，背後有特殊的理由……

「不可能，這世上哪有什麼詛咒。」

加茂喃喃自語，一邊將手伸向車鑰匙。

這時，手機鈴聲響起，加茂嚇一大跳。該不會是醫院打來通知伶奈的病情突然起了變化吧？這是加茂腦海浮現的第一個念頭，看見手機螢幕上亮著「未顯示來電號碼」這一排字，不禁鬆一口氣。雖然這種電話大多是惡作劇或推銷電話，但也可能與工作有關，於是他立刻按下通話鍵。

「有的。」

首先傳入耳中的是毫無抑揚頓挫的男聲。這沒來由的一句話，帶給加茂的不是驚愕，而是不耐煩。

「你要惡作劇，打給別人吧。」

「抱歉，我的說明不夠充分……龍泉家的詛咒確實存在。」

加茂不由得倒抽一口氣。這一瞬間，加茂已確定這不是一通隨機的惡作劇電話。

「什麼意思？」

「我並非故弄玄虛。你的妻子伶奈小姐舊姓龍泉，如同她的擔憂，繼承龍泉家血脈的人都受到詛咒。」

加茂的喉嚨深處發出一陣乾笑。

「眞是嶄新的挖新聞手法，你是哪家雜誌社的人？」

「我不明白你的意思。」

「你大概是某家三流靈異雜誌社的記者，探聽到我妻子的不幸遭遇，想趁機寫一篇怪力亂神的報導，對吧？你知道如果依正常的方式與我接觸，我一定會拒絕接受採訪。」

「恕我直言，那不是和過去的你一樣嗎？」

加茂一聽，頓時皺起眉。

「連這種事也查得一清二楚？看來你很閒。」

「……五年前，你在一家不入流的靈異雜誌社擔任記者。爲了採訪『龍泉家的詛咒』的相關內幕，你不斷糾纏龍泉伶奈，最後遭到報警處理，不是嗎？」

「我和妻子的相識過程確實不太浪漫，但那又怎樣？你在故意找碴嗎？」

「沒想到你們後來居然結了婚，世事眞是難以預料。」

「關你什麼事？」

加茂吐出這句話，正打算結束通話，對方又說：

「龍泉家原本經營製藥事業，早在二戰前就相當有名，戰後又和駐日盟軍（GHQ）建立良好的關係，甚至跨足食品製造業，成爲一大財閥。然而，一九六〇年八月，這個家族面臨第一起不幸事件。」

加茂當然不打算繼續聽對方囉唆下去，但按了結束通話鍵，手機卻毫無反應，似乎是當機了。

「N縣有個叫詩野的地方，當時有十名龍泉家的親戚和熟人聚集在詩野的別墅，準備爲老當家龍泉太賀慶生……沒想到卻在那有如陸上孤島的別墅裡慘遭殺害。」

加茂懊惱地看著動也不動的手機畫面說：

「這些往事，我比你還清楚。我無法操作手機，是不是你動了手腳？」

對方並未回答，兀自繼續道：

「雖然有幾個人成功逃出來，但禍不單行……接下來又發生土石流，他們全遭到活埋。當地報紙和雜誌在報導這起不幸案件時，總是喜歡使用詩野的老地名，把poetry的『詩野』改成death的『死野』。」

「這一連串事件，就被稱為『死野的慘劇』。你是不是想告訴我這件事？」

加茂一邊回應，一邊不斷嘗試結束通話。

「沒錯，原以為龍泉家的人無一倖免，但經過律師調查，發現太賀有個叫文乃的曾孫女，被偷偷交給太賀的朋友扶養，並未在慘劇中喪生。於是年僅十三歲的文乃，繼承龍泉家所有遺產……只是，除了龐大的遺產之外，文乃似乎連糾纏著龍泉家的厄運也繼承了下來。不到十年，她繼承的遺產就被騙得一乾二淨。」

「文乃是我妻子的祖母，這些我都知道，不必你來告訴我。」

「一九七七年，文乃夫婦遭強盜襲擊身亡。此後，龍泉家的子孫便一個接著一個慘遭不幸，失去生命。原因可說是五花八門，有的是遭到殺害，有的是遇上意外事故，有的是自殺……如今你的妻子成了龍泉家的最後一人。」

加茂不由得惡狠狠地瞪著手機。對方不帶絲毫感情的平淡語氣，反倒更加激起他心中的怒火。

「你是要告訴我，這些全是龍泉家的詛咒造成的？」

「你想想，文乃跟她的子孫及其配偶加起來共有十六人，當中有十二人在三十五歲之前死亡，這個數字在統計學上也頗爲異常。」

如果對方察覺他心中的不安，恐怕會更加糾纏不清……加茂這麼想著，勉強擠出冷靜的聲音：

「你搞錯了，只有十人。」

「我提出的數字非常精確，絕不會錯。」

「你在說什麼蠢話？」

「首先，文乃夫婦遭強盜殺害。接著，你妻子的父母死於車禍，伯伯和姑姑一個自殺，一個死於滑雪意外……四個堂兄弟姊妹中，一個不慎摔死，兩個死於車禍，還有一個遭隨機殺人魔殺害。」

「這樣算起來不是十人嗎？等等，你的意思該不會是……」

加茂臉色驟變，對著手機大喊。對方的話聲中帶著一絲笑意。

「沒錯，我連最近的犧牲者也算進去了。四個月前，你們的孩子流產。接下來，加茂伶奈也離死期不遠了。」

「開什麼玩笑！」

加茂舉起手機，奮力砸向車子前方的擋風玻璃，雙手抱住腦袋，喉嚨深處發出呻吟。

「怎麼會……有這種事……」

加茂結識伶奈，是在二〇一三年的夏天。當初加茂疑似違法入侵民宅遭警察逮捕，簡直是最糟的邂逅方式，但這場邂逅徹底改變兩人的人生。

當時，伶奈已把自己關在家裡超過半年以上。理由就在於兩個堂兄弟死於車禍，伶奈受到巨大的衝擊，害怕那是龍泉家的詛咒，陷入極度恐慌的狀態。

另一方面，爲了採訪靈異事件，加茂總是面不改色地前往最令人毛骨聳然的鬧鬼地點，而且不管做出任何褻瀆鬼神的行爲，都完全不當一回事。這種膽大包天的人，自然不會相信世上有什麼詛咒。

歷經一番波折，兩人開始交往，並在兩年後結婚。

加茂認爲，能夠與伶奈結婚簡直是奇蹟。因爲伶奈不僅外貌美麗，更有著比任何人都溫柔的性格。

相較之下，加茂卻是渾身充滿缺點。他的處事作風說得好聽是大膽，說得難聽是魯莽草率。高中時代，他經常跟人打架，不得不出動警察的次數多到數不清。原本他就不喜歡遵守規則，言行舉止乖謬……但伶奈包容加茂的一切，說就是喜歡這樣的他。

兩人的婚姻生活和睦融洽。或許是個性剛好相反的關係，自從跟加茂在一起，伶奈內心的恐慌不藥而癒。另一方面，加茂在待人處世上圓滑許多，認識加茂的人都說他彷佛變了一個人。

二〇一七年九月，伶奈確定懷孕。如果順利，預產期就在這個星期，但命運是殘酷的……懷孕第二十一週，伶奈忽然劇烈腹痛，就這麼流產了。

這不幸的遭遇導致伶奈的精神狀態再度惡化，不由得想起龍泉家的詛咒。不過，不能怪伶奈太脆弱，畢竟連根本不相信詛咒的加茂，也察覺內心深處萌生一絲理性無法扼抑的恐懼。

即使如此，兩人仍努力保持樂觀，嘗試走出失去孩子的傷痛。沒想到就在心情逐漸平復的時候，伶奈罹患急性間質性肺炎。

……不知何處隱約傳來說話聲，加茂不禁抬起頭。

掉落腳邊的手機雖然邊角出現小小的裂縫，但並未完全損壞。加茂拾起手機，又聽見混有雜音的說話聲。

「只要龍泉家的詛咒存在一天……悲劇就會持續……」

手機的部分機能似乎已毀損，聲音斷斷續續。加茂摘下黑框眼鏡，伸出右掌抹去眼角的淚水，接著打開手機的擴音功能。

「我知道未來會發生什麼事。」

不知是幸還是不幸，手機的擴音功能仍正常運作，對方的聲音刹時變得非常清晰。

「該不會是你向伶奈下毒吧？」

「絕對沒那回事。我並沒有殺死她的意圖，只是擁有特別的能力而已。」

「你不僅把我們的事情查得一清二楚，又駭進我的手機，顯然不是什麼奉公守法的人。」

手機傳來一陣幾乎不帶感情的詭異笑聲，好一會後，對方才接著說：

「想不想嘗試解除龍泉家的詛咒？如果有心一試，我會幫助你。」

「你能幫上什麼忙？伶奈的病可是……」

「能夠解開詛咒的人不是我，是你自己。只要你有所覺悟，任何事情都有可能實現。」

「……你到底是誰？」

「我叫麥斯達．賀勒。」

這突兀的回答，讓加茂一陣錯愕，但他馬上應道：

「麥克．安迪（Michael Ende）的作品《默默》（*Momo*）中的麥斯達．賀勒（Meister Hora）？那個時間管理者？」

「沒錯，那就是我。」

聽對方說得泰然自若，加茂也不想繼續追究下去。總覺得不管問什麼，都不會得到正常的答案。

「不知道我的覺悟有何助益，但只要能挽救伶奈的性命，不管什麼事情我都願意做……這個回答你滿意嗎？」

這是加茂心中最眞實的感受，同時他也好奇，對方又會說出什麼話。

「既然如此，你必須遵從我的指示，下車吧。」

加茂遲疑片刻，下定決心開門走出車外。麥斯達・賀勒不知道躲在哪裡觀察著他的一舉一動，旋即下達另一道指令。

「車子底下有樣東西，請撿起來。」

加茂依言跪在柏油路上仔細查看，剎時驚愕得忘了呼吸。

車子的前輪有一個沙漏，以非常薄的玻璃製成，裡面的雪白沙粒閃閃發亮。直徑不到一公分，高度約三公分。上頭連著一條長長的銀鍊，可掛在脖子上。

那東西的外觀，與都市傳說中的「奇蹟沙漏」一模一樣。

「我聽過一個跟沙漏有關的傳聞……就是像這樣的沙漏。」

「隨你喜歡怎麼想像都行……請掛在脖子上，然後找一個周圍一・五公尺內空無一物的地點。」

加茂帶著抗拒的情緒，聳了聳肩，把項鍊掛在脖子上。由於鍊條很長，沙漏垂到胸腹之間。

接著，加茂取出汽車的遙控鑰匙，將車子上鎖，轉身邁步而行。皮夾還放在公事包裡，但加茂思忖應該很快就會回到車上，所以沒有想太多。至於遙控鑰匙，則塞進褲袋。

離醫院越遠，停放的車輛越少，大約走了數十公尺，他便找到符合條件的地方，位在石牆附近。石牆上長滿青苔，枝垂櫻自上方垂下，嫩綠色的葉子極美。

加茂在距石牆超過一．五公尺的地方停下腳步，環顧四周，停車場上看不到任何人影。他不禁咕噥：

「那傢伙到底躲在哪裡偷看？」

可能是躲在其他車裡，也可能裝設了針孔攝影機，躲在其他地方看著監視螢幕說話。

「好，我們開始移動吧。」

「移動？我可沒答應要去別處。」

「你現在反對也沒用了，我們得回到一切的肇始之日才行。」

聽不懂這句話是什麼意思，加茂疑惑地低頭看著手機。不知何時，賀勒已結束通話。

「……搞什麼，到頭來只是一場大費周章的惡作劇嗎？」

加茂心裡很清楚，世上根本沒有所謂的奇蹟沙漏。然而，他卻忍不住期待這個沙漏真的能夠創造奇蹟。他暗罵自己愚蠢，竟被這種惡作劇要得團團轉。

轉身想回到車上的瞬間，加茂察覺不太對勁。低頭一看，沙漏裡的純白沙粒居然流動起來。

「這是……怎麼回事？」

那沙漏以透明玻璃製成，看不出隱藏著電子零件或機械裝置，卻散發如太陽般的強光，裡頭的沙粒也違背重力緩緩上升。

《龍泉文香的日記》

昭和三十五年（一九六〇）八月二十一日

明天就要替爺爺慶生，我好期待。

爺爺最令人敬佩的，就是他從不放棄希望。雖然他在長期住院後不良於行，平常只能坐在輪椅上，卻不曾在我們面前露出難過的表情。如今他依然無法行走，但日常生活中的大小事情幾乎都是自己處理。

不過，今天早上，爺爺沒別上他經常使用的珍珠領帶夾。我正感到納悶，他說從昨晚就一直找不到。

上午，我在讀幻二叔叔送的原文小說。

Alfred Bester寫的《*The Stars My Destination*》。叔叔送的書，每一本都相當有趣，我很喜歡。但光奇表叔十分壞心，老愛取笑我。每次看到我讀科幻小說，他就會說「那不是女孩子該讀的書」。

明明是表兄弟，光奇表叔卻跟爸爸一點都不像，跟叔叔也不像。不，這麼說似乎不太對。爸爸和光奇表叔外貌相似，但性格恰恰相反。爸爸不論何時都對我非常溫柔，我很慶幸自己不是光奇表叔的孩子。

讀完小說，我跑去找刀根川阿姨，她在準備午餐的三明治。

刀根川阿姨是料理的天才，能夠做出不輸任何餐廳的美味餐點，我其實一直偷偷仰慕著她。

中午，漱次朗叔公一家也到了。只是聽說今年池內嬸婆不會參加慶生。池內嬸婆是歌劇演員，目前正在羅馬進行《卡門》的公演。原本期待在庭園裡聽見她美妙的歌聲，眞是太可惜了。

漱次朗叔公瘦了許多。他和嬸婆離婚已步入第十三年，或許他也很期待與嬸婆久別重逢吧。另一方面，月彥堂叔卻說不必見到母親，鬆了一口氣。（有些字因髒汙而無法辨識。）

到了下午，我扮起偵探，想幫爺爺找出珍珠領帶夾，最後還是沒找到，不曉得放到哪裡去了。

今天的日記就寫到這裡，得早點睡才行。

昭和三十五年八月二十二日

我一點也不想寫日記，但躺在床上閉起雙眼，腦海就會浮現可怕的畫面。我從來不曉得，原來什麼事都不做也會如此痛苦。

所以，我決定把今天發生的事情寫下來。

我在六點醒來，感覺腦袋非常沉重。想再多睡一會，但實在睡不著，於是我在六點三十分前往餐廳。戶外陽光普照，我的腦袋卻昏昏沉沉。

下到一樓，娛樂室傳出說話聲，我嚇了一跳，沒想到這麼早就有人在裡面。偷瞧一眼，是漱次朗叔公、幻二叔叔和雨宮哥哥。

他們的臉色都不太好……似乎是熬夜了。昨天吃晚餐的時候，漱次朗叔公和月彥堂叔提到待會要下西洋棋。後來我才知道，下完棋，叔公又與幻二叔叔他們玩打了一整晚撞球。

刀根川阿姨今天準備的吐司和蛋料理依舊美味。

就在我喝著可可、吃著水果拼盤的時候，爺爺走進餐廳。今天是慶祝的日子，我和爺爺自然地聊起天。

吃完早餐，我走出餐廳，注意到玄關前廳似乎有點吵鬧。

我起了惡作劇的念頭，決定豎耳偷聽。誰教大人們談重要的事情時，總會把我趕走，說我還是個孩子。

玄關前廳的隔壁就是娛樂室。叔公他們不曉得跑到哪裡去了，娛樂室裡一個人都沒有，我趁機將耳朵貼在玄關前廳與娛樂室之間的門板上。

「我知道你們不相信……但究一堂哥眞的被殺了。」

爸爸被殺了？聽到這句話的瞬間，我的腦袋一片空白。

喘著氣通報這個消息的人，從聲音聽起來應該是月彥堂叔。

「除了我之外，月惠和雨宮也看到了。那個……該怎麼形容……我們看見究一堂哥的頭顱……」

當時我應該是發出了尖叫聲，一回過神，只見玄關前廳的門打開，幻二叔叔和雨宮哥哥探頭進來。

我不斷告訴自己「這是夢，醒來就沒事了」，但看著幻二叔叔蒼白的臉孔，漸漸明白這是現實。

不記得接下來發生什麼事，只知道我回到自己的房間。

或許是一口氣奔上二樓的關係，我不停喘氣，顫抖著從房門內側上鎖。

叔叔來到門外的走廊，問我「還好嗎」，但我只想一個人靜一靜，於是奔進浴室，不斷啜泣。叔叔叮囑我「待在房裡，絕對不要打開門鎖」，便離開了。

叔叔會這麼囑咐，大概是擔心殺害爸爸的凶手仍在附近。（以下有些字因髒汙而無法辨識。）

我不願意相信爸爸死了。

昨天我和爸爸沒有什麼機會交談。我有好多話想對爸爸說。我想告訴爸爸，昨天我在冥森散步途中看見鹿。我想告訴爸爸，關於叔叔送我的書的內容。我想再聽一次爸爸的聲音。我想向爸爸傳達心中的感謝。我想對爸爸說「我愛你」。

各種思緒占據胸口，我無法呼吸。

不曉得過了多久，幻二叔叔又來到房門前，問我能不能出去一下，但我實在沒有心情回應。

於是，叔叔接著告訴我：

「希望妳能冷靜聽我說……遭到殺害的不止是哥哥，連光奇表弟也被殺了。」

我不禁感到害怕，開了門，撲向叔叔的懷裡號啕大哭。叔叔溫柔地抱住我。

「文香，妳才十三歲，爺爺說最好別讓妳知道。但我認為什麼都不告訴妳，反倒殘酷。」

我點點頭，哽咽著說：

「我想知道全部的事。」

根據幻二叔叔的描述，我關在房裡的期間，湫次朗叔公去了一趟冥森，想確認爸爸是不是眞的死了。不料，他在冥森的小河邊，發現一具沒有頭部和四肢的軀幹。

起初，叔公以爲那是爸爸遺體的一部分……但同一時間，幻二叔叔查看爸爸的房間，也發現一具無頭的遺體。

經過確認，冥森裡的那具軀幹竟是光奇表叔。他的軀幹以外的部分，也就是頭部和四肢，在別墅地下室的大澡堂找到。

究竟是誰，對爸爸和光奇表叔做了這種讓我連寫出來都覺得殘忍的事？

「有人想傷害我們。最明顯的證據，就是對外聯繫的電話線被切斷了。」

幻二叔叔接著這麼說，我打心底感到恐懼。爲了讓我安心，他露出微笑：

「別擔心，我和漱次朗叔叔待會就去報警。等警察一來，馬上就會抓住凶手。」

叔叔離開後，我回到房間，重新鎖上房門。眼淚似乎又快掉下來，我連忙走進浴室。在浴室裡流再多眼淚，也不會有人發現，對我來說是最適合哭泣的地方。

不到一小時，幻二叔叔和漱次朗叔公回到別墅。當時正好是中午，我還待在房裡。後來得知他們的遭遇，我嚇得全身發抖。

有人對吊橋動手腳，車子一開上橋，橋身就斷了。叔叔和叔公雖然撿回一條命，但車子連同橋一起墜毀……這恐怕也是殺死爸爸的凶手幹的好事。只要弄斷那座橋，我們就無法離開這裡。

直到現在，我們仍不知道凶手是誰，也沒發現任何線索。爺爺要大家「躲進自己的房間，鎖上房門，熬過今晚再說」。我不敢一個人待在房裡，在刀根川阿姨的鼓勵下，才提起勇氣。

寫日記的過程中，我似乎漸漸恢復平靜。哭了一整天，我什麼也沒做。無論如何，一定要找出殺死爸爸和光奇表叔的凶手。

從明天起，我不會再哭泣。爲了爸爸，我必須堅強。

「這是什麼地方？」

加茂彎下腰，劇烈喘著氣。或許是處於驚慌的狀態，手腳隱隱發麻。

直到剛剛為止，他還在H醫療中心的停車場上。一眨眼，竟來到一個陌生的地方。眼前是修剪得整整齊齊的草坪，完全看不到停車場的柏油地面。

草坪另一頭是一片森林。不是格林童話中那種充滿異國情調的森林，而是日本各地常見的森林。遠方的山脈也一樣，給人一種似曾相識的感覺。

天空清澈蔚藍，照射在草坪上的陽光異常耀眼，穿著外套的加茂身上冒出涔涔汗水。樹木隨風搖曳的窸窣聲中，緊握在手裡的智慧型手機響起隱藏號碼的來電鈴聲。

加茂立刻接起電話，開啓擴音功能。

「這是目的地附近。」

「……你該不會是對我下了安眠藥，把我搬到這裡來吧？」

加茂緊緊握著沙漏，幾乎要捏碎。此刻沙漏已失去光芒，變得平凡無奇。剛剛散發那麼刺眼的強光，摸起來卻一點也不燙。

「請別隨便誣賴人。不用我說，你應該也看得出這是哪裡。」

聽到賀勒挑釁般的反駁，加茂疑惑地環顧四周。

為何只有他周圍的草坪上散落著薄薄的柏油碎片，加茂實在想不出個所以然。前方地上甚至掉落一根櫻花樹枝，斷口平整，似乎是以利刃切下。而且樹枝上長著不少鮮綠的嫩葉，可見才從樹上切下不久，但周遭根本一棵櫻花樹也沒有。

右手邊約八公尺遠的地方，停著一輛露營拖車。車型的設計充滿舊時代的風格，但車體看起來很新，或許是經典老車的重製版吧。

轉頭望向身後，不到十公尺的地方，有一棟氣派奢華的西洋式建築。壁面貼著仿磚風格的深色石板，整體給人的感覺有點像東京都立舊古河庭園（註）內的洋館。

抬頭仰望那棟建築的瞬間，加茂驚訝得瞪大雙眼。原本要開口說話，卻又吞了回去，仔細觀察整棟建築。

「我在某張照片上看過一模一樣的別墅……就是當初為了寫稿而著手調查龍泉家的詛咒時……」

加茂吞吞吐吐地說道。賀勒略帶調侃地回應：

「你猜得沒錯，就是詩野的別墅。」

加茂一聽，不由得驚叫：

「不可能！那棟別墅早在五十八年前就毀於土石流了，這肯定是另一棟建築！」

「不如換個角度思考？好比我們是來到遭土石流摧毀前的別墅。」

或許是對方說得有條不紊，加茂越想越荒謬，忍不住笑出聲。既不像是自暴自棄，

註：位於東京都內的一座庭園，原為古河男爵的宅邸，現為日本的國有財產。

也不像要掩飾心中的慌亂與憤怒。賀勒問：

「你在笑什麼？」

「或許可形容爲樂觀心態下的放棄抵抗吧……如果我不是被一個瘋子帶到模仿龍泉家別墅的建築前，就是靠著奇蹟沙漏的力量穿越了時空。」

「不論答案是哪一個，你都必須靠自己的力量離開這裡。既然如此，不妨聽聽我接下來要說的話。」

加茂嘆了口氣，應道：

「我知道你要說什麼。我回到一九六〇年，對吧？」

「沒錯。」

「這就是你所謂的『特別的能力』？」

「對，就是穿越時空的能力。若是你喜歡使用『奇蹟』這個字眼，也沒關係。」

加茂抹去額頭的汗水，脫下外套，仰望頭頂上的豔陽，說道：

「聽起來是無稽之談，但搞不好是眞的。」

「……你這麼輕易就相信了？」

賀勒似乎有些詫異。加茂低頭望向手上的智慧型手機，螢幕顯示的時間爲五月十九日上午十一點十四分。

「我剛剛所在的神奈川縣，正値氣候宜人的春天……這裡卻是盛夏。五月絕不可能有這種火烤般的陽光，也不可能這麼悶熱。按照常理推斷，我應該是移動到一個比日本本州更接近赤道的地方。」

「這推測很合理。」

「但要說這裡是外國，那些山巒和森林的景致又太像日本。既然地點沒有移動，那麼移動的便是時間。不管你是以藥物讓我昏迷好幾個月，還是眞的讓我穿越時空……唯一確定的是，你的所作所爲無法以常識臆測。既然如此，我只能選擇全盤接受。」

事實上，加茂得出此一結論的根據不止這些，但他故意不解釋。

「看來……挑中你是正確的決定。」

賀勒突如其來的一句話，令加茂愣了一下。

「我是被挑選上的？你沒說過這件事。」

「當然，若不是有能力解開詛咒的人，就算穿越時空，又有什麼意義？要是我找來的人不具備面對任何狀況都能臨機應變的柔軟心態，只會造成我的困擾。」

「我只是隨性了些，沒那麼了不起。」

加茂如此呢喃。

「挑上你的理由當然不止這點……你雖然不是警界人士，但十分擅長調查過去發生的案件。」

這的確是事實。

然而，認識伶奈後，加茂辭去靈異雜誌社的工作。親眼目睹有人因自己撰寫的報導受到傷害，加茂打心底厭惡起這份工作。

之後，由於加茂與月刊雜誌《懸案》的總編輯有些交情，獲得連載文章的機會。主題是「冤案」，與加茂過去處理的題材截然不同。

加茂以書信往來的方式，向自稱遭到冤枉的監獄受刑人進行採訪，重新審視受刑人背負的刑案。畢竟不是這方面的專家，加茂能夠查到的線索有限，但他仍盡力蒐集證據，以犀利的觀點爲案情提出新的解釋，不斷強調受刑人或許遭到冤枉。

這個連載企劃打一開始就獲得讀者好評。

連載數次後，受刑人的律師也展開行動，終於成功促使法院進行再審。以日本的司法制度而言，簡直是奇蹟。

法院決定再審的消息在網路上引發熱烈討論，甚至有深信親人蒙冤的受刑人家屬寫信給《懸案》編輯部，指名要向加茂請教問題。

然而，嚴格來說，促使法院決定再審的最大功臣是熱心的律師，而且還是運氣非常好才得以實現。加茂並非調查案件的專業人士，也不具備警察辦案的相關特殊知識。

「我是否具備你所說的才能，暫且擱在一旁，我更想知道這與挽救伶奈的性命有什麼關係？」

「你還不明白嗎？五十八年來折磨著龍泉家的詛咒，根源正是『死野的慘劇』……

想解開詛咒，必須阻止這場慘劇。」
賀勒語出驚人，加茂不禁抱頭苦思。
「爲什麼會得到這樣的結論？」
「不管你信不信，龍泉家的人會一個接著一個遇害，最終遭土石流活埋……如果你能阻止凶手行凶，讓龍泉家的人免於一死，就能徹底改變歷史。」
「只要改變歷史，詛咒就會消失？聽起來頗有道理……但我仍想不透其間的因果關係。」
「事態發展取決於你採取的行動，建議你凡事謹愼。好了，我們就談到這裡吧……」
賀勒輕描淡寫地想結束通話，加茂不禁大喊：
「等等，你打算把我一個人丟在這裡？」
「我是這麼打算，有什麼不對嗎？」
「太荒唐了，你要我阻止慘劇，到底該怎麼做？」
「帶你到這裡，就是我給你的機會。即使這是一趟有去無回的旅行，你也沒資格抱怨吧？」
聽到這句可怕的話，加茂臉色大變。
「……我再也沒辦法回到二〇一八年了？」

「我只是打個比方。如果你成功阻止慘劇發生，我可以把你帶回原本的時代。」

電話另一頭的男人說得斬釘截鐵，加茂仍心存懷疑。但最後加茂放棄抵抗，癟著嘴說：

「不管怎樣，總之我是逃不掉了。」

「沒錯，你唯一的選擇，就是照我的話去做。」

「我並不打算逃走。只要阻止『死野的慘劇』就行了，對吧？爲了救伶奈，任何事情我都願意做。」

「很明智的判斷，祝你順利成功。」

雖然是一句激勵之語，聲音卻不帶一絲溫度。加茂有氣無力地笑了笑，放棄揣測對方的企圖。

「對了，我想先確認一件事……穿越時空的劇情不是常會有一些禁忌嗎？例如不能讓任何人知道我是未來的人，或是未來會發生什麼事之類……」

「沒錯，將未來的資訊提供給過去的人，是一種非常危險的行爲。因爲很難預測這麼做會對歷史造成什麼影響。」

加茂聞言深深點頭：

「果然不出我所料，『爆雷』是嚴禁事項。」

接著，加茂抬頭仰望詩野的別墅說：

「可是，會不會爲時已晚？」

*

加茂凝視的方向，是別墅二樓右側的某扇窗戶。

像是呼應著他的話，一名少女出現在打開的窗邊。那少女的眉眼分明，髮型是俗稱的妹妹頭，十分可愛。由於窗口裝設著黑色欄杆，看不清表情。

第一次抬頭仰望別墅的時候，加茂便注意到這名少女……不過，兩人的視線一對上，少女立刻躲了起來。

看見少女那張驚愕的臉，加茂便懷疑自己或許眞的穿越了時空。因爲她與當初調查資料時看見的龍泉家少女長得一模一樣。加茂決定坦然接受賀勒的話，也是發現這名少女的緣故。

「我們的對話，她似乎全聽見了。」

「眞是可愛的竊聽者……這樣的狀況不在我的預期內。」

賀勒使用「可愛」這個字眼。光從這一點，便可得知他躲在某處偷看。加茂心想，或許掛在脖子上的沙漏項鍊，內部有什麼機關吧。片刻之後，少女以微微顫抖又幾乎難以聽見的聲音說道：

「剛剛那是jaunting嗎？你是瞬間移動到這裡？」

少女的話中出現一個陌生的英文單字，加茂一時不知如何應對。

「她似乎以為這是jaunt能力。」

聽了賀勒的說明，加茂依然一頭霧水，不禁皺起眉問：

「那是什麼？」

「阿爾弗雷德·貝斯特（Alfred Bester）的科幻小說裡，提到的一種瞬間移動的超能力。小說裡的人都可自由自在地使用這種超能力。」賀勒進一步解釋。

「其實，我最近剛讀完《The Stars My Destination》。」少女說道。

「妳讀的是原文書？」賀勒問。

「對……那塊白色板子，應該就是未來的無線電通話機吧？」

完全恢復冷靜的少女，目不轉睛地盯著加茂手中的智慧型手機。從這句話聽來，她似乎相信賀勒的聲音並不是加茂以腹語術在說話。不管是瞬間移動，還是會說話的板子，少女竟一臉理所當然地照單全收，約莫是孩童的純真與想像力發揮了作用。

看著這名奇妙的少女，加茂輕咳一聲：

「抱歉打擾你們聊天，但我得趁其他人還沒發現，找個地方躲起來。」

「請不用擔心，除了我以外，大家都聚集在餐廳討論事情。啊，叔叔他們出門去了，短時間內不會回來……拜託，在原地等我一下。」

少女用力關上窗戶，消失在房間深處。

加茂正拿不定主意該不該逃走，少女已氣喘吁吁地奔了過來。只見她穿著無袖的茶褐色格紋連身洋裝，約莫是國中生的年紀，五官仍帶著稚氣，身高不到一百五十公分。

「你們剛剛說的是眞的嗎？龍泉家受到詛咒，將會發生土石流？」

加茂沒辦法回答這個問題。近距離一看，少女的容貌與伶奈莫名相似，雙眼卻哭得紅腫。加茂心中隱隱作痛，一時說不出話。

賀勒代替他應道：

「能不能告訴我們，妳叫什麼名字？我是麥斯達．賀勒，他是加茂冬馬。」

聽到賀勒的名字，少女沒有特別的反應。加茂旋即想到，文香生活的年代比《默默》的成書年代更早。她不可能讀過這本書，當然也不會知道「賀勒」這個名字的出處。

「我嗎？我叫龍泉文香。」

加茂聽過這個名字。不僅因爲她是伶奈的祖母文乃的雙胞胎姊姊，更是因爲她在「死野的慘劇」中具有重要的意義……她是這場慘劇的「紀錄者」。

藉由她遺留的日記，世人才得以明白龍泉一家在別墅裡遇上什麼事。

事實上，她的日記能夠被世人發現，幾乎是奇蹟。

「死野的慘劇」發生後，別墅涵蓋的所有區域都遭土石掩沒，唯獨一座名爲「荒神社」的神社倖存。日記與少女的遺體，就是在距離荒神社不遠處的土裡被人發現。

在加茂生活的未來，這是一件早已發生的事。眼前的少女，照理來說也將面臨相同的命運。

加茂瞪著手機問：

「賀勒，這是怎麼回事？爲什麼她哭紅了眼？而且，聽到有人想暗算龍泉家，她怎會什麼也沒問？你到底……把我帶到幾月幾日？」

「今天是一九六〇年八月二十二日，詳細時間我也不清楚。」

見文香點了點頭，加茂咬牙說道：

「太晚了，我記得八月二十一日晚上已有人犧牲。」

聽見這句話，文香剎時眼眶含淚，斷斷續續地說：

「沒錯……我爸爸……和光奇表叔都……」

「眞是古怪。根據書庫的紀錄，第一起事件應該是發生在八月二十三日的深夜。」

賀勒冷靜地說，加茂再度瞪著手機應道：

「你就只有這句話？」

「不然我還能說什麼？你居然記得數年前調查的資料內容，記憶力實在驚人……我是否該這麼說？」

「少開玩笑！如果不是你搞錯抵達的時間，或許我有辦法拯救她的父親。」

「不無可能，但反正凶手還會繼續殺人，你有充足的時間查出眞相。」

「你這個冷血的傢伙！謀害龍泉一家的凶手，該不會其實是你吧？」

加茂不快地說道。手機傳出低沉的笑聲：

「沒那回事，我只是個單純的引導者而已。」

「我想……如果你們再一次穿越時空回到昨天，是不是就能解決這個問題？」

文香如此說道。加茂吃驚地抬頭看著她。雖然她哭得雙眼紅腫，卻依然能夠冷靜分析當下的狀況。

「的確，既然能夠穿越時空，只要在這幾天不斷來來去去，要找出凶手的身分應該不難。根本沒必要按照正常的方法追查眞相，甚至還可在凶手犯案之前就加以逮捕。」

電話另一頭的賀勒深深嘆了一口氣。

「人類爲什麼總是如此愚蠢又高傲？才剛爲見證奇蹟感動，又開始期待下一個奇蹟。」

文香一聽，剎時滿臉通紅，加茂卻只是哼笑一聲：

「『奇蹟』這個字眼眞是好用，可惜我從來不相信那種東西。你既然能做到一次，就一定能做到第二次。」

賀勒沉默半晌，放棄堅持似地說：

「很抱歉，可能要令你們失望了。信不信由你們，我並非無所不能……穿越時空之後，要進行第二次穿越，至少必須間隔十二小時。」

文香咬著嘴唇沉思一會，再度開口：

「十二小時不算久。等十二小時過去，再回到二十一日早上如何？」

「那也不行……爲了避免繼續浪費時間，看來我得向你們解釋『穿越時空的四項限制』。」

「怎麼，穿越時空有四個缺點？」

加茂揶揄道。賀勒沒理會他的挑釁，接著說：

「第一項限制就是我剛剛提到的，兩次穿越必須間隔十二小時以上。」

「那未免太不巧了，聽起來像是不想讓我們利用這個能力的藉口。」

「這純粹是技術上的問題。穿越時空會耗費龐大的能量，要將能量補充回來得花一點時間。」

「好吧、好吧，暫且當你說的是眞的好了。第二項呢？」

「第二項限制，那根櫻花樹枝就是最好的例子……加茂，出發前，我給你什麼指示？」

「你要我移動到周圍一．五公尺內空無一物的地點。」

「看來，你似乎沒注意到頭頂上方，證據就是這根樹枝和你一起穿越了時空。」

加茂以右手拾起掉落在草地上的樹枝。那是一根垂枝櫻，上頭長滿鮮綠色的嫩葉。

櫻花樹只有在五月才會長出這樣的嫩葉，與此地盛夏的季節並不相符。可見這根樹枝和加茂一樣，是不屬於這個世界的東西。

同時，加茂腦海浮現H醫療中心停車場周圍的那些垂枝櫻。

「難道半徑一．五公尺內的東西都會一起穿越時空？」

「不完全正確。我能夠進行時空穿越的最小單位，是邊長三公尺的立方體……這次移動，我將你腳下的地面設定爲立方體底面的中心點，因此在你頭上三公尺以內的樹枝，便跟著移動。」

「這麼說來，我的腳邊散落著不少柏油碎片，也是因爲停車場的部分地面和我一起穿越時空？」

「沒錯……第三項限制，是關於目的地的誤差。」

「你的意思是，沒辦法精準移動到特定的位置？」

「很遺憾，畢竟時間與空間的關係有著不確定性。」

加茂與文香互望一眼，確認聽不懂的人不是只有自己。加茂不耐煩地說：

「什麼嘛，既然號稱『奇蹟沙漏』，關於穿越時空的說明不能更夢幻一點嗎？」

「很抱歉，我天生有著理論派的性格……時空的穿越帶有隨機性質，如果要精確鎖定位置，時間的誤差就會變大；如果要精確鎖定時間，位置的誤差就會變大。」

文香眨了眨眼，顯然聽得一頭霧水。加茂苦笑道：

「我在Discovery頻道上看過量子力學的專題介紹。組成物質的基本粒子，似乎也有這樣的性質？」

「你指的是不確定性理論吧？如果要同時觀測基本粒子的位置和運動量，觀測值總是會帶有不確定性……話說回來，不過是在電視節目上看過一次，你居然記得這麼清楚，眞是了不起的記憶力。」

「嗯，只要看過或聽過，大部分的事情我都會記得。」

「只要認眞回想，你就能正確想起調查過的所有資料內容？這樣的話，或許可期待一下你的表現。」

聽不出是讚美還是揶揄，加茂不禁皺起眉。賀勒毫不理會加茂的反應，繼續道：

「說明第三項限制之前，我想問你們一個問題……進行時空穿越，最需要精準掌握的數值是什麼？」

加茂雙手交抱胸前，思考片刻後開口：

「這個世界可視爲四次元的時空，也就是三次元的空間，再加上時間。說得簡單一點，就是左右、前後、上下，以及時間。將這四個數值分別設定爲x軸、y軸、z軸、t軸，便能定義出這個世上的一點。」

「移動的目的地若是在地球上，還必須考慮到緯度、經度和標高的問題。」賀勒說道。

「如果要從這裡面選，應該是標高吧……如果移動到一百公尺的上空或一百公尺的地底下就糟了。不是摔死，就是活埋，甚至是與目的地的泥土合為一體。」

賀勒聽了發出一陣竊笑：

「其實能夠穿越時空的，並不限於人類。範圍最大為邊長六公尺的立方體，在這個範圍內，任何物體都能和人類一起移動。」

「哦，那小型飛機也可以嘍？」

「只要裡頭有人。不過，萬一真的移動到地底深處，就算沒死，也會很麻煩……你說對了，標高的正確性格外重要。」

文香微微歪著頭問：

「但將剛剛說的限制納入考慮，要讓標高非常精準，其他的部分是不是就會產生不確定性？」

「沒錯，就算決定目的地，也會產生一定程度的誤差。誤差的大小是機率問題，無法事先得知。」賀勒回答。

「誤差的範圍有多大？」

「緯度與經度在正負五公尺內，時間在正負兩小時內。」

加茂不禁瞇起黑框眼鏡下的雙眼，「這樣的誤差不知道該算是大還是小。」

文香愣了一下，轉頭看著加茂問：

「只不過是五公尺和兩小時，應該沒什麼大不了吧？」

「但根據這傢伙的說法，穿越時空並不安全。就算是小小的誤差，也可能造成極大的影響。」

加茂瞪了手機一眼。這傢伙居然在完全沒有告知的情況下，讓他進行回到過去這麼危險的行動。賀勒滿不在乎地應道：

「沒錯……時空移動在機制上已考量到室外的情況，目的地的空氣微粒或雨滴大致不會造成影響。但如果是移動到牆壁裡、泥土中，或是另一個人的身上，便另當別論。最糟的情況，連細胞都會融合在一起，內臟……」

「夠了，我不想聽。」

「最後的第四項限制，則是關於時間悖論（time paradox）與世界的安定性問題。」

加茂一聽，立即揚起嘴角。

「果然提到穿越時空，就會涉及時間悖論。這個相當有名，例如回到自己出生前，殺死父母，便會產生因果矛盾，對吧？」

「你提出的這種時間悖論，只要小心行事，要避免並不困難。更重要的是遵守大原則，在相同的時間裡，不能存在兩個相同的人。」

文香疑惑地低喃：

「意思是，我不能回到過去？」

「妳說到重點了……你們可能會感到意外，其實同樣是穿越時空，前往未來比前往過去容易許多。」

「嗯，現在的我一旦進行時空穿越，我就不會存在於接下來的時間中，因此不會出現有兩個我的未來。」

「相較之下，前往過去卻是違逆時間流動的不自然行爲，容易破壞世界的安定，造成時間悖論。」

加茂半信半疑地看著手機問：

「但我不是成功回到過去了嗎？這又是怎麼回事？」

「因爲目的地是在你出生前的過去，不會直接造成時間悖論。如果是回到不久前的過去，就非常危險了。」賀勒解釋。

文香嚥了一口口水，問道：

「要是我回到三個小時前的過去，會有什麼結果？」

「在三個小時前的世界，會同時存在『現在的文香小姐』和『三個小時前的文香小姐』。然而，相同時間裡，同一個人不可能有兩個，因此必定會引發時間悖論……以電玩遊戲來比喻，就像是嚴重當機導致的異常現象。」

文香聽得似懂非懂，加茂則點頭應道：

「噢，就是遊戲完全當機，沒辦法繼續玩下去的狀態？如果是遊戲機，只要重新開機多半會恢復正常，但現實世界沒那麼容易吧？」

「現實世界不需要重新開機。『她』擁有自我修正的能力，馬上會排除矛盾。」

加茂與文香不禁對看一眼。

「『她』是指誰？」

「就是這個世界。用『她』來稱呼，只是一種比喻。」

「嚇我一跳。沒事突然擬人化做什麼？」

面對加茂的吐槽，賀勒不滿地反駁：

「以帶有人格的主詞來描述這個世界，有什麼奇怪？」

「或許你沒察覺，但真的很奇怪。」

「……總之，這個世界會讓即將與『現在的文香小姐』見面的『三個小時前的文香小姐』消失。這麼一來，進行時空穿越的『現在的文香小姐』也會跟著消失，矛盾便不會發生。這就是世界的自我淨化作用。」

文香嚇得嘴唇發白，問道：

「意思是，世界回到三小時前，雖然仍正常運作，我卻會消失？」

「沒錯，會變成一個妳不存在的世界。」

場面頓時陷入沉默。遠方隱約傳來說話聲，但實在太細微，難以判斷是不是聽錯。

半晌，加茂開口：

「雖然文香沒辦法回到昨天的世界，不過我可以吧？」

「你並不存在於昨天的世界，就算回到昨天，也不會出現我剛剛提到的矛盾現象……只是，如果你這麼做，世界還是會失去平衡。」

「爲什麼？」

「光是你來到『這裡』，就對世界造成非常大的影響。如今世界處於不安定的狀態，你應該能夠理解吧？如果又回到這麼近的過去，再次產生影響，世界將會陷入極度危險的失衡狀態。」

「只不過是對過去進行兩次干涉，就會這麼嚴重？」

賀勒遲疑片刻，才緩緩說道：

「我將現在的所有狀況納入考量，進行一次模擬計算……根據計算結果，如果你回到昨天，再度改變過去，世界會陷入即使自我淨化也無法挽回的失衡狀態，最壞的情況，世界可能會毀滅。」

文香一聽，眼眶又泛出淚水。

「這表示我爸爸不可能得救？」

「是的，我不能爲了救兩個人的性命，讓整個世界陷入危險。」

面對這殘酷的答案，文香忍不住掩面哭泣。看著那微微顫抖的肩膀，加茂不由得心生不忍。

與加茂和賀勒的相遇，改變了文香的命運，讓她的心底萌生一絲希望。既然他們穿越時空來到這裡，一定有辦法拯救父親……如今希望破滅，她嘗到第二次的絕望。

看著一臉哀戚的文香，加茂驚覺介入這些人的命運，不見得能幫助他們，搞不好還會導致未來朝著不妙的方向發展。如果無法阻止接下來將要發生的那些事，恐怕會釀成更大的不幸與絕望。

話雖如此，總不能就這麼罷手。

加茂輕輕吸了一口氣，說道：

「我明白現在不是說這種話的好時機……但希望妳聽聽我的想法。確實有人企圖加害你們龍泉家的人，接下來會有更多人被殺。到了二十五日，將發生土石流，所有人都會被活埋。不僅如此，龍泉家的詛咒會繼續下去，會有更多人送命。」

文香並未抬頭，只是哭個不停。加茂其實很想安慰她，卻接著說：

「或許妳會認為我們既然是未來的人，應該知道凶手是誰，但這起案子後來變成懸案，沒能查出眞相……我們必須採取行動，才能改變未來。」

好一會，她才緩緩抬頭問：

「加茂先生……你是爲了救我們才來到這裡？」

文香含淚的雙眸直視著加茂，他有些不知所措地回答：

「可以這麼說，但我不是妳期待的那種厲害人物。」

文香目不轉睛地看著加茂。面對這無言的詢問，加茂小心翼翼地說：

「我也不知道自己是如何來到這裡。我沒有任何計策可以拯救你們，甚至不曉得自己有沒有足夠的能力……不，應該沒有。」

賀勒忽然出聲調侃：

「眞是意外，沒想到你也會用這麼謙虛的口吻說話。」

加茂沒有理會，繼續道：

「但我不能退縮，因爲我必須救妻子伶奈。」

「你的妻子？」

「其實，妳有一個從小分離的雙胞胎妹妹。」

文香一聽，瞪圓一對大眼。加茂接著說：

「妳妹妹從小就被送到別人家養育，詳情我也不清楚。不過，正因如此，她沒有在這場慘劇中遇害。伶奈是她的孫女，爲龍泉家的詛咒受盡折磨……賀勒告訴我，想挽救伶奈的性命，必須阻止這場慘劇。不知道我能不能成功，但我答應妳，會盡力保護妳和妳的家人……爲了防止更多人遇害，我需要妳的協助，妳願意幫忙嗎？」

文香緊握雙手，注視著加茂的眼眸。這次加茂不再避開她的視線。大約沉默十秒，文香點點頭：

「好，我明白了。我也想救我的家人。」

此時，賀勒再度插嘴：

「這樣眞的好嗎？加茂是突然出現的可疑人物，一般來說，會先懷疑他就是殺人凶手吧？」

「賀勒，你到底站在哪一邊？」

這麼大喊的同時，加茂也有些不安。少女願意提供協助，一定是沒想到賀勒提及的這種可能性。聽賀勒這麼一說，她很可能會改變心意。然而，文香卻抬頭看著他，說道：

「我親眼目睹加茂先生瞬間移動，我相信他是來自未來的人。」

手機另一頭的賀勒繼續挑起風波：

「既然是未來的人，就更危險了。妳怎麼知道，他不會利用我的能力行凶？」

「他看起來不像在撒謊。」

「文香小姐，相信直覺是最愚蠢的行爲。」

「我不這麼認爲……一聽到爸爸被殺，我立刻猜想凶手可能是自己人。直到現在，我依然心存懷疑。」

加茂吃了一驚，這實在不像是一個國中女生的思路。

「有什麼根據嗎？」

加茂一問，文香慌忙搖頭：

「沒有具體的理由，只是一直有這樣的感覺……所以在事情演變到無法挽回的地步前，我必須做出選擇。」

「什麼選擇？」

賀勒以有些冰冷的口吻問道。文香想也不想地回答：

「選擇將加茂先生當成嫌犯抓起來，還是選擇相信他，跟他一起阻止凶手繼續行凶……我選擇相信他。」

手機彼端傳來一陣輕笑。

「下了這麼大的決心，很好……加茂，恭喜你得到一個好幫手。」

儘管賀勒最後這麼說，加茂仍不明白他爲什麼要故意以言詞試探文香。正想開口詢問，頭頂上傳來拉開窗戶的聲響。加茂趕緊將手機放進胸前口袋，抬頭一看，剛剛文香所在的房間出現一個男人。

「文香，妳在哪裡？」

房裡的年輕男人呼喊著，湊向窗邊的欄杆。發現站在建築物附近的加茂和文香，他驚訝地瞪大雙眼。文香望向二樓，悄聲囁嚅：

「怎麼辦，是幻二叔叔……」

文香的叔叔比加茂年輕五歲左右，應該不到三十歲。看見文香的瞬間，他露出鬆了口氣的表情，但注意到她身邊的陌生男人，又尖聲大喊：

「我不是說過，不要離開房間嗎？文香，立刻進屋，別靠近那個人。」

「可是……」

叔叔似乎察覺文香不肯服從他的指示，轉身回到房裡。加茂不禁苦笑：

「妳剛剛不是說，其他人都在餐廳討論事情？」

說出這句話的同時，加茂想起「死野的慘劇」的相關資料中，確實有「龍泉幻二」這個名字。

叔叔出現在她的房間，文香似乎也很驚訝，取出懷錶看了一眼。那是個銀色懷錶，上頭刻著一條抽象化的龍。

「現在才十二點，叔叔到最近的派出所報案，怎會這麼快回來？唉，如果我記得鎖上房門，就不會被發現了。」

她埋怨著自己，一邊無意識地轉動懷錶上的旋鈕。那似乎是必須手動上發條的錶，不停發出吱吱聲響。

「幻二這麼快就回來的理由，我大概猜得出來……爲了防止龍泉家的人離開詩野，凶手破壞了詩野橋。至少在我知道的未來，留下這樣的紀錄。」

聽著加茂的話，文香眼神中流露一絲懼意。就在這時，不知何處傳來粗魯的開門聲，一個瘦削的年輕人走過來。

加茂看過龍泉家的大合照，上頭確實有這個年輕人。雖然五官端正，但與容姿秀麗的文香不太像，比較接近傳統日本人樸實的形象。

年輕人身上的服裝相當休閒，灰色運動衫搭配黑色牛仔褲。一頭亂翹的頭髮，隨性撥到腦後。這樣的打扮，即使在二〇一八年似乎也不奇怪。

幻二大概是從二樓一路衝來，氣喘吁吁地問：

「文香，妳沒事吧？」

「我沒事，這位是……」

不等文香介紹，幻二已朝著站在她身旁的加茂上下打量。加茂的身高接近一百八十公分，幻二則矮了約十公分，然而，幻二卻給人一種高高在上的錯覺。或許是幻二雖然年輕，卻已習慣擁有比他人更高的身分地位。

「你是文香的朋友？」

幻二的語氣溫和，眼神卻流露強烈的敵意，彷彿加茂說錯一句話，他馬上就要採取行動。不過倒也難怪，在這種情況下，任何人看見姪女的身旁出現可疑人物，都會再三提防吧。

加茂猶豫著不知該如何化解誤會，文香搶先開口：

「這位是加茂冬馬先生，他是東京有名的私家偵探。」

聽她說得一臉認真，加茂心中一驚，忍不住劇烈咳嗽。

「偵探？」

幻二面露詫異之色，輪流望著不停咳嗽的加茂和實在非常不會撒謊的文香，接著提出質疑：

「偵探來我們的別墅做什麼？」

加茂還沒回答，不遠處傳來一道陌生的話聲：

「……到裡面來談吧。」

只見一位西裝筆挺的紳士，從建築物的後方走出來。天氣如此炎熱，他卻整整齊齊地穿著米黃色西裝。年紀大約五十五歲，身高超過一百七十公分，嘴上的鬍鬚已有些花白。

然而，看見紳士握在手中的東西，加茂心頭一震。那是一把獵槍。幻二驚訝地問：

「漱次朗叔叔，你怎麼把獵槍拿出來了？」

「我聽見你匆匆忙忙奔出門外的腳步聲，爲了安全起見，就帶出來了……畢竟不知道殺人魔躲在哪裡。」

紳士的眼神，顯然已將加茂與殺人魔畫上等號。

＊

一踏進餐廳，眾人猜疑的目光便聚集在加茂身上。

餐廳是以白色為基調的純西式風格，差不多有十坪大，但舊式建築天花板比較低，感覺並不寬敞。建築物本身似乎相當老舊，但裝潢還很新，顯然最近才進行過大規模的改造施工。

正中央擺著一張古色古香的大餐桌，四周圍繞著十二把椅子，皆是加茂平常無緣得見的高級家具。以屋裡的擺設來看，龍泉家過的是完全西洋化的生活。柱子上掛著一座大型古董鐘，指針指著十二點十二分。

餐廳裡聚集著八名男女。

坐在餐桌左側第一張椅子上的人，正是文香。她環顧左右，顯得有些手足無措。幻二坐在她的旁邊，雙手交抱在胸前。

名為漱次朗的紳士坐在兩人附近。或許帶著恫嚇的意味，他一直沒放下手中的獵槍。不過進屋之前，他似乎已取出子彈，似乎是擔心發生意外。

餐廳的最深處，是一位穿白色開領襯衫、坐著輪椅的老人。

老人的年紀至少超過八十歲，膝上蓋著一條酒紅色毛毯。即使隔著衣服，仍看得出肩膀附近隆起的肌肉。而且老人目光流露出的氣勢，其他人遠遠不及。

加茂一眼看出，這位老人就是龍泉家的家主龍泉太賀。文香在日記中稱他爲「爺爺」，實際上他是文香的曾祖父。相較於資料裡的黑白照片，他本人精神矍鑠，幾乎像是另一個人……

一個女人站在老人的斜後方，穿著黑白兩色的傳統女傭服裝，以低垂的目光觀察著加茂。

應該是龍泉家的傭人吧。加茂凝視著她，想起根據資料記載，太賀身邊正式的傭人只有一個，名叫刀根川鶫。這個名字在文香的日記裡也出現好幾次。

刀根川是個美麗的女人，卻化著濃妝，約莫四十多歲。更令加茂吃驚的是，是刀根川有著姣好的身材。明明已不年輕，但或許是圍裙的腰帶綁得較高，身形看起來非常完美。

太賀緩緩開口，以沙啞的嗓音問：

「你姓加茂？能不能請你說明一下，到詩野來的理由？」

加茂還沒答話，文香便搶著說：

「爺爺……是我邀他來的。」

餐廳頓時一片安靜，太賀困惑地轉向她：

「妳爲什麼要做這種事？」

文香彷彿下了很大的決心，露出挑戰的眼神。加茂有一種不好的預感。

「加茂先生是個名偵探，協助警方解決多起懸案。東京的警視廳三不五時就會找他幫忙，還曾頒發動章給他。」

聽著文香追加在他身上的古怪人物設定，加茂不禁想破窗逃走。

稍有常識的人都知道，所謂的名偵探只存在於小說中。不管是二〇一八年或一九六〇年，這一點都不會改變。

「名偵探……？」

坐在餐桌右側的三個年輕人當中，一人如此咕噥。

他和另一人長得很像，一看就知道是兄妹。兩人都是二十歲左右，有著不輸文香的端正容貌。加茂想起他們的名字，龍泉月彥和月惠，是太賀老人的孫子和孫女。

哥哥月彥有著一對冷豔的丹鳳眼，想必十分受女性歡迎。只是，那薄薄的嘴唇，凸顯出他內心的冷漠。在場所有人當中，他的打扮最爲輕鬆休閒，身上的藍色夏威夷襯衫立起領子，胸前的口袋放著一副太陽眼鏡。

月惠一對水汪汪的大眼睛盯著桌面。她的容貌同樣令人驚豔，穿著草綠色的無袖罩衫。

月彥注視著加茂，眼神冷酷得有如正在戲弄著小鳥的蛇，顯然根本不相信文香的說詞。加茂提高戒備，沒想到下一句話卻是從另一人的口中說出。

「……妳說他是名偵探，我怎麼沒聽過？」

說這句話的人是幻二。文香立即回應：

「叔叔，你平常都在國外，對日本國內的消息並不靈通吧？」

「或許吧……但妳爲什麼會邀名偵探來？」

文香雙頰泛紅，有些激動地說起編好的藉口。

「今天是八月二十二日，是爺爺的生日。我想給爺爺一個驚喜，才偷偷邀請加茂先生……你們也知道，爺爺最喜歡看偵探小說了。」

聽曾孫女說得煞有其事，太賀散發的威嚴瞬間消失無蹤，尷尬地笑道：

「這一點倒是無法否認。」

「對不起，我以爲爺爺會很開心。我有個同學的父親認識加茂先生，我拜託對方幫忙邀約，恰巧加茂先生今天有空，所以……」

文香突然變得饒舌，這是不擅長撒謊的人典型的反應。但太賀和幻二竟意外地認眞聆聽。

等文香全部說完，幻二沉穩地問：

「文香，妳說的都是眞的嗎？」

「當然。」

見文香的眼神極爲認眞，幻二的眸中掠過一抹興味，旋即轉頭對太賀說：

「大家都知道，這孩子從來不曾說出帶有惡意的謊言。她應該是眞心想要給爺爺一個驚喜，才會這麼做。」

太賀顯然極爲疼愛曾孫女，目光柔和了些，但畢竟沒有完全消除心中的疑慮。

「就算是這樣，也無法證明他不是那個想謀害我們的凶手。」

這是相當合理的懷疑，但幻二輕輕搖頭：

「我認爲可能性很低……根據狀況來研判，凶手是從昨晚到今天清晨待在別墅裡的人。那段期間不可能有人從外頭入侵。」

文香似乎是第一次聽見這個推論，神情有些錯愕。太賀沉吟一會，說道：

「這我也知道，但如果推論成立，按理凶手也沒辦法把遺體的一部分帶出建築物。然而，實際上頭部和軀幹都是在外面發現的。」

「沒錯，只能認爲凶手進行的是『不可能的犯罪』。」

「那麼，誰能保證不是這男人幹的？凶手既然能夠把遺體的頭部和軀幹帶出去，也可利用同樣的方法神不知鬼不覺地進入屋內。」

「沒錯……但若是如此，在場所有人都符合條件。」

太賀一聽，頓時皺起花白的眉毛，半晌後才開口：

「你這麼說，也有道理。」

「而且請仔細看看這位先生，他的衣服幾乎沒有皺褶和髒污，帆布鞋也幾乎沒沾上泥土。如果他昨晚從外頭潛入屋內，又在剛下完雨的森林和屋內之間來回走動，絕對不會這麼乾淨。」

「帆布鞋？」

加茂低頭望向腳上的運動鞋。龍泉家的人在別墅內沒有脫鞋的習慣，所以他還穿著海外品牌的運動鞋。

「……但我越看越覺得他的服裝有些古怪。」

太賀一面說，一面打量加茂的穿著。加茂的襯衫和長褲都是貼身的剪裁，這在二〇一八年是常見的設計，卻不符合這個時代的服裝風格。

龍泉家的男人們穿的褲子，褲管都明顯較寬，連漱次朗身上的西裝，也屬於略微寬鬆的設計。如果仔細查看材質，會發現差異更大。加茂的襯衫使用的是具有形狀記憶功能的化學纖維，是這個時代根本沒有的材料。再看腳上的鞋子，大家穿的都是黑色、茶褐色或白色的皮鞋，唯獨加茂穿著運動鞋。

加茂頓時覺得自己一身奇裝異服，不禁憂鬱起來。幻二興味盎然地看著加茂，再度開口：

「不過，剛剛我說得太急，一時沒想清楚……我想起來了，東京確實有個姓加茂的偵探。」

文香一聽，錯愕地抬起頭，加茂也差點發出驚呼。幻二毫不理會兩人的反應，繼續道：

「文香或許有些言過其實，不過我確定他是個私家偵探。」

從幻二的臉上那一抹惡作劇般的微笑，加茂可以肯定他已看穿文香的謊言。然而，幻二不僅沒揭穿，反倒幫忙掩飾，聲稱聽過加茂的名號……

文香以眼神表達謝意，幻二輕輕點頭。

幻二一幫忙圓謊，餐廳裡的氣氛頓時變得截然不同。太賀的態度軟化許多，對加茂露出微笑。

「請原諒我們的無禮……我是龍泉太賀，這孩子的曾祖父。如果知道她提出這麼強人所難的要求，我一定會阻止她。」

「請別這麼說，我很樂意接受她的邀請。」

加茂嘴上這麼說，一顆心仍七上八下。雖然是在回應太賀，他的視線卻朝著幻二……為什麼幻二要特地為一個國中小女生幫腔？以結果而言，加茂順利化解眼前的危機，但他實在想不透幻二意圖，不禁心裡發毛。

另一方面，太賀的眼神中的戒備消失，卻浮現悲傷之色。他低聲說：

「初次見面就要對你說出這種話，我實在感到很遺憾……」

加茂輕輕點頭，應道：

「別墅裡發生的事情，文香已大致告訴我。」

加茂原本打算順著話頭問出詳情，沒想到月彥忽然粗魯地質問：

「你是怎麼來的？開車嗎？」

他的表情彷彿訴說著，不明白大家怎會相信這麼幼稚的謊言。

「月彥，這麼問對客人太失禮了。」

太賀出言制止，但月彥並未善罷甘休，繼續道：

「在場的所有人，都已公開說明自己昨晚的行動。連家人都要配合調查不在場證明，客人當然也不例外。加茂先生，你不會拒絕回答吧？」

加茂不禁陷入沉思。月彥問這個問題，顯然是要誘引他露出破綻。加茂仔細回想五年前讀過的『龍泉文香日記』內容，想找出自己的回答與八月二十二日發生的事情是否有矛盾之處。他能夠做到這一點，全憑過人的記憶力。

「我是走過來的……」

月彥一聽，英俊的臉孔登時扭曲變形。看到對方的反應，加茂確信自己沒被抓到把柄，於是露出充滿自信的微笑，接著說：

「畢竟我的身分是神祕嘉賓，開車來實在太顯眼了。所以，我請朋友開車送我到橋邊，徒步來到這裡。」

這棟別墅應該附有停車場，但停車場上當然不會有加茂的車子。月彥恐怕是看準這一點，想誘導加茂說出錯誤的答案。

月彥一時啞口無言，坐在他身旁的另一個年輕人忍不住開口說話。在場的所有人當中，唯獨這個年輕人，加茂還猜不出他的名字。

「從詩野橋到這裡，有將近二．五公里。這麼長的路，走起來一定很費力吧……文香小姐，如果早點告訴我，我可以偷偷開車去接他，不會告訴別人。」

與其說是對文香提出建議，更像是懊惱沒能參與這麼有趣的計畫。這個年輕人的表情相當和善，和旁邊的月彥截然不同，而且他的身材纖瘦，看起來與月惠相去不遠。年紀差不多二十出頭，穿著深藍色POLO衫。

他稱呼文香為「文香小姐」，可見不是龍泉家的人。但他和龍泉家的人同桌而坐，不是像刀根川那樣的傭人。加茂想起，太賀朋友的小孩，從上國中就住進龍泉家，一直沒離開。若沒記錯，這個年輕人姓雨宮。

文香似乎和這個年輕人的感情不錯，半開玩笑地道歉：

「對不起，但我怕一告訴雨宮哥，沒過多久所有人都會知道。」

「太過分了，我的口風可是很緊的。」

或許是不希望火藥味因兩人的說笑而消失，月彥又問：

「你是幾點來的？」

從穿越時空到現在，加茂感覺已過大約一小時。由於餐廳裡的時鐘指著十二點二十六分，算起來他應該是在十一點半左右來到「這裡」。

加茂小心翼翼地選擇自己的用字遣詞。

「正確的時間我也不清楚。剛剛遇上文香，我忙著跟她說話，並未注意時間，不過應該是在十一點以前吧。」

加茂故意說得比眞正的抵達時間早一點，當然有十分重要的理由。

如果記憶沒出錯，文香的日記裡應該寫著這樣一段話……幻二叔叔和漱次朗叔公去報警，不到一小時就回來，當時恰恰是中午。

月彥約莫是想追問，當初他們開著車子在路上移動時，爲什麼沒看見加茂。既然如此，只要把抵達的時間說得比他們出發的時間更早就行。

加茂還是沒露出破綻，月彥「噢」了一聲，沒再繼續說話。

「……對了，經過詩野橋的途中，你有沒發現任何異狀？」

這次提問的是漱次朗。他將獵槍拆開折成兩段，擱在桌上。見他卸下武裝，加茂打心底鬆了口氣。

根據加茂的記憶，漱次朗是太賀老人的次男，也是月彥和月惠的父親。比起端正的容貌，更引人注意的是他那神經兮兮的目光和微微顫動的嘴唇。

來自未來的加茂，當然知道那座橋斷了，卻故意裝傻：

「我沒注意到有什麼異狀……那座橋怎麼了嗎？」

「橋身被人動了手腳，繩索和板子都有遭人割過的痕跡。你在過橋的時候，很可能就是那個狀態了。」

文香驚訝地摀住嘴，至於其他人，似乎早已知道這件事。幻二接著描述：

「發現別墅內的外線電話打不通，我和漱次朗叔叔決定去報警。我們十一點左右出發。車子開上詩野橋的途中，我們注意到橋身的繩索有遭人割過的痕跡……但爲時已晚。橋一斷，車子也跟著掉下去。」

明明才剛在鬼門關前走了一遭，幻二卻十分鎭定，反倒是文香聽得臉色發白。

「漱次朗叔公、幻二叔叔……幸好你們平安無事。」

「多虧漱次朗叔叔及早發現不對勁，我們才來得及逃走。」

眾人到目前爲止的發言，都與文香日記的內容相符。確認這一點後，加茂微微搖頭說：

「還好我是徒步過橋，如果是開車，搞不好會連車帶橋一起摔進河裡。」

加茂裝出驚恐的表情，太賀沉重地說：

「我認爲有人想讓我們無法離開這裡。」

「若要找出對橋動手腳的人，恐怕我的嫌疑最大。因爲最後一個過橋的人應該是我。」

與其事後遭人質疑，不如自己先說出來。加茂惴惴不安，無法預期這句話會得到什麼反應，只見太賀老人露出狡獪的微笑，說道：

「請放心……根據漱次朗和幻二的說法，繩索與板子上的切割傷痕並不算非常新，沾著不少污泥。漱次朗、幻二，對吧？」

漱次朗何幻二同時點頭。太賀老人接著說：

「大雨一直下到昨天二十一日的早上才停，接近傍晚又下了一場大雷雨，導致河水暴漲。切割痕跡上的那些污泥，應該是河水暴漲時附著上去的，可見凶手對橋身動手腳的時候，河水還沒退去……換句話說，凶手動手腳的時機，是在昨天中午漱次朗他們最後一次開車過橋之後，昨天夜裡河水退去之前。」

加茂凝視著太賀，驚訝得合不攏嘴。

太賀不愧是偵探小說的愛好者，明明置身在如此危險的狀況下，卻依然能冷靜分析種種線索。或許正因他有著這樣的膽識，才能安然度過戰爭期間和戰後初期的動盪局勢，甚至累積龐大的財富。

太賀老人似乎十分滿意加茂的反應，露出賊笑，說出結論：

「所以，就算你是最後一個過橋的人，也不會遭到懷疑。」

「……對了，是不是那座橋一斷，這一帶就成爲陸上孤島？」

加茂重新打起精神問道。太賀皺眉回答：

「可以這麼說。電話線也被切斷了，我們連求救都沒有辦法。而且大家都是順便來避暑度假，原本預計要待上四天，所以我們對公司裡的人嚴格下令，不准打電話到別墅來叨擾我們，因此也無法期待有人會主動搭救。」

「沒辦法穿過森林，找出通往市鎮的道路？」

問出這句話的人是文香。雨宮一臉抱歉地說：

「沒辦法……就算沿著河岸走，也會遇上斷崖。假如要爬上九頭山，我們別墅裡沒有任何登山的裝備，也沒有周邊的山區地圖。何況天氣隨時可能再度惡化，一群沒有登山知識的人擅自上山根本是自殺的行爲。」

聽到雨宮的解釋，文香並未因此氣餒，她凝視著曾祖父，開口：

「爺爺，不如請加茂先生幫我們查出凶手是誰，好不好？」

「什麼？請他調查？」

「是啊，只要是他經手的案子，沒有一件不是水落石出。」

這是非常大膽的提案……而且聽到這個提案後，最驚詫的就是號稱「名偵探」的加茂自己。

「我沒被抓起來簡直是奇蹟。」

加茂喃喃自語。此時，餐廳裡只剩下加茂和文香兩個人，他終於能夠老實吐露心聲。現在是十二點四十五分。

文香詫異地看著加茂說：

「是嗎？上次我偷偷邀魔術師來家裡，也引起一陣騷動……但後來我也成功說服大家。」

加茂忍不住笑了出來。

「原來妳有前科。總之，多虧妳的幫忙，我才能夠光明正大地調查這起案子，眞的很謝謝妳。」

太賀接受文香的提議，於是加茂獲得調查案情的正當理由。說到後來，連前天不見的珍珠領帶夾，也成爲加茂的搜索對象。

然而，太賀老人不是省油的燈。他提出一個條件，就是必須讓幻二和雨宮協助調查。文香趁機提出跟著三人一起行動的要求，他面有難色，但在文香的堅持下，也只好同意。

剛才幻二被太賀喚進房裡，留下雨宮監視加茂。但雨宮似乎毫無心機，文香請他幫忙找東西，他竟爽快答應，完全沒料到是調虎離山之計。於是，現在餐廳裡只剩下文香和加茂。

或許是一直找不到東西，過了好一陣子雨宮還是沒回來。等得有些不耐煩，加茂隨口問文香：

「對了，有一點讓我頗在意。太賀老先生很喜歡看推理小說，是嗎？」

「推理小說？你指的是偵探小說嗎？如果是的話，答案是Yes。在我們平常住的那個家裡，爺爺有一間圖書室，放滿偵探小說，我常去借書來看。」

直覺果然沒錯，加茂忍不住嘆氣：

「這麼說來，別墅裡的這些人當中，是不是還有其他人也喜歡看推理小說？」

文香一臉狐疑地應道：

「是啊，幻二叔叔和月彥堂叔也常看偵探小說。不過……跟這次的事情有什麼關係？」

加茂癟著嘴說：

「或許是我的偏見，總覺得喜歡看推理小說的人，一旦身邊發生離奇的事件，就會比較沒耐心。尤其是長時間處在沒有警察介入的狀態下，這種人往往會想要自己進行調查和推理。」

文香一聽，頓時紅著臉說：

「我不是出於好奇心才想調查這件事……」

文香流露悲傷的神色，加茂趕緊解釋：

「抱歉，我不是那個意思。別說是妳，就算是嘗試從各種角度分析案情的太賀老先生和幻二，以及對我提出種種質疑的月彥，他們也都是爲了保護家人。雖然置身在這樣危險的狀態下，他們卻沒失去冷靜，而且分析精闢。不過我有點擔心，這反倒不是一件好事。」

「怎麼說？」

加茂把嗓音壓得更低，以只有文香才聽得到的音量說：

「根據我知道的未來，這三個人後來都送命了。以他們的能耐，理當有機會揪出真凶，避免進一步受害。」

文香吃了一驚，說道：

「但他們沒有成功，代表凶手更加狡猾，沒被他們抓到？」

「很有可能……過去我一直認爲『死野的慘劇』會成爲懸案，是因爲警方找到的證據太少。」

發生土石流之後，搜索隊只找到殘破不堪的文香日記、化成瓦礫的別墅殘骸，以及遭土石掩埋的破碎屍體。而且挖出來的時候，距離發生土石流已超過一星期。

警方發現挖出的遺體大部分都有他殺的痕跡，於是視爲凶殺案展開調查。可是，單憑現場找到的證物和遺體，掌握的線索實在太少。

加茂接著又低聲說：

「身邊發生凶殺案，任何人都會嚇得六神無主。原本以爲凶手是趁著眾人陷入混亂，胡亂繼續殺人……如今看來，似乎沒這麼單純。」

文香睜大雙眼仔細聽著，仍露出無法理解的表情。

「還沒開始調查，爲什麼你能做出這樣的判斷？」

「幻二說過，這是一起『不可能犯罪』。假如凶手是刻意製造出『不可能犯罪』，表示我們對抗的是一個非常可怕的敵人。因爲凶手懂得利用各種障眼法模糊案情，避免自己受到懷疑。」

加茂說著，習慣性地掏出智慧型手機。文香看一眼手機，旋即問道：

「這支無線電對講機變得好安靜，賀勒離開了嗎？」

只見螢幕顯示電量所剩不多，加茂聳聳肩說：

「不曉得跑去哪裡……反正這東西一定有某種功能，讓他可以隨時跟我們聯絡。」

加茂拿起鍊條尾端的沙漏，文香流露好奇的目光，說道：

「好美。」

「搞不好……這玩意眞的是奇蹟沙漏。」

加茂只是自言自語，卻沒逃過文香的耳朵。

「奇蹟沙漏？」

就在這時，通往走廊的門忽然被用力拉開，雨宮走進來。

「久等了，抱歉……」

雨宮的左手拿著一把放大鏡，那正是文香拜託他找來的東西，理由只是拿著放大鏡比較像偵探。雨宮將放大鏡交給文香，一面朝加茂笑道：

「奇蹟沙漏？眞是有趣的名稱。」

加茂不禁露出苦笑。看來，這個家的人都有一對順風耳。

「只是名字響亮而已……別說這些了，我們馬上著手調查吧。首先，能請你們帶我去冥森嗎？」

加茂等三人終於展開行動，從餐廳走進隔壁的娛樂室。此時已接近下午一點。娛樂室裡擺著皮革沙發和撞球檯，空間比餐廳寬敞許多。穿過娛樂室，便進入以幾何圖案的花窗玻璃裝飾的玄關前廳。

玄關前廳只能通往屋外和娛樂室，這樣的格局設計讓加茂感到十分意外。這代表想走出玄關大門，勢必得通過娛樂室。或許是娛樂室也兼具會客室的功能吧。

出了大門，映入眼簾的是建築物周圍的美麗草坪。天空還是一樣晴朗，但風勢頗爲強勁。

右側十多公尺處，有一座架設遮雨棚的腳踏車停放場，旁邊則是停車場。停車場內幾乎都是加茂從未見過的車款，而且看起來大部分是進口車。雨宮察覺加茂在觀察停車場，主動說明：

「停車場裡有六輛車……不對，現在剩五輛。幻二先生的車子開上詩野橋後摔進河裡。剩下的五輛，分別是老爺的車、這棟別墅專用的接駁車、究一先生的車、漱次朗先生的車，以及光奇先生的車。」

「腳踏車呢？」

「有三輛，都是共用的。」

加茂的視線從腳踏車停放場移往旁邊，看見一根柱子。

「那是電線桿吧？這裡有電可用？」

加茂頗爲吃驚。這種深山裡的房子，竟有電力設備。繼續望向遠處，只見通往詩野橋的道路旁，等間隔排列著一根根電線桿。

雨宮若無其事地點點頭，說道：

「老爺與電力公司達成協議，出錢請他們把電線牽到這裡……對了，後面是庭園。」

加茂順著他指的方向望去，看見大到難以稱爲「庭園」的廣闊土地。

大小至少有一百公尺見方，內部有著明顯的高低差，形成多層次的高台地勢。每一層都種植著不同種類的花草樹木，以木製階梯互相連結。光是看得到的部分，就有果樹層、日式庭園層、英式庭園層……各有風格，整體卻維持著奇妙的和諧感。

至於冥森，則位於東側，跟庭園的方向相反。三人朝著冥森走了一會，幻二從後頭追上來，似乎是好不容易和太賀說完話，過來與三人會合。

沿路上，幻二向加茂說明案情的細節。

「我哥哥的頭顱，是月彥、月惠和雨宮他們三人發現的。他們習慣在早上散步，沒想到今天竟在散步的途中，發現我哥哥的頭顱。」

根據雨宮的說明，今天早上的狀況如下。

早上七點左右，三人在散步途中發現究一的頭顱，連忙返回別墅。就在三人向漱次朗和幻二報告此事的時候，文香出現了。文香得知父親去世，大受打擊，奔回自己的房間。幻二上樓安慰文香，漱次朗則在雨宮等人的帶領下前往冥森。

此刻，加茂等人再度朝著冥森的深處前進。

森林中規劃了步道，如果不知道今天早上發生的慘案，想必會感到身心舒暢。前進約五十公尺，幻二忽然偏離步道，指著路旁一棵樟樹的根部說：

「我哥哥的頭顱就是在這裡發現的。」

「爸爸就是在這裡……」

文香幾不可聞地喃喃自語。樹根上殘留著血跡，但從出血量研判，這裡應該不是切斷頭顱的地點。

「我們依照老爺的指示，將究一先生的遺體搬到別墅的地下倉庫。」

雨宮接著補充。幻二點點頭，繼續道：

「雖然我們都知道不能破壞現場的道理，但總不能把哥哥的遺體一直放在這種地方。」

身為至親，這是理所當然的做法。畢竟這一帶是森林，遺體可能會遭野獸啃咬。大家心裡都有這樣的想法，只是不想當著文香的面說出來。

加茂立刻開始觀察發現遺體的現場周圍的狀況。

步道是由堅硬的石板鋪設而成，再加上四周堆積著大量落葉與爛泥，幾乎不可能找得到凶手的足跡。

這段期間，幻二仍不斷進行說明。

「雨宮他們前往森林的時候，我和刀根川一起進入哥哥的申之間。原本我滿心以為哥哥不可能被殺，一定是搞錯什麼。然而……我們在房裡看見被砍斷頭、死狀悽慘的哥哥。」

文香緊咬著嘴唇，幾乎要咬出血。但她的眼神中蘊含一股堅定的決心，絲毫沒有尋求同情或安慰的意思。

「對了，房門能不能上鎖？有沒有鎖上？」

加茂問道。提到「不可能犯罪」，通常會聯想到「密室」。可是，幻二搖頭說：

「每一個房間都能上鎖，我哥哥有點神經質，總會鎖上房門。但我們今天進去的時候，門並沒有鎖。」

原本以為會出現類似推理小說的情節，實際狀況卻完全不是那麼回事。加茂忍不住暗罵自己愚蠢。

幻二繼續往前走，離步道越來越遠。走了數十公尺，雨宮開口：

「後來我們在冥森裡搜索，又在九頭川的旁邊發現一具軀幹。起初，我們以爲找到究一先生遺體的一部分……沒想到，居然連光奇先生也被殺了。」

前方的樹木越來越稀疏，隱約可看見一條小河。幻二指著岩岸的一角說：

「這條河就是剛剛雨宮提到的九頭川。光奇的軀幹，是在附近的岩岸發現的。」

河水是混濁的茶褐色，而且水流湍急。或許是下雨導致河面上升，原本應該在岸上的岩石也沒入水中。

幻二所指的那一帶有一些小水窪，但水的顏色與其他水窪沒有什麼不同。不是遺體的出血量不多，就是昨晚的水位較高，血跡被沖刷殆盡。

「只發現軀幹？」

「對，軀幹以外……也就是頭部和四肢，都是在別墅裡發現的。」

幻二皺著眉頭答道。臉色蒼白的雨宮解釋：

「我們一回到別墅，便得知在申之間發現究一先生的遺體，不禁嚇傻了……如果究一先生的遺體在申之間，我們在冥森發現的軀幹又是誰的？接著，我們才發現光奇先生也不見了。」

「於是，我們趕緊衝到光奇的房間，但房門上了鎖。我們在門外喊了好幾聲，裡頭都沒有回應，打內線電話也沒人接，我們決定破門而入。」幻二接著道。

加茂點點頭，又問：

「別墅有萬用鑰匙嗎？」

「沒有，沒那種東西，所以我們只好破壞固定門板的金屬鉸鏈。但進去一看，光奇不在房裡……接下來的部分雨宮比較清楚。」

雨宮點點頭，說道：

「大家在別墅裡分頭尋找，我和刀根川前往地下室……在大澡堂發現光奇先生遺體剩下的部分。」

幻二補充說明：

「地下室有一座引入溫泉的浴場，我們稱爲大澡堂。」

「我想起來了，確實是這樣沒錯。」

加茂憶起龍泉家的資料裡確實有此一記載，忍不住低喃。幻二與雨宮都愣了一下，面面相覷。加茂察覺失言，趕緊將話題扯開。

「你剛剛似乎提到申之間？別墅裡的房間，都是以十二生肖來命名？」(註)

註：日本依循中國傳統，以十二生肖（鼠、牛、虎……）對應十二地支（子、丑、寅……）。例如「鼠」在代表十二生肖的時候，漢字寫成「子」。

加茂其實是明知故問，文香卻似乎認爲終於等到自己能夠回答的問題，搶著說：

「別墅裡共有十二個房間，分別對應十二生肖，例如子之間、丑之間、寅之間……」

「哦，那光奇的房間是……？」

「戌之間。」

「原來如此……光奇的遺體出現在大澡堂，而不是他的房間，或許表示他是在入浴的時候遇害。」

幻二深深點頭同意：

「很有可能。自從祖父不良於行，地下的大澡堂主要是光奇在使用。尤其是晚餐過後，除了光奇之外，大概不會有人去大澡堂吧。」

雨宮接著說：

「入夜後，其他人很少去泡溫泉。這裡雖然是高原，夏天還是很熱，睡覺前泡溫泉恐怕會熱到睡不著。」

照理來說，肢解屍體的時候應該會流出大量的血液。雖然死後再肢解能夠大幅減少流血的量，但仍會有相當程度的出血……凶手選擇大澡堂行凶，或許是看準了方便清理。

想通這一點，加茂重新環顧四周。

至少在視線可及的範圍內，沒發現任何腳印之類的痕跡。不過，加茂在附近一棵闊葉樹的根部附近，找到紅色的棒狀物。看起來像是一根細長的棒子，宛如從土裡伸出的紅色指頭。

「……火焰茸？」

加茂低頭看著那棒狀物，如此呢喃。

讀大學的時候，加茂曾選修介紹真菌植物的通識課程。那堂課上起來非常輕鬆愉快，老師經常帶學生們到學校的後山散步，尋找真菌植物。其中加茂印象最深刻的，就是這種火焰茸。

過去誰也不知道這種菇類帶有毒性。直到發生好幾起中毒意外，社會大眾才驚覺這是一種毒性相當強的菇類。單以日本國內的野生菇種來比較，火焰茸的毒性可說是數一數二。到了二〇一八年，日本社會對火焰茸的毒性才有較普遍的認知。

因此，直到結束在冥森的調查，加茂都不敢靠近火焰茸。這種毒菇的危險程度，即使只是皮膚接觸，也會造成潰爛。

離開冥森，雨宮刻意選擇繞到別墅後方的道路。加茂納悶地問：

「大澡堂在建築物的後頭嗎？」

雨宮吃驚地回望一眼，旋即笑道：

「倒也不是……我只是想趁這個機會，帶你看看整棟建築物。」

這個年輕人比外表看起來還細心。

別墅的後方也有草坪，與前側的草坪不同，顯得較爲泥濘。因此，加茂等人移動的時候，必須選擇長滿草或乾燥堅硬的地面落腳。

「對了，這棟別墅還有地下庭園，很稀奇吧？」

聽到雨宮這句話，加茂原本注意著腳下泥土的視線，移向左邊的欄杆下方。

「是將地下一樓的一部分改造爲庭園嗎？」

從加茂所站的位置，恰恰可俯瞰地下庭園。地下庭園內種植的都是苔蘚類和蕨類等，不需要太多陽光也能生長的植物。

文香倚靠在金屬欄杆上，說道：

「爺爺希望洗澡的時候也能夠欣賞庭園景色，才設計出這座小小的地下庭園。」

雖然文香以「小小的」形容這座庭園，但根據加茂目測，面積至少是二公尺×十三公尺。當然，跟別墅西側那座邊長超過一百公尺的巨大庭園相比，確實是小巫見大巫。

「從這道階梯也可下去。」雨宮說道。

加茂聽雨宮這麼說，不禁轉頭望向那道受到稀疏的草坪包圍的石階。他決定不進入庭園，視線移回前方。就在這時，加茂注意到不遠處有一幢樸素的小屋，大小約四公尺見方。

「那幢小屋是……？」

「薪柴倉庫。」

「別墅裡不使用瓦斯嗎？」

雨宮慌忙搖頭說道：

「不是的，老爺最喜歡新奇的東西，別墅裡當然也備有瓦斯桶。只不過在做某些料理的時候，還是會使用薪柴。」

加茂想起資料裡確實記載著刀根川擅長料理。雖然加茂對料理幾乎一無所知，但也能理解有些料理以薪柴來烹煮會比較美味。

一行人走到距離建築物後門大約五公尺的地方，幻二開口：

「請看看那片泥地。」

後門的門口鋪設著一片約四十公分的石板，石板周圍形成容易積水的低窪處，而且至少三公尺的範圍內都沒長草。儘管一片泥濘，卻一個腳印都沒有。

加茂蹲下查看，一邊問：

「最後一場雨，是昨天傍晚下的嗎？」

「是的，傍晚五點到六點下了大雨，之後就沒再下雨。」

建築物北側似乎排水狀況不太好，泥地摸起來還是濕軟的狀態。加茂試著想像，有沒有可能在這片泥地的上方架起某樣東西，讓人可直接從石板走到草坪，不必踩過泥地？但就算放一具梯子在上頭，走到中間也會因爲梯身彎曲，在泥地上留下一些痕跡。

「這表示……自從昨天傍晚下了那場雨，沒有任何人進入或走出後門？」

「我們也是這麼推測。現在要走進後門，請盡量別在泥地上留下太多痕跡。」

雨宮率先邁步，每走一步就在泥地上留下一團腳印。像是在找藉口，他轉頭說道：

「根據收音機廣播的天氣預報，今晚又會下雨。既然還會再下，繼續維持這片泥地的狀態也沒有任何意義。」

＊

通往地下室的階梯上方，相當於一樓走廊地面高度的位置，裝設著一大塊鐵板。看見這塊鐵板，加茂有些吃驚。階梯兩側的牆上架有軌道，鐵板可沿著軌道上下移動。以結構來研判，應該是用來將重物搬入地下室的升降機吧。而且那似乎是電動式的裝置，牆上有按鈕及轉盤。

雖然有些好奇，但加茂腦袋塞滿接下來必須做的事，沒心思詢問幻二鐵板的用途。

加茂快步走下階梯，直接前往地下倉庫。

開門的瞬間，一股從沒聞過的臭味撲鼻而來。那是屍體散發的血腥味。其中混雜著清潔劑的氣味，聞起來反倒更噁心。

倉庫裡並排著棚架和置物櫃，架上擺放著臉盆、毛巾、衛生紙等各種工具及雜物。

如今所有東西都移到倉庫左側，右側則放著兩具蓋上床單的遺體。

進入地下倉庫的人，只有加茂和幻二。文香在雨宮的陪伴下，回餐廳等待……接下來要進行的調查作業，實在不適合讓一個國中女生參與。

就連加茂，雙腳也不禁微微顫抖，背上寒毛直豎，卻又感覺一股熱氣竄上腦門，戴著厚手套的掌心滿是汗水。

首先，加茂在擺放於內側的遺體旁蹲下。爲了阻止凶手繼續行凶，也爲了挽救伶奈的性命，這是一件非做不可的事。加茂下定決心伸出手，卻緊張得無法順利掀開床單。好不容易掀開，加茂又不由得咬緊牙關。

出現在眼前的是五官扭曲的年輕男人頭顱、赤裸的軀幹，以及遭人截斷的手腳……除了體型瘦削之外，沒有什麼特徵。或許是曾棄置在河邊和大澡堂，頭顱以外的部分幾乎沒有血跡，而且皮膚發軟膨脹，看起來白皙臃腫。

不過，手腳並非齊根截斷，與加茂想像中不太一樣。加茂拿起四肢仔細觀察，發現手臂截斷的位置是在上臂的中段附近，雙腿截斷的位置則是在膝蓋下方。

當中狀態特別悽慘的是頭顱。

雙手和雙腳的截斷面都還算平整，脖子的截斷面卻呈現鋸齒狀，垂掛著不少碎肉塊和血管。那慘絕人寰的景象，讓加茂忍不住別過頭。他壓抑想嘔吐的衝動，開口問：

「這是都光奇的遺體？」

幻二面無表情地微微點頭。他雖然臉色慘白，卻仍仔細觀察著加茂的一舉一動。加茂接著問：

「別墅裡有什麼適合當凶器的東西嗎？」

「有斧頭和開山刀，保管在兩個地方，一個是你剛剛看到的薪柴倉庫，斧頭和開山刀都放在上鎖的櫃子裡。另一個地方，就是這座地下倉庫……凶手使用的凶器，似乎就是從這裡取得。」

「薪柴倉庫裡放斧頭不難理解，爲什麼這座倉庫裡也有那種東西？」

「這裡放的是備用的斧頭和開山刀。發生命案後，雨宮檢查薪柴倉庫和這座地下倉庫，發現這裡的斧頭和開山刀不翼而飛。」

龍泉家內部進行的調查，比預期中周延，於是加茂再度低頭望向遺體，說道：

「除了頭部和四肢遭到切斷之外，看起來並無明顯外傷。」

加茂查看雙手和雙腳，沒有疑似抵抗造成的傷痕。

「……死因到底是什麼？」

幻二喃喃低語。加茂沉吟一會，回答：

「我認爲是絞殺。」

根據從前調查冤案獲得的知識，加茂進一步說明：

「由於脖子遭切斷，變得很不明顯……但你仔細看，脖子的皮膚有擦傷和內出血的痕跡。」

幻二看過光奇遺體的脖子後，驚訝地抬頭問：

「這是勒痕？」

「應該沒錯。」

加茂重新蓋上床單，雙手合十默禱。

接著，兩人著手勘驗另一具遺體。這次加茂不再感到害怕，取而代之的卻是一陣心痛。腦海浮現哭得雙眼紅腫的文香，那張臉孔又與伶奈的身影重疊。

眼前是文香的父親究一的頭顱。究一閉著雙眼，五官因痛苦而變形。整張臉給人的印象，尤其是嘴角，確實與文香十分相似。

「哥哥……」

幻二忍不住輕聲呼喚，彷彿忘了加茂還在旁邊。

究一的頭顱截斷面也呈現不規則的鋸齒狀，死得相當悽慘。或許是曾棄置在步道附近的關係，後腦杓沾上不少泥土和枯葉。

加茂的視線從脖子往下移。剛剛那具遺體一絲不掛，這具卻還穿著衣服。體格同樣瘦削，但不僅皮膚浮腫，衣服也呈濡濕狀態。

加茂湊近，察覺遺體散發出一股濃濃的清潔劑香氣。原本以為是使用在床單上的柔軟精氣味，仔細一聞，似乎並非如此。

「這是什麼香味？」

「洗髮精……哥哥的身體是在申之間的浴室發現的。」

加茂一聽，不禁皺起眉。不會有人穿著衣服洗頭髮，更不會有人在洗頭髮的時候想順便洗衣服。換句話說，有人故意在遺體上倒了洗髮精。

遺體身上的服裝，是深綠色的蘇格蘭格紋長褲和橘色運動衫，領口的殘留著血跡……以男性而言，這樣的打扮有些花俏。

「這套衣服確定是究一的嗎？」加茂問道。

幻二用力點頭。此時他穿著素色的服裝，可見這對兄弟不單長相不同，連性格也是大相逕庭。

跟另一具遺體一樣，撇開身首分離不談，這具遺體並無明顯的外傷。而且脖子上同樣有著細微的擦傷和內出血，很可能也是遭到勒斃。

加茂再度對屍首合十默禱，站了起來。

回到走廊上，加茂聽見說話聲，朝通往一樓的階梯望去，文香與雨宮坐在階梯最下方的一級上。

幻二看了雨宮一眼，眼神彷彿在責怪他「爲什麼沒帶文香到餐廳」。雨宮連忙辯解：

「對不起，我以爲在這裡等，會比在餐廳等好一些。」

幻二沒有繼續追究，顯然是文香堅持要到地下室，雨宮那麼說只是不希望文香受到責備。

地下室的走廊盡頭有一扇門。一開門，便聞到一股溫泉特有的氣味。門後是洗手間和脫衣間，地上鋪著石板，擺放著一些木製的棚架。約莫是設想在多人同時入浴的情況下，可分開放置各自的衣物。但現下只有一座棚架上放著深色長褲、白色運動衫、毛巾、內褲等物。幻二告訴加茂，那些都是光奇的衣物。

從前方的窗戶看出去，便是地下庭園。走近一瞧，庭園裡有各式各樣的蕨類植物和造型奇特的岩石，設計得相當高雅別緻，地面還鋪著青苔。可惜，加茂發現窗戶的外側裝設著一條條縱向的黑色欄杆，看起來簡直像是監獄裡的窗戶，完全糟蹋了眼前的美景。

「其他窗戶也裝有這樣的欄杆嗎？」

加茂問道，文香回答：

「對，這是兩年前重新裝潢的時候，爲了防止有人闖入才裝上去的。」

幻二點點頭，打開脫衣間左側的門，說道：

「我們在東京的住家多次遭竊賊入侵，偷走一些東西。雖然這棟別墅位處深山，謹愼一點總不會錯……請進，不必脫鞋沒關係。」

門內飄出水蒸氣、檜木香氣及溫泉硫磺的氣味。

眼鏡登時變得白濛濛，加茂只好取下眼鏡，放進胸前口袋。所幸加茂的裸眼視力還有〇・四左右，觀察大澡堂內的狀況大致不成問題。

大澡堂的地面是以深色石板鋪成，後頭有著檜木浴槽和岩石浴槽。兩座浴槽皆採天然引泉的設計。檜木浴槽的邊緣隱約可看見血塊凝結的痕跡，裡面的泉水也呈淡淡的粉紅色。

「光奇的頭部，就是在附著血跡的地方發現的？」

加茂問道。身爲遺體發現者之一的雨宮，點點頭回答：

「是啊，光奇先生的頭顱就放在檜木浴槽的邊緣，手腳則沉在槽底……剛發現的時候，槽內泉水的鮮血顏色比現在濃一些。」

「發現遺體後，大澡堂和脫衣間都維持原狀，沒人動過吧？」

「除了搬走光奇先生的遺體之外，其他都跟我們當初剛發現遺體時完全一樣。」

爲了看清楚眼前的景象，加茂微微瞇起眼。原本他朝著窗戶走去，但走到一半，腳邊有一樣發亮的東西吸引他的目光。

那是一把老舊的鑰匙。加茂蹲在地上，湊近仔細觀察。鑰匙的根部有著木製握柄，上頭綁著繩子。

「……這是狗嗎？」

雖然鑰匙是濕淋淋的狀態，還是可清楚看出握柄上雕刻著一隻茶褐色的柴犬，吐出小小的舌頭。

「那是戌之間的鑰匙。發現遺體的時候，鑰匙就掉落在那裡……對了，別墅裡的鑰匙都有木製握柄，我的房間是午之間，所以握柄上的動物是馬。」

加茂走上前，仔細查看雨宮從口袋裡掏出的鑰匙。握柄上確實有一匹正在奔馳的白馬。站在一旁的文香也取出自己的鑰匙，上頭是一隻可愛的白色老鼠，看來文香的房間應該是子之間。

加茂比對這三把老舊的鑰匙，皺眉說道：

「爲了保險起見，最好測試看看這是不是眞的戌之間的鑰匙。每一把鑰匙都很像，根本分辨不出來。」

幻二聽了這句話，臉上流露一絲笑意，說道：

「你擔心其實這是其他房間的鑰匙，只是換掉握柄，對吧？但在祖父的指示下，我們已驗證過這一點。」

「結果呢？」

加茂暗自佩服太賀的思慮縝密，不愧是偵探小說愛好家。

「這確實是戌之間的鑰匙。」

於是，加茂將鑰匙放回原本的位置，繼續走向大澡堂的窗戶。

玻璃因水氣而變得有些模糊，但隔著玻璃仍看得見外頭的地下庭園。窗戶的尺寸相當大，一個人要通過不成問題，只是這裡裝設著防盜用的欄杆。

加茂將窗戶完全打開，試著在欄杆上敲打及搖晃。欄杆本身是以金屬製成，外側包覆著容易產生刮痕的材質。欄杆的間隔比目測再寬一些，大概有十二公分。

「其他窗戶的欄杆，規格都和這扇窗戶一樣嗎？」

幻二與文香都答不出來，只有雨宮開口：

「大澡堂的欄杆間隔似乎比較寬。印象中，一、二樓的窗戶清潔起來比較費力……約莫是爲了讓大澡堂看出去的景色好一點，故意加大間距吧。」

「不行，連我都鑽不過去……」

這突如其來的一句話，讓加茂吃了一驚。轉頭一看，文香不知何時打開旁邊的窗戶，企圖把頭擠進欄杆的間隙。以年齡來看，文香的頭部確實應該比別墅裡的其他人都小。然而，連文香也沒辦法鑽過欄杆。

幻二見狀，不禁苦笑：

「不必做到這種地步吧……」

「沒錯，這種實驗交給我就行了。」

雨宮似乎被文香的舉動激起一股決心，沒等幻二說完，就把自己的肩膀擠進欄杆間隙。

「究一先生和光奇先生都很瘦，身高大概一百六十七公分左右吧？我稍微矮了一點，還是擠不過去。」

比起今年三十二歲的加茂，雨宮的身體也相當瘦。他的手腳雖然可穿過欄杆，但身體和頭部一看就知道過不去。

「是嗎？看起來只差一些。」

文香說著，用力將雨宮的身體往欄杆推擠。加茂吃了一驚，幻二趕緊上前制止，但雨宮的肩膀已卡在欄杆裡，沒辦法自行掙脫。

或許是從小在溫室中長大，文香的個性有點少根筋，常常做出讓人困擾的舉動。幻二與加茂用力將雨宮往外拉，才救出雨宮。

挨了叔叔一頓罵，文香露出沮喪的表情。聽到文香道歉，雨宮惶恐得不知如何是好。加茂毫不理會尷尬的兩人，轉頭對幻二說：

「要從窗戶將頭部或軀幹搬運出去，似乎同樣不可能。依剛剛的狀況來看，就算抹上潤滑油，也擠不過去。」

「是啊，凶手只能走玄關大門或後門。」

幻二不知爲何面色十分凝重。加茂有些納悶，問道：

「剛剛我們已確認後門不曾有人進出，所以凶手一定是從玄關大門出去……這一點，你和太賀老先生早就推測出來了吧？可是，你卻說這是『不可能犯罪』，方便請你說明理由嗎？」

「先讓我暫時賣個關子。想獲得客觀的調查結果，必須排除所有先入爲主的想法。」

幻二說什麼也不願意回答這個問題。不知是故意想考驗加茂的能耐，還是不打算提供太賀老人不曾許可的協助。加茂無計可施，只好聳聳肩，說道：

「就算你不說，只要推敲你們從昨晚到今天早上的所有調查行動，自然能明白你們的想法……或許我的結論，會與你們截然不同。」

幻二登時露出挑釁的微笑：

「眞是振奮人心的一句話。」

或許是察覺兩人之間瀰漫著微妙的火藥味，雨宮提議接下來到申之間瞧一瞧。

於是，一行人走樓梯回到一樓，在餐廳門口轉彎，走廊的左右兩側便是各人的房間。左側的近處有兩個房間，門上的牆面分別釘著「申之間」與「未之間」的金屬牌。後頭似乎還有一個房間，但看不清楚金屬牌上的房名。

走廊右側的前方是一座舊式的小型載貨吊籃和機械室，後頭有三個房間，牆上分別釘著「亥之間」、「戌之間」與「酉之間」的金屬牌。戌之間的門板側邊鉸鏈遭到破壞，整扇門被拆了下來。

幻二緩緩開口：

「對了，二樓同樣有六個房間，我的房間是二樓的丑之間。」

聽到幻二的話，雨宮轉頭向加茂說明：

「其他房間最好也都看一看，對吧？右手邊第一間是亥之間，目前沒人住。中間是光奇先生的戌之間，後面是刀根川的酉之間。左手邊第一間是究一先生的申之間，中間是月惠小姐的未之間，最後頭的午之間是我的房間。」

加茂有些詫異地問：

「或許我這麼問相當失禮……刀根川不是女傭嗎？她住的是跟其他家人一樣等級的房間？」

幻二苦笑著解釋：

「刀根川的身分雖然是女傭，但祖父十分信任她，把她當成家人看待。不過，她本人堅稱自己只是女傭，不曾有踰矩的行爲。」

文香點點頭，補充道：

「爺爺是個討厭傳統和慣例的人，喜歡打破規矩。」

聽了兩人的解釋，加茂頗不以爲然。

即使是在外國，傭人受到這種禮遇也不合常理……如果刀根川是太賀的情婦，或者曾是情婦，就說得通了。當然，在文香的面前，加茂不可能老實說出這個想法。

「……說到這個，其實我的立場也差不多。」

雨宮自嘲般低喃。幻二搖搖頭，否定這句話。

「雨宮的父親是祖父好友的親戚，幫了我們家很多忙。在祖父的眼裡，雨宮和孫子沒兩樣。」

聽到幻二的話，雨宮刹時滿臉通紅，沒再多說什麼。

加茂雖然對記憶力頗有自信，但要記住這麼多房間和使用者的身分，還是有點吃力。因此，他暗中想出一套規則，來記住房間和使用者的配對關係。

十二生肖中最小的老鼠（子），是最年幼的文香的房間。草食性動物的羊（未），是沉默寡言到不曾聽她說過一句話的月惠的房間。刀根川的名字是「鶫」，這是一種翱翔天際的鳥類，所以她的房間就是同爲鳥類的酉（雞）之間。

至於幻二，則是丑（牛）之間，他平時看起來性格溫厚，像一頭悠閒吃草的牛，內心其實隱藏著連鬥牛士也可能慘遭其毒手的狂暴性。儘管他目前友善地配合調查，但誰也猜不出他心底在打著什麼主意。

想到這裡，加茂不禁感到有些困擾，因爲雨宮跟「馬」這種動物完全兜不起來。不管是長相或體格，雨宮都和馬一點也不像。若要勉強找出相似性，大概就只有瘦削的身材讓他看起來動作敏捷，會聯想到賽馬吧。

「這是申之間，就是我哥哥的房間。」

聽見幻二的聲音，加茂回過神，趕緊將雜念拋出腦外。

房裡有著十分高級的木製床組，以及書桌、椅子、單人沙發。除此之外，沒有多餘的家具。由於附有衛浴設備，簡直像高級的飯店套房。

床上凌亂放著替換用的內褲、鞋子和髮蠟。桌上有一把鑰匙，握柄是一隻小猴子的造型。據說幻二和刀根川進入房間查看的時候，這把鑰匙已放在桌上，而且經過測試，確實是申之間的鑰匙。

桌面的後側有一具黑色電話機，電話機的前方擺著一本讀到一半的書。加茂拿起書查看封面，是井上靖的《冰壁》。加茂從沒聽過這本書，但在當時或許是暢銷名著。

床下有一個攤開的藍色行李箱。或許是東西都已拿出來，裡頭幾乎什麼也沒放。

接著，加茂查看木製衣櫥。一看之下，他錯愕地連眨好幾次眼睛，裡頭竟有多件深綠色的蘇格蘭格紋棉褲和橘色運動衫，跟遺體身上的衣物完全相同。

「這些衣物是……？」

文香低頭看著地板，眼神中摻雜悲傷與尷尬。幻二也露出明顯的苦笑，解釋道：

「我哥哥有個習慣，只要看到喜歡的衣服，就會買好幾件，整個季節都穿同樣的衣服。他從以前就常說，挑衣服很麻煩。」

究一大概不擅長穿著打扮吧。加茂感到有些不好意思，問了一個簡直像在挖故人瘡疤的問題。

加茂輕輕關上衣櫥的門，默默走進浴室。

「究一先生的遺體就是在浴缸裡被發現……」

加茂順著雨宮所指的方向望去，白色的陶瓷浴缸表面沾著不少深紅色血漬。若有似無的血腥味，伴隨著洗髮精的香氣鑽入鼻中，與遺體上的氣味如出一轍。凶手將帶有薰衣草香氣的洗髮精倒在遺體上，空瓶直接扔在磁磚地板上。除此之外，現場沒遺留任何與凶手有關的線索或痕跡。

加茂重新檢視整個房間，完全沒有打鬥或遭他人強行入侵的跡象。

「接下來我想看看戌之間。」

加茂回到走廊上，走向戌之間，看著那扇靠牆放置的門板。那是一扇木製門板，鉸鏈毀損，顏色和其他房門一樣是紅褐色。木材本身已有些老化，可見這門板是從建造別墅時一直使用至今。

戌之間的格局與申之間大同小異，裝潢風格卻因使用者不同而大相逕庭。跟究一的房間相比，光奇的房間看起來清爽許多。衣櫥裡吊著幾件素色的短袖襯衫和深色長褲，洗臉台上放著刮鬍刀之類修整儀容的用品，此外幾乎沒有什麼東西。桌上整齊擺放著紙捲菸和打火機，菸灰缸裡殘留著幾根菸蒂，空氣中有一股淡淡的菸味。

「看來光奇有抽菸的習慣……除了他之外，還有誰抽菸？」

加茂一邊檢查菸灰缸，一邊問道。幻二回答：

「除了他之外，只有我和月惠會抽菸。」

端莊文靜的月惠居然也抽菸，加茂有些意外。

接著，加茂的視線移向椅子上的大行李袋。袋子的顏色是黑色，設計上重視機能性，沒有花俏的裝飾。加茂翻開袋口，裡頭不僅有旅行用品，還有賽馬報紙和相框。報紙上寫滿字，顯然賽馬是光奇的興趣。

幻二在一旁解釋：

「他很愛賭博，有時會過於沉迷，祖父常爲這件事操心。」

接著，加茂的視線移向相框。相框裡竟是一隻柴犬的黑白照片。

「這是……？」

「光奇表叔養的狗，名字好像是『拉昆』。」

文香踮起腳，看著相框說道。

由於某部美國喜劇電影的關係，加茂知道英文的raccoon是浣熊的意思。一隻柴犬爲什麼會叫拉昆……？他想笑卻笑不出來。

總之，光奇似乎是愛狗人士，所以住在戌（狗）之間吧……加茂下意識地在心中做出這樣的解釋。

「能不能請各位告訴我，從昨天晚上到今天早上，大家各自在哪裡、做了什麼事？」

*

加茂對著聚集在娛樂室裡的龍泉家所有人說道。

龍泉家的人看著加茂，露出「又來了」的表情。同樣的問題，當初太賀早就問過。離開戌之間，負責調查案情的加茂、幻二、雨宮、文香四人，又確認別墅內的所有窗戶欄杆及附近地面，都沒有任何異狀。

事實上，同意四人進入房間調查的，只有刀根川。因此，只有三個調查成員自己的房間，以及刀根川的房間，能夠從內側確認欄杆的狀況。至於其他的房間，由於太賀並未給予四人調查所有房間的權限，只能從建築物的外側對欄杆的狀態進行檢查。加茂還從薪柴倉庫裡借出梯子，將二樓房間的窗戶欄杆也都檢查一遍。

結論是，所有欄杆的狀態都很正常，沒有明顯的傷痕，地上也沒有疑似血跡的污漬。

由於這些檢查耗費不少時間，當四人進入調查不在場證明的階段時，娛樂室牆上的掛鐘已指著四點三十七分。

娛樂室裡有沙發組、撞球檯、擺著西洋棋盤和黑色電話機的桌子、兩張椅子，以及陳列著一瓶瓶酒的酒櫃。此外，桌上有一本日曆，上頭的日期為八月二十二日。

但若要說整間娛樂室裡最醒目的東西，就屬北側牆上懸掛的一幅大油畫。尺寸約一公尺見方，右下角寫著「夜鳥」二字，加茂從沒聽過這個畫家。

那幅畫的內容相當奇特。在加茂的眼裡，那只是一頭正在吼叫的詭異野獸。扁塌的鼻子、紅色的臉孔，尾巴的前端是吐著舌頭的蛇。軀體有著灰褐色的體毛，四肢卻又有著像老虎一樣的黃黑條紋。

趁著等待所有人到齊的空檔，加茂向幻二詢問那幅畫的標題，得到的答案是《凱美拉》（合成獸）。

「……除此之外，如果有人在昨天晚上曾與究一或光奇見面，也請務必提出來。」

由於沒人開口，加茂有些尷尬，又補上這麼一句。太賀老人瞪了一眼沉默的眾人，率先出聲：

「我先說吧。我在七點吃完晚餐，在那之前，包含刀根川在內，所有人不是在餐廳，就是在廚房。」

「當時究一和光奇也在嗎？」

「當然……七點過後大家各自散去，我也回到自己的房間。我記得不少人留在餐廳裡。」

「您平常都習慣在那個時間回房間嗎？」

「不，平常我大多會在餐廳待到八點半左右才回房間。昨晚我感覺身體有點沉重，所以提早回房間休息，一直睡到今天早上。這段期間，我沒有再見到究一和光奇。」

「原來如此。那麼，您在房間裡是否曾聽見奇怪的聲音？」

「沒有印象。不過，這裡的房間都經過隔音處理，就算外頭有一點聲音，恐怕也不會聽見。」

「對了，請問您的房間是……？」

「辰之間。」

加茂想起一樓並沒有這個房間，不禁低頭望向老人所坐的輪椅。

「抱歉，冒昧請教一個問題……您是一個人回房間嗎？不曉得您怎麼上樓？」

老人露出泛黃的牙齒，笑道：

「我這個人啊，不管什麼事都喜歡自己來。」

加茂驀然想起，剛剛在通往地下室的樓梯處看見的鐵板和軌道。

「我在樓梯處看見的那個東西，該不會就是……」

「你發現了嗎？那就是我的輪椅用升降機。」

老人一邊說，一邊溫柔撫摸著輪椅的扶手。

「這輛輪椅有許多非常方便好用的功能。例如，只要按一顆按鈕，便可折疊或展開，防滑裝置也可輕易解除或扣上。一旦鍛鍊好臂力，不管是在建築物內移動，還是要從輪椅爬到床上，都不必靠其他人幫忙。」

「這是特別訂製的輪椅嗎？」

「沒錯，由於只製造一輛不符合成本效益，所以這棟別墅裡有另一輛備用輪椅，平常居住的家裡和公司也有好幾輛……哈哈，你是不是嚇一跳？公司的研發部門有一個奇怪的傢伙，喜歡製造這種有趣的裝置。這輛輪椅和樓梯處的升降機都是那個人製造出來的。」

電影《蝙蝠俠：黑暗騎士》的主角布魯斯・韋恩，偷偷指示自己公司的員工研發蝙蝠俠的戰鬥服，太賀的做法似乎有異曲同工之妙。

難道因爲是初識，太賀在開我玩笑……？加茂不由得心生懷疑，轉頭望向文香和幻二，他們都一副理所當然的表情，再看看老人雙臂高高隆起的肌肉，加茂才確信老人的話句句屬實。

加茂想起以前看過，八十九歲的世界最高齡現役體操選手，在電視節目中表演雙槓特技。看來，太賀也是那樣超級長壽的老人。

「那麼，接下來能不能請您談談，天亮後做了什麼？」

太賀撫摸著毛毯底下的小腿，回答加茂的問題。那雙小腿細得像木棍，跟強壯的上半身可說是天差地遠。

「我在餐廳裡遇上刀根川和文香，那時候還沒七點吧。吃著早餐，我接到發現遺體的消息……刀根川，我沒記錯吧？」

原本恭恭敬敬地站在撞球檯旁的刀根川，聽了老人的問話後應道：

「是的，您說得沒錯。」

「刀根川，接下來換妳告訴他們，昨晚妳做了什麼事。」

囑咐完，太賀似乎有些口渴，端起咖啡啜一口。刀根川轉向加茂，流暢自然地說：

「將近晚上八點，我洗好晚餐的餐具，打掃完餐廳，便回到自己的房間。」

「隔天清晨之前，妳做了什麼事？」

「昨晚我特別疲倦，一回房間就上床睡覺了。今天早上我四點起床，去過廚房和洗衣間，準備早餐又洗了衣服。五點左右，我在打掃大門口。」

「有沒有聽到什麼奇怪的聲音？」

「沒有印象……上午七點二十分左右，我服侍老爺吃早餐，聽到發現遺體的消息。」

刀根川從頭到尾都面無表情，說完繼續保持沉默，沒有多說一句閒話。加茂受到那莫名的氣勢震懾，忍不住眨了好幾次眼。

加茂不禁暗想，這種像機器人一樣，感受不到一絲人性的女傭，一天到晚跟在身邊，不會覺得不自在嗎？不過，他轉念又想，或許正因永遠維持著不苟言笑的專業形象，反倒能給人一種安心感。

下一個開口的是文香。所有人當中，唯獨她的面前放著一杯可可。

「昨天吃完晚餐，我就回房間看書。但我莫名愛睏，很早就睡了，也沒再見到爸爸和光奇表叔。」

加茂輕輕點頭，又問：

「那麼，今天早上呢？」

「我應該是六點三十分左右離開房間。那個時候刀根川阿姨在廚房準備早餐……過了一會，爺爺也來了。我吃完早餐，就先離開餐廳。」

這部分與日記的內容一致。

「後來妳去了娛樂室，從月彥的口中得知發現遺體的消息，是嗎？」

「是的……」

目前爲止，太賀、刀根川和文香，三人都算是「缺乏不在場證明」。不過，深夜沒有不在場證明很正常，這一點在加茂的預期中。

此時，月彥忽然伸出手肘，朝著妹妹的腰際頂一下，低聲說道：

「能夠提供較多訊息的人，最好是排在後面，接下來輪到妳了吧？」

這一頂的力道頗大，害月惠手上杯子裡的咖啡差點溢出來。她看也沒看哥哥一眼，面無表情地說：

「吃完晚餐，我想到外頭透透氣，就在玄關門廊抽了幾根菸，在八點前回到房間。我馬上就睡了，直到隔天早上六點四十分左右，哥哥叫我起床，我才醒來。這段期間我沒見到任何人，也沒聽聞任何事……後來，我跟哥哥和雨宮一起到冥森散步，發現遺體。」

或許是有抽菸習慣，月惠的嗓音以女性而言算是相當沙啞，並且富有磁性。語氣不帶感情的部分跟賀勒有幾分相似，但少了賀勒的尖酸刻薄。

加茂略一沉吟後說道：

「這麼算起來，妳睡了將近十一個小時。」

「我每天都睡這麼久，何況我昨晚非常愛睏。」

此時，手上依然握著獵槍的漱次朗忽然開口：

「月惠，妳是女孩子，說話要文雅一點，免得嚇到偵探先生。」

更嚇人的其實是拿著獵槍說話的漱次朗，但加茂當然沒有出言譏諷。

「爸爸，以後我會注意……」

月惠說得有口無心，漱次朗似乎並不在意，滿足地點點頭，朝著加茂頷首說道：

「接下來輪到我了吧。」

「漱次朗……你老握著那把獵槍不放做什麼？」

漱次朗突然遭父親質問，結結巴巴地回答：

「咦？這附近出現殺人魔，我是爲了保護大家的安全。」

「打獵是你的興趣，我知道你是用槍高手，但你有沒有想過其他人的感受？身旁有人一天到晚拿著獵槍，只會搞得更人心惶惶。」

「這把槍沒裝子彈。」

「……等調查結束，你立刻將獵槍和子彈放回地下倉庫的櫃子。」

太賀的話聲帶有一股令人難以違逆的氣勢，漱次朗心不甘情不願地答應。爲了化解難爲情的氣氛，漱次朗先喝一口紅茶，才大聲說：

「呃，現在是要提出我的不在場證明，對吧？昨天用過晚餐，我和月彥進了娛樂室。用餐的時候，我們約好要賭博。」

文香的日記裡沒有提到這件事，加茂心生一絲期待，湊上前問：

「賭博？」

「是啊，月彥想在輕井澤擁有一棟自己的別墅，我原本說等大學畢業就買給他，他卻堅持要我現在就買。」

坐在沙發上的月彥高高蹺起修長的雙腿，啜著紅茶，一邊辯解：

「沒辦法，我現在就想要。反正又不是多貴的東西。」

聽到這句話，加茂忽然覺得自己認眞工作實在是很蠢的行爲。以龍泉家的財力，即使買一棟大樓也只是花點小錢而已。

漱次朗提醒月彥注意態度，接著說：

「這孩子說要跟我比一場西洋棋。如果他輸了，就會放棄別墅，但如果我輸了，便要在一星期內買別墅給他。」

月彥瞪著桌上的西洋棋盤，反駁道：

「我確實說過這句話，可是我沒想到老爸會答應。以前他根本不會理我提出的這類要求。」

太賀老人一聽，揚起嘴角：

「因爲你挑了一個對自己最不利的賭局。」

月彥愣了一下，似乎不明白祖父爲何這麼說。太賀露出賊兮兮的笑容，解釋道：

「你不曉得嗎？漱次朗從小就很會玩西洋棋。讀大學的時候，還曾跟當時的日本冠軍廝殺得難分難解呢。」

「那是很久以前的事了。」

漱次朗露出埋怨父親多嘴的表情，月彥則酸溜溜地咕噥：

「原來老爸是知道絕不會輸，才接受我的挑戰……老爸，你對兒子可眞好。」

漱次朗不理會月彥，轉頭朝著加茂苦笑：

「說來丟臉，我禁不起兒子的挑釁，答應和他一較高下。因爲這個約定，我一整晚都待在娛樂室。」

加茂明白漱次朗這句話具有重大的意義，緊接著問：

「要走出這棟別墅的玄關大門，勢必得通過娛樂室。換句話說……任何人進出別墅，都逃不過你的眼睛，是嗎？」

「沒錯。現在還沒說明昨晚做了什麼事的人，只剩下我、月彥、幻二和雨宮。不如我們一起說明，免得浪費時間。」

漱次朗說完，朝另外三人使了個眼色。接下來率先開口的是月彥。

「七點十分左右，我和老爸進了娛樂室下西洋棋。中間我們休息好幾次，最後花三個小時才分出勝負。」

「是誰贏了？」

加茂明知故問，月彥脹紅臉，氣呼呼地說：

「是我輸啦。總之，我待在娛樂室的期間，確實有人進出玄關大門。」

「其中一個是月惠？」

加茂問道。月彥露出戲謔的表情，揚起嘴角：

「嚴格來說，月惠離開的時候，我們還沒進娛樂室。所以，我們並沒有親眼看見她走出去。」

加茂聽了這句話，思考著月惠有沒有可能趁娛樂室沒人，把遺體的頭部和軀幹偷偷帶出去。

「……把遺體的頭部和軀幹搬到屋外的人，絕不可能是月惠。」

加茂做出這樣的結論。月彥深深點頭，附和道：

「沒錯，晚餐在七點結束，當時究一和光奇都還活著。從那個時候到我們進入娛樂室，只有短短十分鐘。這麼短的時間內，不可能連續殺死兩人、肢解屍體，還把濺在身上的血清理乾淨。」

「月惠大約幾點回到屋內？」

「七點四十分左右。」

漱次朗也點點頭，跟著作證：

「和平常一樣，當時她拿著裝菸具的小提包，所以我認爲她是去外頭抽菸。」

「原來如此……那段期間除了月惠之外，還有其他人外出嗎？」

加茂接著問。月彥指了指幻二。端著咖啡杯，凝視窗外景色的幻二，緩緩開口：

「還有一個是我。我曾到庭園散步。」

「現在雖然是夏天，但過了晚上七點，天色應該也逐漸變暗了。怎會挑那種時間散步？」

加茂問道。幻二露出些許無奈的微笑，說道：

「到外頭走走，可以幫助消化，順便抽根菸……我將近八點才外出，天色確實暗了。玄關前廳有公用的手電筒和提燈，我帶走一把。」

「能不能具體描述，你去過哪些地方？」

「我沿著庭園往上走到神社，接著就往回走了。」

「神社？你指的是……」

加茂心頭一震。幻二露出有些錯愕的表情，反問：

「我們習慣稱那座神社爲『荒神社』……有什麼不對勁嗎？」

果然沒錯，幻二口中的神社，就是荒神社。發生土石流後，那是唯一沒遭到埋沒的建築物。只是，加茂並不知道荒神社也在庭園內。當初加茂到詩野一帶勘查，荒神社已被拆掉，並未親眼目睹這座神社。

加茂沒回答幻二，輕輕搖頭敷衍過去，接著問：

「沒什麼……你大約幾點回到屋內？」

「將近九點吧。」

「這麼算來，你在庭園走了快一小時？」

這樣的舉動確實很可疑，但不能因此斷定幻二就是凶手。看著加茂的反應，幻二若有深意地笑道：

「你在懷疑我？」

「不，我只是覺得在外頭抽一小時的菸，會不會太久？」

幻二悲傷地皺起眉，搖搖頭：

「我不是凶手，請聽我的辯解……我是空著手走出去，空著手回來。」

加茂轉頭望向漱次朗父子，想確認幻二的話是否屬實。兩人都表示確實看見幻二進出娛樂室，而且清楚記得他的手上什麼也沒拿。

「既然雙手空空，要怎麼搬運遺體的頭部和軀幹？」

幻二露出挑釁的微笑。

加茂看著幻二，漸漸搞不清楚誰才是偵探。

不過，就算偵探的角色被搶走，加茂也不在意。打一開始，加茂就不是自願想當「名偵探」。只要最後能阻止「死野的慘劇」重演，調查工作由誰主導根本不重要。

「……你說的確實沒錯。回到屋裡，你又做了什麼事？」

加茂淡淡地問。幻二發現加茂沒被激怒，變得有些意興闌珊。他的笑容透著倦意，應道：

「直接回自己的房間，跟哥哥和光奇當然也沒見面。」

「但你沒有馬上就寢，對吧？後來你做了什麼？」

「接下來的事情，你先聽雨宮說完，再來問我吧。」

雨宮承受著所有人的目光，如坐針氈地放下咖啡杯，朝加茂說道：

「你應該發現了，昨天晚餐過後，我也從玄關大門走出屋外。」

「目的是什麼？」

「到薪柴倉庫劈柴。啊，我當然也是雙手空空。走出屋外的時間……差不多是七點二十分吧。我跟刀根川說好，過幾天要烤披薩來吃，得準備一些供披薩窯使用的薪柴。」

「咦，這棟別墅有披薩窯？」

面對這些有錢人的娛樂方式，加茂有點哭笑不得。雨宮似乎也是平民出身，向加茂輕輕點頭，露出「我能體會你的心情」的表情，回答：

「是啊，老爺特別請人蓋的。」

雨宮接著說明，太賀有個老朋友是義大利人，刀根川向對方學會製作披薩的技巧。

「對了，剛剛經過那附近的時候，或許是被薪柴倉庫擋住，所以你沒看見。其實薪柴倉庫的後頭，有一座大型石窯。」

雨宮補充道。加茂聽完雨宮的解釋，還是有些納悶，又問：

「怎會在晚上劈柴？」

「倉庫裡只要掛盞提燈就很亮，劈柴完全不成問題。而且我在晚上劈柴，還有幾個理由……」

雨宮扳著手指繼續道：

「第一點，前幾天一直在下雨，劈柴的事一天天往後延，有點來不及了……第二點，晚上劈柴有助於放空心思，比較不會失眠。」

見雨宮說得泰然自若，加茂不禁沉吟起來。

從這番話聽來，雨宮似乎很習慣使用斧頭、開山刀等工具。但若因此認定雨宮的嫌疑重大，似乎有點小題大作。

「既然是這樣，能不能請你詳細說明，平常是如何保管薪柴倉庫裡的斧頭？」

加茂提出這個問題，雨宮突然膽怯地低下頭：

「劈柴是我的工作，所以工具也是由我負責管理。平常我使用的斧頭和開山刀，都收在薪柴倉庫的置物櫃裡，鑰匙我總是隨身攜帶。今天早上我去確認過，沒有任何異狀。」

雨宮沒再說下去。此時，刀根川忽然開口替他作證：

「早上查看的時候，我也在場。斧頭和開山刀好端端地放在置物櫃裡，而且倉庫堆著不少昨晚才劈的薪柴。」

雨宮朝著刀根川低頭鞠躬，表達感謝之意，她微微一笑。刀根川一向面無表情，但顯然特別關心雨宮。

「那放在地下倉庫裡的備用斧頭和開山刀呢？」

加茂問道。雨宮朝刀根川瞥了一眼，回答：

「不見了，很可能是被凶手拿走了。」

「這可能性很高……地下倉庫裡的斧頭和開山刀，平常怎麼保管？」

「地下倉庫裡有斧頭和開山刀，並不是祕密，在場所有人都知道放在哪裡。而且地下倉庫並未上鎖，誰都能輕易取得。」

加茂不禁感到有些失望。原本以爲能夠靠「是否知道地下倉庫有備用的斧頭和開山刀」來判斷嫌疑輕重，如今這個期待也落空。

不過，加茂並不氣餒，繼續問：

「照你剛剛的說法，你是從玄關大門進出，對吧？但薪柴倉庫離後門比較近，何況你只是出去劈柴，按理應該會走後門，爲什麼你特地從前門進出？」

不知爲何，雨宮竟一臉難爲情。

「說起來有點丟臉……後門的門口附近有很多爛泥，你剛剛不是也看到了嗎？如果從後門進出，走廊和石板上會沾滿泥巴，打掃起來很辛苦。」

加茂心想，倒也合情合理，誰都不會想在晚上拿抹布擦拭走廊地面和石板。雨宮接著說：

「而且我們有個規定，晚餐過後會將後門的門栓扣上。」

「爲了防杜宵小嗎？」

「嗯……可是，每當我晚上在外頭做事，總會有人誤以爲門栓忘記扣上，而把門栓扣上了。由於這個緣故，我好幾次被關在外面進不來。」

如果誤上門栓的情況發生過好幾次，很可能表示有人暗中欺負雨宮。加茂當然沒把這個想法說出口。雨宮似乎完全沒起疑心，繼續笑道：

「所以一到晚上，如果要外出，我一定會走玄關大門。那麼，只要我身上帶著鑰匙，就不怕進不來。」

「原來如此……玄關大門的鑰匙平常如何保管？」

「只有四個人擁有鑰匙，分別是老爺、究一先生、我，以及刀根川。除此之外，若是訪客眾多，我們會在娛樂室也放一把鑰匙。平常都是放在那個櫃子的抽屜裡……晚上有人想外出散步，便可拿去用。」

加茂依著雨宮的指示拉開酒櫃的抽屜，裡頭確實放著一把鑰匙。鑰匙的尾端同樣有著木質握柄，刻著家的形狀。加茂拿出來仔細觀察，發現體積較大，與各房間的鑰匙並不相同。

加茂將鑰匙放回抽屜，繼續調查眾人的不在場證明。

「後來呢？你又做了什麼事？」

「我劈柴劈得忘了時間，回到屋裡已將近八點半。走進娛樂室，我看見漱次朗先生與月彥先生在下西洋棋。我也愛下西洋棋，很想觀摩，後來還是決定回房間。」

「我確實看見他走進娛樂室，又一臉遺憾地從走廊離開。」

月彥在一旁說道。雨宮露出苦笑，接著說：

「那時我身上都是汗，只想趕快沖個澡，上床睡覺……對了，沖完澡，究一先生打來一通電話。」

「究一打電話給你？」

加茂複述一次。雨宮用力點頭，應道：

「對，九點二十分左右，究一先生打內線電話給我，說有事商量，約我今天早上吃完早餐後詳談。」

「你猜得到究一想談什麼嗎？」

雨宮沉吟半晌，皺眉說道：

「當時我直接就答應了，沒想太多。老實說，我完全不曉得他要談什麼。」

「有沒有可能是其他人偽裝成究一，打電話給你？」

「唔，這個嘛……電話裡的聲音有點模糊，但聽起來確實是究一先生的聲音。」

「我明白了。」

「本來我已準備上床睡覺……但心裡還是很想看他們下西洋棋，便又回到娛樂室。」

「這傢伙回來找我們的時候，已超過九點半。不到一小時，我和老爸就分出勝負。」

月彥從旁插話。

「下完西洋棋，你們又做了什麼事？」

加茂接著問。此時，從剛剛就一直想接話的漱次朗開口：

「這孩子不服輸，又說要以撞球跟我一較高下。撞球是這孩子的拿手好戲。」

月彥似乎不願意在眾人面前被父親當成小孩子看待，從沙發站了起來，瞪漱次朗一眼。這一起身，加茂看出月彥比他的父親還高，應該有一百七十五公分。漱次朗不以爲意，繼續道：

「那一晚我的腦袋特別清醒，毫無睡意，加上這孩子糾纏不清，我便答應再較量一次。」

「老爸非常卑鄙，居然強迫我答應以二對二的方式較量。他知道如果跟我認眞對決，一定贏不了我。」

聽月彥憤憤不平，加茂便猜到他這次又輸了。雨宮莞爾一笑：

「於是我去了丑之間，把幻二先生帶到娛樂室。那時差不多是十點四十五分吧……當然，幻二先生是漱次朗先生特別指名的幫手。」

加茂聽到這裡，終於理解當時的狀況。

「簡單來說，這場撞球對決是月彥與雨宮，合力對抗漱次朗與幻二？」

原本一直保持沉默的幻二點頭應道：

「我們就是以那張撞球檯比賽撞球。從十一點開始，結束已將近兩點。」

漱次朗以同情中又帶了點取笑的表情，看著兒子說：

「打完撞球，這孩子就臭著一張臉回房間去了……後來我跟幻二和雨宮一起喝酒打牌，聊到早上。我沒打算熬夜，但不知不覺就變成這種情況。」

月彥別開臉，自言自語般說：

「所以我沒有凌晨兩點之後的不在場證明。早知如此，我絕不會離開這張沙發一步。」

加茂沒理會月彥，接著問：

「在娛樂室一直待到早上的三位，你們從頭到尾都聚在一起，沒分開過？」

漱次朗刻意誇張地點頭：

「沒錯，娛樂室裡也有廁所，根本沒必要離開……啊，十點四十五分，雨宮曾離開，到丑之間把幻二拉過來。不過，我記得他在短短五分鐘內就回來了。」

「我明白了。比完撞球，還有人通過娛樂室，前往玄關大門嗎？」

「約莫凌晨五點，刀根川曾通過，但不到十五分鐘就回來。六點四十五分左右，月彥從走廊進來，邀雨宮去散步。雨宮先回自己房間準備，五分鐘後，月彥、月惠和雨宮三人一起走出去。」

「剛剛提到的這些人當中，有沒有人手上拿著東西？」

「月彥他們三個當然什麼也沒拿，刀根川通過時拿著掃把和畚斗。靠那種東西搬運頭顱和軀幹，當然是不可能。」

加茂在腦中整理目前聽到的線索，一邊說道：

「我做個總結……究一曾在九點二十分左右，打內線電話給雨宮，對吧？」

在場所有人都點頭同意。加茂扳著手指，滔滔不絕地說：

「擁有最強力不在場證明的人，是漱次朗。從晚餐過後到早上七點，你都有完美的不在場證明。至於月彥，則有從晚餐過後到凌晨兩點的不在場證明，後來你和其他人在外頭發現遺體，但你出門的時候手上沒有拿東西，這也經過證實……另外，月惠在晚餐後離開過建築物，從時間上來推論，絕不可能在那時候搬運遺體。發現遺體的當下，妳也在屋外，然而基於跟月彥相同的理由，遺體不可能是妳帶出去的。」

加茂喘了口氣，接著說：

「至於雨宮，則是從九點半之後，擁有幾乎完美的不在場證明。而且，儘管從昨晚七點二十分到八點半之間，以及今天早上發現遺體的時候，你都待在屋外，不過進出之際你的手上沒拿任何東西……幻二的情況是在昨晚十一點左右進入娛樂室之後，就有不在場證明。晚上八點到九點之間，你雖然在屋外，但不可能搬運遺體，理由跟雨宮一樣。還有，凌晨五點起的十五分鐘之間，刀根川曾外出，基於同樣的理由，沒有嫌疑。」

「現在我想聽聽你個人的見解。」

太賀老人緩緩說道。加茂嘆了一口氣，搖頭回答：

「除了擁有完美不在場證明的漱次朗之外，單以時間來看，所有人都『有可能』行凶……然而，如果要將遺體的一部分從別墅搬運到冥森裡，所有人都『做不到』。」

「你這句話，等於承認自己的無能，是嗎？」

月彥說道。一股怒意竄上心頭，加茂轉頭反問：

「你說什麼？」

加茂不自覺地拉高嗓音。月彥帶著譏諷的表情，微微低頭鞠躬：

「若是這句話惹得你不開心，我在此道歉。不過，要是你做出的結論跟我們這些門外漢一樣，還當什麼偵探？」

「月彥，不准亂說話！」

太賀厲聲斥罵。月彥不疾不徐地坐回沙發上，又補一句：

「我只是實話實說。」

老人板起臉瞪著孫子，但目光中流露一絲任其自生自滅的冷漠，與對待文香或幻二的態度截然不同。

《龍泉文香的日記》

昭和三十五年八月二十三日

可怕的事情再度發生。

我害怕一個人待在房裡，更害怕跟其他人待在一起。我不知道該相信誰，而且每個人看我的眼神似乎也都帶著懷疑。

今天早上，漱次朗叔公沒出現在餐廳……因爲他死在寅之間，雙臂遭人割斷。床上滿是鮮血，連天花板也有鮮紅色的血[redacted]（有塗抹的痕跡）。

我實在沒辦法描述那恐怖的景象。

爺爺大受打擊，臥床不起，龍泉家的人簡直變成一盤散沙。如今我才深深體會到，爺爺對我們有多重要。

月彥堂叔認定沒有血緣關係的雨宮哥哥是凶手，破口大罵。我和刀根川阿姨幫雨宮哥哥說話，月彥堂叔竟一口咬定我們是幫凶。看著那凶惡的表情，我嚇得哭出來。月惠堂姑一副事不關己的神情，彷彿誰被當成凶手都無所謂。

刀根川阿姨看著月彥的眼神，冰冷到令人發抖。我第一次看到她露出那麼可怕的表情。爲什麼大家都有這種陌生的一面？

我試著跟雨宮哥哥交談，卻察覺他的眼神中帶著恐懼。他那眼神，彷彿懷疑我就是凶手。我好難過，再也說不出一句話……大家都變得好奇怪。不，連我自己也變得好奇怪。

幻二叔叔似乎很擔心我。明明發生那麼多恐怖的事情，他的態度卻和往常沒什麼不同？我看著他的臉，胸口湧現的恐懼反而超過安心感。

別墅裡的所有人似乎都變得不正常了。

今天從白天到入夜，什麼事也沒發生。可是馬上就要天亮，我有預感又會出事。下一個死的人，或許就是我。

昭和三十五年八月二十四日

刀根川阿姨死了，遭人割斷喉嚨。我們根本無法阻止凶手行凶，一切的預防措施都毫無意義。凶手想必偷偷嘲笑著我們的無能吧。

今天和前幾天一樣，白天什麼事也沒有發生。鴉雀無聲的氣氛，正腐蝕著我的身體。

我已不知道爲什麼要寫日記，或許我根本看不到明天的太陽。就算僥倖存活，未來又該何去何從？如果最後只剩下我一個人，我有勇氣對抗凶手嗎？（以下字跡無法判讀。）

——根據妳寫的日記，別墅裡的人會以這樣的順序遭到殺害。

加茂開啓智慧型手機裡的記事本程式，輸入這段文字。文香神情僵硬地在筆記本上寫下回應。

——漱次朗叔公今晚會被殺，接下來是刀根川阿姨。再接下來呢？

——沒有二十五日之後的日記。

——對了，那天是發生土石流的日子，所以根本沒有寫日記的時間，是嗎？

發生土石流之後，搜索隊總共找到五具遺體，分別是究一、光奇、漱次朗、刀根川和文香。除了文香之外，所有人都如同日記中記載的，身體遭到肢解或毀損。搜索隊依土石流破壞的規模，研判沒找到遺體的人多半也是凶多吉少。

此外，當年負責調查這起案子的退休警察回憶，發生土石流的當下依然存活的人，很可能是走到別墅外頭。如果他們是在建築物裡遭到活埋，按理搜索隊應該會在建築物的殘骸內部被搜索隊發現遺體。但除了逃往高台的文香之外，搜索隊並未發現這些人的遺體，恐怕都被土石流推送到很遠的地方。

然而，加茂沒告訴文香這些事。因爲這樣的結果實在太悽慘。

此刻，兩人躲在二樓的打掃工具室內。位置在小型載貨吊籃的旁邊，寅之間的正對面。手機螢幕顯示爲晚上十點二十四分。加茂調整過手機的時間，因此那就是「這裡」的正確時間。

打掃工具室裡非常陰暗，只能仰賴從走廊透進來的一點燈光。

——漱次朗應該是在寅之間遇害，只要守在房門前，就能揪出凶手。

加茂雖然這麼告訴文香，但深夜在這種地方和一個國中女生獨處，不管是對加茂還是對文香，都是相當尷尬的情況。

——話說回來，妳是不是該回自己的房間了？

——我也很想從我的房間監視，但位置實在差太遠。

——喂，妳一個國中女生，跟我這種中年大叔獨處一個晚上，實在不太好。要是龍泉家的人得知，加茂一定會被當成色狼吧。文香看到這句話卻不太開心地回應：

——關係到叔公的性命，哪管得了那麼多。你再逼我走，我就要大聲呼叫，並將你的計畫告訴大家。

加茂深深嘆了一口氣，明白她不是眞的想那麼做，只是想強調絕不會離開。另外還有一點，讓加茂不敢堅持要文香離開……那就是對現在的文香而言，最安全的地方，或許就是加茂的身邊。

文香返回子之間的途中，可能會被凶手看見。如此一來，凶手可能會決定下手殺害鬼鬼祟祟的文香。更何況，如果讓文香獨處，她不曉得又會做出什麼危險的舉動。

——好吧，隨便妳。

加茂在手機上輸入文字的同時，依然緊盯著門板下方的縫隙。

打掃工具室的門板因為結構的關係，與地板之間有著數公分的縫隙。只要從縫隙朝走廊望出去，就算待在打掃工具室裡也可清楚掌握寅之間的周邊狀況。而且，不管是有人打開二樓的房門，或是走上樓梯，在打掃工具室都能聽見動靜。

因此，要監視寅之間，這是最合適的藏身地點。

打掃工具室只有約二．五公尺見方，側邊的架子上擺著掃把、拖把、清潔劑之類的打掃工具。此外，室內深處的地板上，還有一個裝設水龍頭的清洗區。雖然東西又多又雜，但靠近走廊的位置有一塊清潔作業用的空間，並不算擁擠，足夠兩人容身。

……從開始監視到現在，已過好幾個小時，寅之間毫無動靜。加茂無事可做，只好將沙漏項鍊拿在手裡把玩。身旁的文香忽然又拿起原子筆，在筆記本上寫字。

——對了，有金平糖（註一）。

文香寫到這裡，忽然停筆，從口袋掏出懷錶。加茂不禁皺起眉。她以指甲在懷錶的背蓋上輕輕一摳，蓋子彈開，發出清脆的聲響。

——要不要吃？特別推薦紅色的。

文香將懷錶舉到加茂的面前，裡頭放著紅色、白色等各種顏色的可愛金平糖。

原來懷錶的後側有一個小小的收納空間，文香在裡頭放了金平糖，隨時帶在身邊。

不過，那收納空間並不大，金平糖只塞得下五顆左右。

——那是什麼，看起來像懷錶的印籠（註二）？

加茂忍俊不禁。文香有點不高興，拿起一顆紅色金平糖塞進嘴裡。

——爺爺特別訂製的懷錶，後頭可以放藥。

加茂以動作表示自己不想吃。文香收起懷錶，恢復認眞的表情，又寫起字。

——凶手爲什麼要切割遺體？光想就可怕。

——我想到一個可能的理由，但是否符合現況，我還沒梳理清楚……對了，在推理小說中，切掉屍體的頭顱是十分典型的「無臉屍體」詭計，目的在於讓人誤判死者的身分。當然，這是老套的手法。

——老套嗎？

文香疑惑地在筆記本上寫下這句話。加茂一看，不由得苦笑。

在科學辦案手法相當發達的二〇一八年，應該沒人使用這種方法來掉包屍體了吧。只要進行DNA鑑定，馬上就會破功……但在科學技術還不成熟的一九六〇年，情況又不相同，掉包屍體的騙術或許仍被視爲「可行」的做法。

註一：日本的傳統糖果，形狀類似星星，有各種顏色。在華人地區又稱爲花糖或星星糖。

註二：古代日本人隨身攜帶的小盒子，可放印章、藥物或體積較小的隨身物品。通常製作得精緻漂亮，在江户時代曾是身分和權勢的象徵。

——總之，社會一直在改變，每個時代的狀況都不太一樣。

——未來的事情，我完全不懂，但至少我爸爸和光奇表叔的情況，並不算是「無臉屍體」，因爲他們的頭部都被找到了。

加茂察覺這幾個字寫得有些扭曲，而且文香的眼中含著淚水，趕緊輸入：

——不必勉強，如果妳不想談，我們可以聊聊其他事情。

——不，爲了把凶手揪出來，我想好好討論。爲了爸爸，我一定要堅強才行。

後面這句話，與《文香日記》最後一句話一模一樣，應該是巧合吧。文香似乎想到另一件事，又落筆如飛。

——凶手這麼做，或許是爲了讓大家看不出凶器是什麼。

加茂想起兩名受害者的脖子，斷面都呈凹凹凸凸的鋸齒狀。或許凶手用來勒死受害者的凶器，會在脖子上留下獨特的痕跡。爲了隱藏這些痕跡，才刻意讓屍體身首分離。

——但如果只是爲了隱藏脖子上的痕跡，爲什麼要把光奇的遺體切成好幾塊？這似乎不太合理。

——也對……看來，想知道眞相，得先想出凶手把頭部和軀幹帶到屋外的方法。

文香在筆記本上畫出別墅內部的平面圖，並在後門附近畫了一個大圈。

——就算走出後門，只要不超過石板的範圍，就不會留下腳印。凶手有沒有可能是以防水布之類的東西裹住切割後的遺體，從石板的位置直接拋進地下庭園？

文香的推測確實有道理，地下庭園和石階距離後門不遠。但地下庭園與地面的高低差超過兩公尺，加茂試著在腦中想像頭顱與軀幹落入兩公尺下方的景象。

——不可能。將遺體從兩公尺高的地方拋下去，一定會產生一些傷口或痕跡。然而，遺體上完全沒有那樣的痕跡。

——那有沒有可能以繩子圍成一個大圈，一邊勾在後門的門板上，另一邊勾在大澡堂的窗戶欄杆上？使用完的繩子，不管是從地下室，還是從後門，都可輕易回收。

文香的這個推測，讓加茂著實吃了一驚。簡單來說，就是拿布包住頭部和軀幹，掛在繩索上，以類似空中纜車的方式送入地下庭園。

加茂沉吟片刻，搖搖頭。

——大澡堂的欄杆上，並沒有以繩索勾住或重物摩擦的痕跡。頭顱的話還有可能，但軀幹應該不可能靠這種方式搬運出去。

成年人的頭顱其實相當沉重，至少有四公斤。至於軀幹，更是重達二十公斤以上。要搬運這麼沉重的東西，又不能在欄杆上留下痕跡，實在不太可能。

推論遭到否定後，文香看起來有些沮喪，不過她馬上又低頭盯著平面圖。她畫的別墅平面圖，共有十二個房間。

爲了慶生聚集在這裡的，只有十人。撇開遭到殺害的究一和光奇的房間不談，別墅裡還有兩個空房。

其中的亥之間，據說是替歌劇演員池內準備的房間。

龍泉家的親戚中，她是少數沒受到詛咒的人。或許是她很早就和潄次朗離婚，與龍泉家的關係並不深。

另一個空房，則是卯之間。

龍泉家所有人似乎都刻意避免提起這個房間。從潄次朗和太賀的態度來看，這間房間簡直像是別墅裡的禁忌空間。

接下來有好一陣子，加茂與文香沒有進行文字交談。加茂留意著走廊上的動靜，一面回想今天傍晚發生的事情。

太賀最後決定讓加茂暫住亥之間，於是他從雨宮的手中接過一把握柄為小野豬模樣的鑰匙。可惜，亥之間是一樓的房間，監視二樓極不方便。

差不多就在加茂拿到鑰匙之後，龍泉一家人關上門窗，著手準備晚餐。

加茂到儲藏室瞥了一眼，看見裡頭擺著兩座冰箱，十分驚訝。冰箱是在一九五〇年代之後迅速普及，與黑白電視機和洗衣機合稱「三大神器」。眼下擺在儲藏室裡的冰箱，有著白色箱體和銀色握把。

加茂好奇地拉開冰箱，查看裡頭的模樣。當時的冰箱都是單門冰箱，但內部設有小型冷凍區。儲藏室裡的兩座冰箱，一座用來存放蔬菜和水果，另一座用來存放魚類和肉類。

雖說冰箱在這個時代逐漸普及，畢竟不是平民百姓買得起的東西。根據雨宮的描述，這一座冰箱的價格，相當於一般家庭兩個月以上的收入……

這天晚上負責準備餐點的人有好幾個，大家互相監視其他人是否有不尋常的舉動。刀根川加上較擅長做菜的月惠和雨宮，由三人負責烹煮。除了太賀之外，所有人都在一旁監視著。

話雖如此，並非所有人從頭到尾都待在廚房。

例如，雨宮有好一陣子不在廚房，據說是在跟太賀談事情。月惠曾在烹煮的過程中，以休息的名義走出廚房。負責監視的人也一樣，比方幻二似乎知道文香不喜歡菸味，跑到外頭抽菸，好一會沒有回來。至於月彥，甚至可說是絕大部分的時間都不在廚房。

認真進行監視的人，只有文香、加茂和漱次朗。

接近晚上七點，身穿茶褐色甚平（註）的太賀也來到廚房，跟加茂閒聊。加茂對一九六〇年代的時事一無所知，在對話上相當謹慎小心，採多聽少開口的策略，避免引起懷疑。

七點十五分，晚餐的菜肴終於全端上桌。

註：一種男用的居家和服，大多會搭配短褲。

根據刀根川和雨宮的說明，今天的晚餐是……番茄柚子醋涼拌茄子、起司蛋包、炒牛柳、法國麵包及綜合水果。

由於是三人共同完成的餐點，每個人的擅長料理不同，菜色之間沒有整體感。但在這節骨眼上，大家當然不會抱怨什麼。自從伶奈住院，加茂幾乎每天都只吃泡麵和冷凍食品，在他的眼裡，這樣的晚餐已無可挑剔。

晚餐結束，太賀下令「今晚所有人都待在房間裡，不准出來」。這部分也與文香日記中的記載相符。

大家喝著餐後的咖啡時，刀根川和雨宮已動手收拾及清洗餐盤。大約到了八點十五分，清理作業告一段落。見兩人從廚房回來，太賀看了手錶一眼，隨口向眾人打聲招呼，便起身離開餐廳。

根據文香的說法，這幾乎已是慣例。太賀每天吃完晚餐，都會在八點半之前離開餐廳，回到寢室。太賀離開餐廳不久，外頭便傳來金屬的摩擦聲，似乎是輪椅升降機的聲響。

加茂原本打算跟著離開，卻因漱次朗和雨宮不斷提問而無法抽身。尤其是漱次朗，他似乎對當下的處境十分不安，連珠砲般反覆詰問，想把目前所知的線索問個一清二楚。加茂迫於無奈，跟漱次朗交談將近二十分鐘，才得以離開餐廳。但以先後順序來看，加茂離開餐廳的時間仍僅次於太賀。

加茂走上樓梯，便在二樓看見輪椅升降用的鐵板。吃晚餐之前，加茂清楚記得鐵板的位置是在一樓，可見太賀應該是在二樓沒錯。

二樓的樓梯旁有一小塊空間，好幾幅油畫靠牆放著。看來，這個空間是畫作的暫時存放區。距離加茂最近的一幅是靜物畫，上頭畫著蘋果、芒果等水果。

這些油畫背後的縫隙，隱約可看見插著金屬製的器具和紅色毛毯。但加茂並未放在心上，直接從前方走過，再通過有著蛇腹式拉門的小型載貨吊籃前方，閃身進入打掃工具室。

就在加茂感覺終於可以喘口氣的時候，文香突然出現在走廊上。以時間來看，似乎是在加茂離開餐廳不到一分鐘，文香也走出來。只見她從打掃工具室的前方通過，進入她的房間，旋即拿著坐墊出來，走進加茂躲藏的打掃工具室。

數分鐘後，幻二也走上樓梯，進入丑之間。加茂拿起手機確認時間，螢幕顯示著八點四十四分。

接下來，加茂便與文香持續監視走廊上的動靜。九點十三分，月彥走進巳之間，扣上門鎖。五分鐘後，漱次朗進入寅之間。

咄咄逼人又冷酷無情的月彥是蛇（巳），一見面就拿著獵槍嚇唬人的漱次朗是危險的老虎（寅）……加茂以這樣的方式記住兩人的房間。

除了這三個房間之外，二樓還有三個房間。

分別是沒人敢提及的卯之間、太賀老人的辰之間，和文香的子之間。

看來，住在二樓的人都到齊了。接下來要做的事，只有靜靜等待凶手現身。然而，凶手恐怕不會在這麼早的時間採取行動，加茂已做好長期抗戰的心理準備。

文香從剛剛就不停偷覷加茂。果然，她又寫起字。

——對了，關於凶手爲什麼要切割屍體，你剛剛說想到一種可能的理由，到底是什麼？

加茂正好想找點事打發時間，於是在智慧型手機上輸入文字。

——抱歉，我沒跟妳解釋嗎？雖然我還沒有想得很透徹……但我猜測凶手將屍體肢解，可能是採取「比擬殺人」詭計。

文香愣了一下，凝視著加茂。

——你是指類似模仿「鵝媽媽童謠」的內容殺人？

加茂暗忖，文香想到的作品應該是范．達因（S. S. Van Dine）的《主教謀殺案》（*The Bishop Murder Case*）吧。這部偵探小說可謂比擬殺人詭計的濫觴，作品描述多起模仿〈誰殺了知更鳥〉（*Who killed Cock Robin?*）、〈蛋頭先生〉（*Humpty Dumpty*）等《鵝媽媽童謠》（*Mother Goose*）內容的凶殺案。

——差不多就是那個意思吧……妳還記得娛樂室裡的那幅畫嗎？

——《凱美拉》……那是爺爺非常喜愛的一幅畫。

——那幅畫裡的怪物確實擁有各種動物的特徵，但不是凱美拉。希臘神話對凱美拉（Chimera）的描述，是獅頭、羊身和蛇尾。

文香歪著頭，露出納悶的神情，在筆記本上寫下文字。

——可是畫裡怪物的頭不是獅子，身體也不是羊。

——畫家的雅號「夜鳥」，其實已點出那怪物眞正的身分。文香，妳聽過「鵺」這種怪物嗎？

——那是什麼？

——前陣子我因爲雜誌社工作的需要，針對都市傳說進行過一番調查……等等，妳不知道什麼是都市傳說吧？總之，我調查了關於「鵺」的傳說。

加茂強大的記憶力此刻又派上用場。

——根據傳說，「鵺」有著猴面、狸身、蛇尾和虎足，聲音像虎鶇。

文香顯得十分驚訝。

——那幅畫裡的怪物，確實有一張紅紅的臉，身體是灰褐色，尾巴是蛇，四肢有著黑黃相間的條紋……那就是你說的「鵺」。

——沒錯，而且「鵺」這個字，就是「夜＋鳥」。

——畫家的雅號是「夜鳥」，也暗示畫作的主題是「鵺」？

加茂正要回答，卻察覺文香一臉疑惑。加茂低頭一瞧，發現明明他什麼都還沒輸入，手機螢幕上卻已出現一排文字。

——加茂，你提到的「鵺」，是古代傳說中被源賴政一箭射死的妖怪嗎？《平家物語》確實記載著這個典故。但也有一派說法指出「鵺」是虎鶇這種鳥的別稱，並非怪物的名稱。傳說中，那怪物是鳴叫聲像虎鶇(註)，才被稱為「鵺」。

看著莫名其妙顯現的文字，加茂不禁苦笑。等手機螢幕上的「異常訊號」不再出現後，加茂也輸入文字。

——但在民間傳說裡，還是直接把「鵺」和妖怪畫上等號……你是賀勒吧？

——沒錯，好久不見。

螢幕上隨即出現對方的回應。

「你跑到哪裡去了？」

文香忍不住出聲，對著手機咕噥。賀勒並未理會，繼續顯示出文字。

——話說回來，這裡眞暗。文香寫的字，你似乎看得很吃力。不如我點亮沙漏，讓房間亮一點，如何？亮度隨你挑選，就算想點到早上也沒問題。

——拜託你千萬別這麼做！一有亮光，就會被人發現我們躲在這裡！

——好吧，既然你這麼說……等等，你的手機快沒電了。「這裡」的插座規格跟你的時代大同小異，為什麼不充一下電？

加茂注意著外頭的動靜，一邊輸入文字。

——別說這些廢話來打擾我們的監視行動。充電線在我的公事包裡，公事包在我的車上。

——你居然把這麼重要的東西遺忘在二〇一八年！跟你們天南地北地閒聊可是我最期待的事情！

加茂微微聳肩，繼續輸入訊息。

——別理會這傢伙，我們繼續剛剛的話題。我認為在這起謀殺案中，「比擬」的就是「鶫」。

文香倒抽一口氣，似乎已理解加茂想表達的意思。加茂持續輸入文字。

——睡在申（猴）之間的究一，被砍下頭顱。今晚即將遭到攻擊的漱次朗睡在寅（虎）之間，根據妳的日記，他會被斬斷雙手。明天將遇害的刀根川睡在酉（雞）之間，她的咽喉會遭到毀損。

此時手機螢幕忽然閃了一下，大概是賀勒想吸引加茂的注意。螢幕上接著出現賀勒自遠端輸入的文字。

——但光奇的房間是戌（狗）之間，並不是狸貓。

註：實際存在的鳥類，學名是 Zoothera dauma。

——沒錯，只有他的狀況不符「比擬殺人」詭計。

——不，那是狸貓。

文香忽然寫出這麼一行。接著，她繼續寫道：

——光奇表叔有一隻心愛的柴犬叫raccoon，而英文raccoon dog的意思就是狸貓。

凶手以如此殘酷的手法行凶，竟是基於這種兒戲般的理由。加茂感到背脊發涼，一時不知該怎麼回應。就在加茂猶豫之際，賀勒已在手機裡的記事本軟體上輸入數行文字。

——爲了方便理解，我稍微整理一下。

龍泉究一　申之間（猴子）　頭部
都光奇　戌之間（寵物「raccoon」＋狗「dog」＝狸貓）　軀幹
龍泉漱次朗　寅之間（老虎）　雙手
刀根川鶫　酉之間（雞，或是「虎鶫」）　咽喉（聲音）

加茂點點頭，跟著輸入文字。

——這麼一來，就能推斷出誰會在二十四日深夜遇害。剩下的比擬物，只有蛇而已，也就是睡在巳之間的月彥……但我很好奇，當初房間是怎麼分配的？

這個問題的背後，代表著加茂懷疑決定房間分配方式的人，或許就是凶手。文香似乎也察覺加茂的意圖，輕輕搖頭，寫道：

——爺爺特別鍾愛辰之間，一開始就挑走了。至於其他房間，則是爸爸兩年前和大家討論後共同決定。光奇表叔喜歡狗，選了戌之間。漱次朗叔公是阪神虎隊的球迷，選了寅之間。我挑選子之間的理由，則是鑰匙握柄很可愛。

如今究一已遭殺害，難以求證當初挑選房間的過程中，是否受到凶手刻意誘導。

此時，加茂驚覺另一種可能性，不由得全身顫抖。

那就是凶手打一開始就企圖殺光龍泉一家。若是如此，誰睡在哪個房間根本沒有任何意義……反正只會影響遇害的順序，結果都一樣。

驀地，不知何處傳來馬達的運轉聲。

那聲音伴隨著鈍重的震動，與輪椅升降機的聲音截然不同。坐在打掃工具室裡的加茂和文香，都有一種心臟受到撼動的錯覺。見文香的臉上流露驚懼之色，加茂才明白她也是第一次聽到這樣的聲音。文香顫抖著寫下文字。

——那是什麼聲音？

——或許是地震吧。發生土石流之前，好像都會有這種徵兆。

智慧型手機又閃了一下，螢幕上出現賀勒輸入的文字。

——請放心，在二十五日之前，絕不會發生土石流……話說回來，加茂，你今天真的表現得非常好。不僅順利以偵探的身分潛入龍泉家，還成功保住下一個犧牲者漱次朗的性命。目前爲止，你的表現甚至超越我的期待。

賀勒這幾句讚美之語的背後似乎帶著幾分譏諷，加茂不禁皺起眉。但他沒料到，這是來自賀勒的最後一則訊息。

＊

加茂低頭看著手機，內心著實鬆了口氣。

漫漫長夜結束，黎明終於到來。清晨六點四十分……接近太賀老人昨晚指示大家今天到餐廳集合的時間。

到頭來，凶手根本沒現身，二樓走廊也不曾響起走動聲。唯一讓加茂感到不安的，只有手機僅剩五％的電量。

從走廊窗外的天色看來，今天似乎會下雨。監視一整晚，加茂感到腰痠背痛，忍不住大大伸了個懶腰。文香模仿加茂，做起伸展操。當初文香帶進打掃工具室的白色坐墊，依然放在裡面，並未帶走。

兩人互望一眼。文香在擔心什麼，加茂非常清楚，於是走上前，敲敲寅之間的門。

照理來說，漱次朗應該平安無事。雖然理智如此告訴自己，加茂仍緊張得掌心冒汗。站在旁邊的文香不由得緊緊抓住加茂的左臂。

「加茂，早啊……」

漱次朗開門來到走廊上，只見他已換上深藍色的三件式西裝。成功保住漱次朗的性命，加茂感動莫名。加茂與文香再度對望，點了點頭，竟忘了向漱次朗打招呼。

見兩人神情古怪，漱次朗有些摸不著頭緒。於是，加茂向漱次朗解釋，他在巡視房間，確認所有人是否安然無恙。漱次朗的眼睛下方有著明顯的黑眼圈，顯然沒睡好。由於漱次朗表示想在房間多待一會，加茂與文香決定繼續確認二樓的其他人是否平安。

兩人正想走向巳之間，卻看見月彥走出門外。相較於徹夜未眠而衣衫凌亂的加茂，他從頭到腳可說是打理得光鮮亮麗。鬍子刮得乾乾淨淨，頭髮梳得伏伏貼貼，身上的牛仔褲和淡藍色運動衫也沒有一絲皺褶。

月彥對加茂與文香絲毫不感興趣，只丟下一句：

「我先去餐廳了……大偵探。」

看著月彥的背影，加茂心情又開朗幾分。目前有兩人平安無事，已是極大的收穫。接著，加茂志得意滿地敲了敲太賀的房門。

等了好一會，辰之間卻沒傳出任何回應。加茂又敲了好幾次門，甚至大聲呼喚，房內依然無聲無息。

「爺爺會不會是身體不舒服？」文香低聲呢喃。擔憂加上睡眠不足，她的臉色十分蒼白。接著，兩人進入子之間，打內線電話到辰之間，還是沒得到回應。加茂認爲事有蹊蹺，立刻便想破門而入。但門板設計得相當堅固，加茂連踹幾腳，門板仍紋風不動。

幻二聽見聲響，走出丑之間。今天他穿著白色開領襯衫和寬鬆的黑色長褲。不一會，漱次朗也來到走廊上。

請兩人幫忙守住門口，加茂奔向一樓。不到五分鐘，他便帶著雨宮上樓。只見雨宮還拎著工具箱。

由於別墅裡沒有萬用鑰匙，雨宮只能破壞固定門板的金屬鉸鏈，光是這件事就花了十分鐘。雨宮終於將門板拆下，而後獨力抬起門板，靠在旁邊的牆上。

加茂率先衝入，緊接著是幻二和文香。漱次朗與雨宮沒勇氣入內查看，只是站在走廊上不停耳語。

辰之間的格局，與申之間、戌之間大同小異。最大的差別，只是床邊多一張折疊的輪椅，上頭放著酒紅色毛毯。

椅子上擺著一件摺得整整齊齊的茶褐色甚平，床腳邊的地上掉落一把鑰匙。除此之外，床邊的桌上有一具黑色電話機，電話機旁有半杯水。

床邊桌子的抽屜已拉開，裡面放著一些文具，底下還有一枚黑色信封。但最重要的太賀本人卻不見蹤影。

「……爺爺呢？」

文香緊抓著加茂的左臂如此呢喃。自從踏入辰之房間，她一直是這個狀態。幻二也只是站在門口附近，一臉徬徨地環視房內。

加茂蹲下來，看著掉在床邊地上的鑰匙。

那把鑰匙並非完好無缺。握柄處的細繩斷了，鑰匙本身也受到擠壓而扭曲變形。雖然樣式跟其他房間的鑰匙沒什麼不同，但看起來更老舊。

「總之……這把鑰匙先由我保管。」

加茂戴上為了進行採證而借來的厚手套，捏起那把鑰匙，直接放進胸前口袋。

最後，加茂查看廁所、浴室和衣櫥。文香顯得相當焦慮，始終緊跟在加茂的身邊。但找遍整個房間，就是不見老人的蹤影。房裡所有窗戶都是上鎖的狀態。

「看來不在房裡。」

加茂轉頭說道。幻二雙手撐在桌上，神情凝重地說：

「……那祖父會在哪裡？」

驀地，幻二雙手底下的抽屜吸引了加茂的目光。

加茂將抽屜整個拉出，發現抽屜深處有一只刻著龍的懷錶。不管是顏色或形狀，都與文香的懷錶極為相似，尺寸卻大了不少。加茂取出懷錶，打開錶蓋一看，顯示著六點四十六分。

除此之外，抽屜裡只有筆記本、鋼筆及一些工作上的文件資料。沒有任何一樣東西暗示著太賀老人的下落。

加茂抬起頭，百思不解。

昨晚他明明和文香躲在打掃工具室觀察走廊，並未看見太賀踏出房門一步。回想昨晚的情況，輪椅的升降機確實移動到二樓。而且吃完晚餐，太賀離開餐廳不久，就傳來升降機的運轉聲。當時，除了太賀之外，所有人都還在餐廳裡，因此升降機必定是由他本人操控。操控升降機的唯一理由，只有上二樓。那麼，太賀肯定上了二樓。

既然上了二樓，現下他在哪裡？

加茂來到走廊上，雨宮和漱次朗連忙讓路。文香緊跟在加茂的身後，過了一會，幻二也走出房門。

不一會，原本坐在餐廳裡的月彥與月惠也加入眾人的行列。大家決定徹底搜索二樓。畢竟事態非同小可，沒人拒絕加茂進入房間查看。

一行人依序確認寅之間、丑之間、巳之間和子之間，檢查每一間的浴室、廁所及衣櫥，就是找不到太賀的人影。

最後加茂要求查看卯之間，除了文香和雨宮之外，所有人都面露難色。尤其以漱次朗的反對之意最強烈，但在加茂的堅持下，眾人決定打開卯之間。

卯之間的門板與鎖頭樣式都與其他房間相同，鑰匙由太賀本人親自保管。如今太賀下落不明，只能破壞門板上的鉸鏈。

或許是相同的動作已做過數次，雨宮掌握住訣竅，只花五分鐘就拆下門板。一取下門板，房內頓時飄出一股混濁的空氣。雨宮正要將門板靠在牆邊，加茂已匆匆踏進卯之間。

一股微酸的油臭味竄入鼻中。房間太過昏暗，什麼也看不清楚，加茂直接走向房間深處，一口氣拉開窗簾。

原來桌上擺著一個油畫用的調色盤，以及二十多枝不同粗細的畫筆，這些東西正是臭味的來源。不知是誰使用到一半便擱置不理，調色盤上還有一些乾掉的顏料，蒙著一層灰塵。

旁邊有一個木製油畫用具盒，裡頭露出用到一半的顏料軟管、調色抹刀，以及幾瓶油，床邊擺著幾張空白畫布。所有的東西都不知道放置了多久，沾滿灰塵。瓶裡的油沉澱凝結，畫布也已泛黃。

不知不覺中，除了雨宮之外，所有人都進入房間。加茂又接著查看浴室和廁所，依然沒發現太賀。

卯之間的內部狀況與其他房間極爲不同，似乎沒有經過重新裝潢。壁紙和地板皆已褪色，浴室和廁所的布置也大相逕庭，還保留著別墅剛建好時的原始面貌。

加茂仔細查看包在畫筆上的報紙，上頭印刷的日期為昭和二十三年四月十七日。換算成西元，是一九四八年，也就是距今十二年前……意味著這房間已封鎖超過十年。

加茂原本想追問漱次朗關於這房間的內情，最後打消念頭。當務之急，是確認太賀是否平安，不能把時間浪費在這種事情上。

加茂快步走出房間，與正朝著房內探頭的雨宮差點撞在一起。由於門板已拆下，門口變得空空蕩蕩。鉸鏈遭破壞的門板就放在左側，倚靠著走廊的牆壁。

加茂走向小型的載貨吊籃。

吊籃的籃體停留在一樓，加茂先按下操縱盤上的按鈕，讓籃體來到二樓。那小小的籃體伴隨著沉重的聲響緩緩上升。

吊籃的型式相當老舊，看起來是日本剛開始生產電梯的時期製造的。

籃體停止後，籃體底部與二樓地板同高，這樣的設計應該是為了方便搬運貨物。拉開格狀的蛇腹式拉門，籃體內部便呈現在眾人面前。但籃體本身並無照明設備，內部比想像中陰暗許多。加茂向雨宮借來手電筒，仔細查看，確認整座吊籃內空無一物，籃體周圍也沒有髒污或明顯的傷痕。

然而，加茂最沮喪的一點，是籃體內部尺寸比預期中小。加茂借來捲尺一量，吊籃的寬度為一百一十公分，深度為七十公分，高度只有八十五公分，而且內部有兩枚水平隔板。

加茂心想，或許那隔板可拆下，試著用力拉扯，隔板卻紋風不動。仔細一看，雖然是可拆式隔板，但與籃體的貼合面嚴重生鏽，已完全無法移動。

如果水平隔板可取下，或許還能躲人。但加上隔板之後，每一層的空間只剩下一百一十公分×七十公分×二十七公分。除非是瑜珈大師，否則以成年男子的體型，不可能長時間躲藏在裡頭。

根據漱次朗的描述，太賀年輕時的身高約一百七十公分，當然更不可能鑽進去。浪費這麼多時間卻毫無收穫，加茂頗為沮喪。最後，加茂又查看了打掃工具室，太賀當然也不在裡頭。

整個二樓都看過之後，眾人簡單交談幾句，決定繼續搜索其他樓層。這次加茂跟在眾人的最後面，看著眾人的背影依序走下樓梯。漱次朗親子三人，再加上幻二、文香和雨宮，總共是六個人……加茂察覺不對勁，喃喃問道：

「……刀根川呢？」

仔細一想，今天從一大早就沒看到刀根川的人影。聽見這句話，眾人全停下腳步，面面相覷。

「對了，剛剛在廚房也沒遇到她。」

月惠說道。她今天穿的是素色的短袖貼身洋裝。雨宮跟著點頭說道：

「她今天難得晚起，早餐是我和月惠小姐準備的……畢竟昨天才發生那種事，我們討論後，決定讓她休息到七點再叫她。」

另外也有人表示早已察覺刀根川不見人影，但由於太賀失蹤，大家都慌了手腳，把刀根川的事情拋在腦後。

一行人不約而同地轉身，走向刀根川的房間。

酉之間上了鎖，大家在門外呼喊許久，接著又撥打內線電話，房內卻鴉雀無聲。於是雨宮只好再度動手，破壞金屬鉸鏈。等待的空檔，加茂取出手機看了一眼，此刻是上午八點十分。

就在雨宮拆下門板的同時，加茂迫不及待地透過縫隙窺望房內，登時倒抽一口氣。身穿女傭服裝的刀根川，仰躺在床上，嘴唇周圍殘留著大量吐血的痕跡。咽喉上有撕扯的爪痕，傷口附近全是快要凝結的鮮血。

加茂見狀，立即明白這又是一樁比擬殺人……睡在酉（雞）之間的刀根川鵪撕扯咽喉而死，因爲「鵪」有著虎鶇般的叫聲。

「刀根川？」

拿著門板的雨宮看見房內的景象，也整個人嚇傻了，嘴裡低聲呢喃。

加茂走進房內，探向刀根川的脈搏，但刀根川死去已久，連身體都變得冰冷了。

加茂對著眾人搖頭，文香放聲大哭，奔進房裡，跪在刀根川的遺體旁。

「爲什麼會變成這種情況……？」

加茂茫然地低頭望著遺體。

根據文香的日記，凶手下一個目標應該是漱次朗……爲什麼凶手突然改變順序？難道凶手察覺加茂在打掃工具室裡進行監視？抑或……加茂的出現，對凶手造成巨大的影響？

加茂望向身旁微微顫抖的文香。回想起來，知道他徹夜在打掃工具室裡監視的人，只有文香。莫非她不小心將這個祕密洩漏給凶手？或者，她就是殺人魔，日記內容全是捏造的？

「死因是……毒殺嗎？」

漱次朗一字一句問得異常緩慢。這句話將加茂拉回現實。

「嗯，可能性很高。」

加茂的視線移回眼前的遺體。刀根川的指甲縫裡殘留大量血跡，顯然是撕抓自己的咽喉造成的現象。加茂仔細檢查刀根川的身上，發現女傭服的口袋裡放著一把鑰匙，鑰匙的握柄處有著雞的圖騰。加茂決定取走鑰匙，連同剛剛在太賀的房裡發現的鑰匙一併保管。

接著，加茂查看床畔的桌子。

黑色電話機旁有一個托盤，托盤上放著空杯子，以及寫著「四君子湯」的藥包。昨天加茂等人爲了檢查窗戶欄杆進入酉之間時，桌上就有這些東西。只見其中一包藥已打開，裡頭是空的。

「刀根川有什麼慢性病嗎？」

加茂問道。文香一面拭淚，一面應道：

「她說過胃不太好，可能是治療胃病的藥。」

雨宮輕輕點頭，附和道：

「應該不會錯，住在龍泉家的宅邸時，她每天都會吃這樣的藥。」

此時，漱次朗忽然不屑地說：

「問這些有什麼用？我們既不是醫生，也不是驗屍官，根本無法確認中藥裡有沒有毒。」

「要確認有沒有毒，不需要專業的知識。」

俯視著刀根川遺體的月彥突然冷冷說道。

「只要在森林裡布置陷阱，抓來幾隻老鼠，把剩下的藥餵給牠們吃，或是讓牠們舔一舔杯子，不就行了嗎？老鼠如果死掉，表示有毒。」

月彥流露興奮的眼神，加茂不禁心裡發毛。加茂曾批評賀勒太冷血，如今看來，這個年輕人或許更適合「冷血」這個字眼。

「這麼做……恐怕毫無意義。」

幻二出聲。月彥一聽，剎時流露出不悅的表情。

「爲什麼?」

「就算我們查出有人在藥裡下毒,也無法確認下毒的時間點。可能是來到別墅前就下了毒,就算是來到別墅後才下毒,在我們發現哥哥和光奇的遺體之前,有些人根本不鎖房門。換句話說,只要有心,任何人都有很多下毒的機會。」

注意到杯子上完全沒有髒污,加茂接著說:

「刀根川吃完藥,似乎立刻把杯子洗乾淨,就算要驗毒,恐怕也驗不出來。」

月彥的意見遭到駁斥,忽然大發雷霆,狠狠踹牆壁一腳。文香與月惠聽見巨大的聲響,嚇得跳了起來。然而,月彥本人驟然恢復冷靜,淡淡說道:

「與其扯這些……不如認眞找出爺爺。到了這個地步,誰知道接下來還會發生什麼事。」

月彥的態度雖然有些奇怪,但加茂更在意月惠的反應。剛剛文香單純是因月彥突如其來的舉動受到驚嚇,月惠看著哥哥的眼神,卻流露出明顯的懼意。

確認太賀也不在酉之間之後,眾人決定分頭在別墅內進行搜索。所有人分成三組,以漱次朗親子三人爲一組,加茂和文香爲一組,幻二和雨宮爲一組。

一樓的所有房間、廚房、餐廳、娛樂室、倉庫、儲藏室、機械室……眾人全都找遍了,就是找不到太賀的蹤影,也沒發現任何與昨天不同的可疑跡象。後來,大家又找了地下室,仍一無所獲。

唯一的小小發現，是在檢查一樓的載貨吊籃時，加茂仔細測試，發現蛇腹式的吊籃內門，和靠走廊側的外門必須互相配合才能開啓。換句話說，當吊籃不在該樓層，外門就會被鎖上，呈現無法開啓的狀態。

爲了進行測試，加茂按下吊籃的緊急停止按鈕，接著嘗試以蠻力拉開蛇腹式內門和外門……沒想到就在這個瞬間，鈴聲大作，加茂嚇得整個人彈了起來。

文香向加茂解釋，只要按下緊急停止按鈕的時候，吊籃不在正常的位置，機器就會響起警示的鈴聲。雖然吊籃馬上恢復正常運轉，但刺耳的鈴聲已把其他搜索小組全吸引過來，造成不小的騷動。總之，既然按下緊急停止按鈕會發出這麼大的聲響，昨晚肯定沒人按過。

除此之外，直到搜索行動宣告結束爲止，什麼事情也沒發生。最後大家的結論是，太賀可能已不在別墅內。於是，眾人決定將搜索範圍擴大至屋外。這時雖然沒下雨，但天空烏雲密布，似乎隨時又會下起雨。

一走出屋外，眾人登時聞到一股令人作嘔的焦臭。而且越靠近別墅的後方，臭味越強烈……可是，別墅外頭能夠燒烤東西的設備，只有那座烤披薩專用的窯。

披薩窯爲紅磚材質，尺寸頗大，直徑約有兩公尺。窯的前方掉落著一支鑰匙的握柄，上頭的圖案是抓著藍色寶珠的龍，但握柄前端並沒有鑰匙，上頭的細繩也斷了。

加茂拾起鑰匙握柄，放進口袋，接著慢慢拉開窯門……藉著外頭透入的燈光，隱約可看見一具蜷曲的焦屍。

凶手多半是使用薪柴，將屍體燒掉了吧。窯內瀰漫著煙灰及焦氣，但火焰似乎熄滅許久，窯體本身摸起來只有微溫。

加茂借來手電筒照向窯內，確認焦屍的狀態。

臉部的燒焦程度最爲嚴重，幾乎完全變形。至於臉部以外，雖然同樣燒焦，但或許是濕氣降低窯內的溫度，身體各部位並未裂成碎塊。

唯一的例外……是雙腿。在手電筒燈光的照射下，可看見那焦屍的雙腿只剩七公分左右，以下的部位已不翼而飛，令人怵目驚心。

察覺這一點，加茂腦海又浮現那幅《凱美拉》。

剛剛搜索別墅內部，眾人已確認究一和光奇的遺體好端端地放在地下倉庫裡。更何況，這具焦屍的頭部與軀體沒分離，絕不會是究一或光奇的遺體。

如果這具焦屍眞的是太賀，凶手斬斷他的雙腿，很可能也是一種比擬殺人的手法。因爲「太賀」這個名字的讀音，與英文tiger（老虎）有幾分相似。換句話說，凶手很可能原本打算把漱次朗與太賀都殺死。爲了符合比擬物，約莫是一個代表老虎的前腿，一個代表老虎的後腿。

或許文香才是眞正的殺人魔，那些日記的內容全是假的……加茂的心底，依然沒有完全排除這個懷疑。

但文香一直跟隨在加茂的身旁，這是無庸置疑的事實。從昨天晚上到今天早上，她有非常完美的不在場證明，絕不可能有機會將太賀老人的遺體放進披薩窯裡焚燒。

若說文香有共犯，也不合理……昨天晚上第一個走出餐廳的是太賀老人，第二個是加茂。後來離開餐廳的人，都不可能避開加茂的耳目，神不知鬼不覺地溜上二樓殺害太賀，並將遺體搬運出去。

驀地，加茂察覺文香看著自己，明顯流露出猜疑的眼神。加茂非常清楚她在懷疑什麼。

第一，她懷疑加茂就是殺人魔，什麼穿越時空云云都只是信口胡謅。第二，加茂是昨晚繼太賀之後第一個離開餐廳的人，她懷疑加茂有機會殺死太賀。

當然，第二項懷疑馬上就會消失，因爲加茂離開餐廳不到一分鐘，文香便緊跟上來，兩人很快在打掃工具室裡會合。加茂根本沒有足夠的時間犯案，文香就是最好的證人。

「爺爺的腳跑到哪裡去了？」

月惠如此低聲呢喃，加茂下意識地左右張望。在肉眼可確認的範圍內，沒發現任何疑似人腿的東西。後來眾人又回到別墅裡搜索，當然也沒發現遭到截斷的雙腿。

月彥露出討人厭的笑容，看著加茂說：

「大偵探……現在又多了兩具屍體，你有沒有什麼新發現？」

加茂沉吟片刻，應道：

「我發現一個線索，或許有助於揪出凶手……但我想問各位幾個問題，我們到娛樂室裡談吧。」

＊

踏進娛樂室的瞬間，加茂僵在原地。

「……不見了？」

原本掛在北側牆上的《凱美拉》畫作竟憑空消失。文香摀著嘴，目光中充滿疑惑。搜索太賀下落的時候，加茂與文香負責的是餐廳和廚房，因此打從一大早就沒詳細查看過娛樂室，當然也沒察覺畫作不見。

眾人不是面面相覷，就是竊竊私語。加茂苦笑道：

「哪一位取走了畫，請說出來好嗎？」

在場所有人都搖頭。

「那麼，恐怕是凶手拿走的。」

漱次朗一聽，登時臉色大變，質問：

「什麼意思？那幅畫和命案有什麼關聯嗎？」

「沒錯，凶手很可能是以『鵺』作為比擬物。」

娛樂室剎時陷入死寂。眾人目不轉睛地盯著加茂，眼中流露驚恐之色。

加茂將目前所知關於比擬殺人的推測說明了一遍。

「……每個受害者都代表『鵺』身上的一部分。究一是猿猴的頭部，光奇是狸貓的軀幹，太賀是老虎的後腿，刀根川是虎鶇的聲音。除非凶手就此收手，否則接下來寅之間的漱次朗和巳之間的月彥，很可能成為下手的目標。」

漱次朗得知自己可能是下一個受害者，忍不住以雙手掩住臉，月彥則是一臉敵意。

加茂淡淡地繼續道：

「畫家留名『夜鳥』，這個雅號應該就暗示著『鵺』。倘若比擬殺人是凶手刻意留下的訊息，代表整件事情跟這個畫家有著非常大的關聯……長年遭到封鎖的卯之間裡，不是放置著許多油畫工具嗎？那個房間的主人正是『夜鳥』吧？」

在場沒有任何人出聲回答。加茂繼續進逼：

「那個房間長年無人開啓，想必有特別的理由。為了讓眞相水落石出，能不能請你們開誠布公？」

幻二輕嘆一口氣，彷彿已放棄抵抗，慢條斯理地開口：

「那幅《凱美拉》的作者，是曾住在卯之間的羽多怜人……當年畫《凱美拉》的時期，他很愛用『夜鳥』這個化名。」

「羽多怜人？漢字怎麼寫？」

聽到這個陌生的名字，加茂立即追問。

「羽毛很多的『羽多』，豎心旁再加上令的怜，人世的人，『怜人』。」

「謝謝。他是怎樣的人物？跟龍泉家有什麼關係？」

「他是……我的表哥。」

不知為何，幻二答得有些遲疑。

「這麼說來，你母親的舊姓是羽多？」

「沒錯，怜人是我舅舅的小孩……聽哥哥提過，怜人上國小的時候，就因母親體弱多病，被託付給我們的祖父養育。」

幻二露出懷念的眼神，瞇起眼說：

「我和他從小一起長大，他就像親哥哥一樣。他將來想當畫家，經常到這棟別墅畫油畫，卯之間幾乎成為他的工作室。」

「他的年紀比你大？」

「沒錯，他比我哥哥究一大五歲……如果活著，應該是三十九歲。」

聽幻二這麼說，加茂忍不住問：

「他死了嗎？」

「我們根本不知道他是否還活著。」

「……什麼意思？」

文香疑惑地問。幻二向她露出悲傷的微笑。

「文香，妳從來沒聽過這件事，對吧？那是十二年前的事了，當時妳才一歲左右。」

一九四八年的日本，仍處於二戰剛結束不久的混亂時期。幻二以平淡的語氣接著說：

「那一年我還是國中生，在祖父的建議下，爲了增廣見聞，利用暑假到香港住了一陣子。」

「當時距離戰爭結束不是才過了三年？要出國應該沒那麼容易吧？」

「這一點不成問題，祖父取得駐日盟軍的同意……但就在我待在香港的期間，父親瑛太郎去世，隔天伶人也下落不明。」

連續發生這樣的兩件事，顯然背後的隱情並不單純。加茂不禁屏住呼吸。

「恕我冒昧……令尊的死因是什麼？」

「他是病逝。詳情你可以問當時也在別墅裡的叔叔。」

潄次朗聽到這句話，一臉無奈地說：

「沒錯，昭和二十三年七月底，哥哥瑛太郎突然食物中毒。雖然緊急送醫，仍宣告不治。」

加茂朝桌上的日曆瞥了一眼，今天又翻了一張，變成八月二十三日。大約在十二年又一個月前，太賀的長男去世。

「你還記得他的症狀嗎？」

漱次朗微微顫抖，回答：

「嚴重腹瀉和嘔吐……嘴裡和全身都彷彿燒傷，變得通紅，兩天後的傍晚就走了。聽說是肝臟和腎臟都出了問題。」

「其他家人或附近鄰居有人出現類似的症狀嗎？」

加茂不清楚食物中毒是否會出現這樣的症狀，但爲了排除傳染病的可能性，又問了這個問題。

「完全沒有，連醫生也說不出個所以然。」

同樣的狀況如果發生在現代，警方很可能視爲「死因不明」，介入調查。但當時畢竟是戰後的混亂時期，再加上地處偏鄉，雖然醫生認爲症狀不太尋常，最後仍以「食物中毒」結案。

加茂皺起眉，陷入沉思。漱次朗不安地問：

「你認爲我哥哥是被人謀害？」

「過了這麼多年，已沒辦法求證……瑛太郎去世的隔天，羽多就失蹤了？」

「是啊，那天早上他沒出現在餐廳，我和刀根川兩個人到卯之間查看，發現他不僅沒在房裡，還把行李都帶走了。起初，我們以爲他突然有急事出門去了。」

「你們知道他不告而別的理由嗎？」

「自從戰後返鄉，他一直悶悶不樂。原本想當畫家，卻畫不出什麼名堂。或許他是想找個沒人認識自己的地方，重新出發吧。」

幻二對漱次朗這番話頗不以爲然，插嘴道：

「怜人如果要離開，絕不會瞞著我們。祖父把他當成親孫子般疼愛，父親、哥哥和我也當他是眞正的家人。何況……後來祖父跟我提過，原本遺囑裡指定要給怜人的遺產，並不會比我或哥哥少。雖然這不代表什麼，但從這一點便看得出祖父是眞心誠意地接納了他。」

月彥聽到這裡，忽然憤憤不平地說：

「什麼？這傢伙明明不是龍泉家的人，分配到的遺產居然比爸爸多！我爸爸分配到的金額，只有幻二堂哥的七分之一。」

加茂十分詫異。回想來到別墅之後，確實發現太賀對幻二和文香特別溫柔慈祥。究一遇害之前，想必也受到相同的待遇吧。這樣的偏心竟反映在遺產的分配上，實在殘酷。

聽兒子這麼說，漱次朗剎時脹紅臉，罵道：

「月彥！在這種節骨眼，你扯這個做什麼？」

見漱次朗父子不顧形象地吵鬧不休，幻二不禁低下頭，似乎很後悔提到遺囑的事。半晌，他又開口：

「我回國之後，祖父就向警方申報了失蹤人口，但直到今天，我們仍不清楚伶人的下落。」

從幻二這番話聽來，羽多在龍泉家雖然有強力的後盾，但敵人似乎也不少。得知太賀遺囑內容的人，應該都巴不得羽多趕緊從世上消失吧。

「沒人懷疑羽多的失蹤，與瑛太郎的猝死有關嗎？」

加茂直截了當地問。漱次朗忽然發出譏諷的笑聲：

「大家當然都這麼猜想。不，我父親或許例外吧。他疼愛羽多的程度，甚至超越親生兒子和孫子……難道是羽多回來了，想襲擊我們？」

漱次朗忽然臉色發白，打起哆嗦。加茂凝視著漱次朗，說道：

「我也不清楚，但可以肯定的是，凶手要讓你們憶起十二年前的事情，讓你們心生恐懼。」

漱次朗的紳士風範蕩然無存，完全暴露出膽小又猥瑣的一面，多半是罪惡感使然吧。加茂心想，羽多的失蹤很可能與漱次朗有關。

然而，漱次朗接下來卻緊閉著嘴，不再說一句話。加茂也不再繼續追問，換了一個問題。

「當時有誰住在這棟別墅裡？」

漱次朗不肯開口，幻二代爲答道：

「除了我之外，所有人都在，包括祖父母、家父瑛太郎、哥哥究一，嫂嫂佳代子和文香。對了，佳代子是文香的母親……八年前因心臟病過世。」

文香靜靜低頭看著地板。加茂的母親也死得很早，能夠體會她的心情。

「那瑛太郎的太太呢？當時不在嗎？」

加茂沒有細想，隨口拋出這個問題。不料，幻二的臉頓時蒙上一層陰影。

「家母名叫涼子，在東京大空襲中過世。」

聽到這句話，加茂才深刻體認到，當時的人隨時活在戰爭與死亡的威脅中。幻二接著說：

「漱次朗叔叔剛剛提到，當時他也在別墅裡。那月彥和月惠呢？你們也在嗎？」

月彥打了個呵欠，應道：

「十二年前我才九歲，哪會記得。」

月惠似乎想開口，但遭月彥瞪了一眼，最後什麼也沒說。父親漱次朗代替兄妹倆回答：

「我記得當時想讓他們兄妹多接觸大自然，便把他們也帶來。」

「他們的母親……好像名叫池內靜衣？她也在嗎？」

加茂繼續問。漱次朗的神情一暗，說道：

「池內當時不在。那時候我們剛離婚，想保持一點距離。除了方才提到的那些人之外，還有光奇，以及光奇的母親翔子。此外，就是刀根川。」

「咦，翔子又是哪一位？」加茂追問。

「翔子是我的妹妹，她的丈夫在戰爭中死去，後來她就一直和兒子光奇一起生活。一九五四年，她遇上洞爺丸號的船難意外過世。」

洞爺丸號船難意外，是日本最大規模的船難意外，死亡人數超過一千人。在加茂的眼中，已是六十多年前的往事，但對龍泉一家而言，這起意外事故才剛發生數年，恐怕尚未走出傷痛。

加茂將剛剛聽到的這些話，重新在腦中整理一遍。

當時，這棟別墅裡共住了十三人，分別是太賀夫妻及長男一家、次男一家及長女一家。長男一家包含孫子夫妻和曾孫女，次男一家包含兩個孫子，長女一家則有一個孫子。另外，再加上羽多和刀根川。

人數雖然多，但年僅一歲的文香約莫是與母親同房，還在讀國小的月彥和月惠很可能也同住一房，因此房間應該足夠。

想到這裡，加茂察覺一件事：

「目前為止，遇害的人都是十二年前也在這棟別墅裡的人。接下來很可能會被當成下手成為目標對象的漱次朗和月彥，當年也在這棟別墅中。」

漱次朗渾身發抖，月彥卻只是露出不耐煩的表情，而且似乎朝月惠使了個眼色。加茂看在眼裡，接著說：

「在凶手心中，『瑛太郎的死』與『羽多怜人的失蹤』必定有著特殊的意義。」

月彥譏諷道：

「你發表那麼多高見，只得到這樣的結論？如何揪出凶手，才是最重要的事吧……對了，既然昨晚所有人都待在自己的房間，表示所有人都沒有不在場證明。大偵探，我倒想見識一下，你如何抓出凶手。」

加茂不理會月彥，兀自煩惱著該不該坦白昨晚做的事。思忖半晌，加茂認為在某種程度上讓大家知道是較明智的選擇，於是開口：

「我想跟各位說聲抱歉……其實昨天傍晚，我就察覺凶手的行凶模式是『鵺』的比擬殺人。」

加茂這句話才剛說完，漱次朗旋即尖聲質疑：

「那你為什麼不早點說？」

「我故意不說，是不想打草驚蛇，希望以現行犯的罪名抓住凶手。昨天我整晚都在監視可能是下一個受害對象的房間。」

加茂話一出口，月彥驚訝地連咳數聲，問道：

「你的意思是，你整個晚上都在監視爺爺的房間？」

「不，那時候我滿心以爲凶手是以房間的名稱作爲行凶的依據，辰之間與『鵺』的身體部位沒有任何關聯，我根本沒料到太賀會成爲下一個受害者。」

「與『鵺』的身體部位有關聯的房間，是酉之間、寅之間和巳之間。」

「沒錯，但我沒辦法同時監視三個房間，再加上我猜測凶手會以龍泉家的親人爲優先下手的對象……所以只監視寅之間與巳之間。」

加茂昨晚監視漱次朗的房間，完全是以文香的日記爲依據，但這一點不能老實說出口，只好胡亂想出一個優先監視二樓走廊的理由，所幸無人提出質疑。

接著，加茂說出和文香在打掃工具室躲了一整晚的事，最後補充道：

「當然我完全沒料到文香會要求跟我一同監視。不過，考慮到當時的狀況，我不敢肯定讓她回到自己的房間會比較安全，便答應她留下。」

幻二與漱次朗聽得目瞪口呆，忘了責怪加茂，也忘了詢問文香是否平安無事。此時，文香一臉認眞地說：

「擅自做了這種事，大家想必都很生氣，但請冷靜聽我說……我們監視二樓走廊一整晚，可以保證所有人都回房間之後，再也沒人通過二樓走廊。當然也沒看到有人闖入辰之間，擄走爺爺。」

聽到這串驚人之語，月彥皺起眉：

「果眞如此，凶手是怎麼帶走爺爺，丟進披薩窯？這該不會又是一樁不可能的犯罪吧！」

加茂不得不坦言：

「凶手到底是使用什麼手法殺害太賀老先生，並將遺體從二樓搬運到披薩窯，我也毫無頭緒。」

月彥輕蔑地指著加茂說：

「我明白了，凶手就是這個偵探。昨晚爺爺離開餐廳之後，他是最先離開餐廳的人。換句話說，他有很好的機會對爺爺下手。」

文香一聽，立刻用力搖頭反駁：

「不可能，加茂先生一離開餐廳，我便尾隨他進入監視地點。所以，他絕對沒有時間行凶。」

月彥看著兩人，歪嘴失笑：

「誰知道你們是不是共犯。」

面對月彥的蓄意挑釁，加茂輕輕聳肩應道：

「如果我們是共犯，只要爲對方的不在場證明作證就行了，何必主張『沒人通過二樓走廊』？這麼說對我們沒有任何好處。」

「……與其爭論這個，不如先確認窯裡的遺體是不是爺爺。」

月惠忽然低語。她雖然沉默寡言，說出口的話卻往往一針見血。月彥走向娛樂室內的一張白色沙發，那似乎是他的固定座位。只見他粗魯地坐下，點點頭說：

「我也在懷疑這一點……搞不好爺爺假裝回到房間，卻躲進地下倉庫，等到夜深人靜，他把預備的屍體扔進披薩窯裡僞裝成自己，然後躲起來。這個推論如何？」

月彥得意洋洋地揮舞著雙手，幻二驚愕地應道：

「你居然懷疑爺爺是凶手……昨天是爺爺的生日，他八十三歲了，又不良於行，要怎麼搬運遺體？」

「沒錯，雖然他的輪椅在別墅裡來去自如，一到屋外，不管是上下階梯或通過草坪，都沒那麼容易。」

漱次朗跟著附和。月彥哼笑一聲：

「我開門見山地問一句，你們有誰詳細確認過爺爺雙腿的狀況？」

只見眾人頓時失去自信。文香率先提出反駁：

「重新裝潢別墅之前，爺爺整整住院半年，而且醫生也說他必須坐輪椅。」

幻二點頭說道：

「沒錯，祖父不可能還能走路，他當時病得相當嚴重，差點連命都沒了。」

親生祖父的疾病，在月彥的眼裡似乎也成了一場笑話。他接著說：

「這我也知道。原本他就有糖尿病，又因工作太忙而疏於治療，導致病情惡化，對吧？但到頭來，動手術什麼的都只是醫生的片面之詞。那段期間我們誰也見不到爺爺，終於見到爺爺時，他已能從床上坐起。」

月彥停頓一下，露出狡獪的微笑：

「搞不好他的腳早就康復，能夠像正常人一樣走路，只是故意瞞著我們。以爺爺的爲人，就算做出這種事，我也毫不驚訝。」

此時，雨宮忽然以少見的強硬態度說：

「老爺確實常有驚人之舉……以我的立場或許沒資格這麼說，但我也認爲老爺的確可能隱瞞雙腳康復的狀況。只是，老爺絕不可能做出那些殘忍的行徑，你應該很清楚。」

無法忍受雨宮出言不遜的月彥，以及氣得話聲微微顫抖的雨宮，互瞪著對方，室內頓時充滿火藥味。幻二似乎是爲了轉移大家的注意力，忽然對加茂說道：

「我們的祖父有時像孩子般淘氣，有時卻非常頑固，這的確是事實。他經常偷偷準備禮物，給家人驚喜。由於太習以爲常，不管他做了什麼，我們都已見怪不怪……另一方面，對於自己的病情，即使是家人他也不肯明說。」

「隱瞞病情絕不是一件好事，爲什麼他要這麼做？」

「祖父的想法很偏激，向來堅持不能有任何把柄落在他人手中……隱瞞病情多半是基於相同的理由吧。」

漱次朗深深點頭同意，接著說：

「類似的事情，我也聽過。大約二十年前，他在拜訪客戶途中忽然肚子痛，始終瞞著不說，後來雖然順利取得契約，打敗競爭對手，症狀卻也從盲腸炎惡化成腹膜炎。然而，他完全沒有反省的意思，明明痛得死去活來，嘴裡還是喃喃說著絕不能在敵人的面前示弱。」

「對他人隱瞞，我還可以理解，爲什麼連對家人和親戚也不肯坦白？」

加茂問道。漱次朗顯得有些難以啓齒，吞吞吐吐地說：

「那應該是過去的經驗導致……」

「太賀老先生過去的經驗？」

「沒錯……他的父親，也就是我的祖父，有個雙胞胎弟弟。據說這對雙胞胎兄弟，不管是長相或身高，全一模一樣。後來，兩人喜歡上同一個女孩，起了爭執。」

月彥露出賊笑，接過父親的話：

「最後曾祖父娶了那個女孩，但曾祖父一直很擔心妻子會跟弟弟偷情……他變得疑神疑鬼，連妻子懷孕，他也認爲可能是弟弟的孩子。當然，妻子到底有沒有偷情，誰也不知道。」

加茂不禁陷入沉思。

丈夫懷疑妻子偷情，可藉由DNA鑑定來確認自己與孩子之間的血緣關係。姑且不論這麼做是否恰當，至少當事人能完全確定孩子是不是自己的。

但如果妻子的偷情對象，是丈夫的同卵雙胞胎弟弟，也就是一個擁有相同遺傳基因的人……就算在二〇一八年，也無法確認太賀的父親與太賀是不是眞的父子。

漱次朗蹙眉繼續道：

「祖母去世之後，這對雙胞胎兄弟的鬥爭依然沒有停止，甚至爲了繼承遺產的問題大打出手，恨不得殺死對方。我父親當然也被捲入這場兄弟鬩牆的紛爭，到了他讀大學的時候，祖父與雙胞胎弟弟接連離奇死亡，他變得舉目無親。」

孑然一身的太賀，應該會努力建立小時候不曾體驗過的「和樂融融的家庭」。但另一方面，他心中的創傷恐怕難以平復，永遠存在著對家人和親戚的不信任感。

此時，加茂終於解開心中的一個疑惑。

文香有個名叫文乃的雙胞胎妹妹，打從嬰兒時期就被偷偷送給太賀的朋友扶養，如今應該也生活在世上的某個角落。根據後來律師的調查，當年連她們的親生父親究一，也以爲文乃一出生就夭折。

正因受到祕密扶養，文乃並未在「死野的慘劇」中喪生。但爲什麼將文乃交由他人扶養，以及這個祕密在龍泉家爲什麼無人知曉，加茂一直百思不解。

如今想來，背後的推手就是太賀吧。得知曾孫女是一對雙胞胎時，他想必很擔心姊妹倆未來會發生爭執。於是，他故意謊稱其中一個死了，並且將孩子暗中送到別人家，從此絕口不提。

過了一會，幻二露出沉痛的表情，開口：

「祖父不完全信賴我們，或許是事實，但關於自身的健康狀況，我實在不認爲他會對朝夕相處的家人有所隱瞞……文香年紀太小，或許還有可能，不過，對住在一起的哥哥和刀根川、雨宮他們，應該不會刻意隱瞞。」

雨宮聽見幻二提到他的名字，嚇得連連揮手：

「沒那回事！老爺眞的沒跟我們提過雙腳恢復的狀況。」

漱次朗有些得意地應道：

「畢竟不是眞正的家人，父親對雨宮大概什麼也不會說吧。」

雨宮低下頭，神情有些落寞。

聽著這些人的言論，加茂認爲月彥的主張不無道理。兇手將究一和刀根川列爲優先下手的目標，或許就是因爲他們比較清楚太賀的健康狀況。

這是兇手改變行兇順序的理由嗎？刀根川必定會在昨晚遭到毒殺嗎？

加茂的腦海浮現數個問題，卻想不出任何答案。

*

問話結束，大家各自散去，沒想到漱次朗離開娛樂室不久，又臉色蒼白地跑回來，嚷嚷著：

「我放在地下倉庫的獵槍和彈藥都不見了！」

地下倉庫有槍械櫃和彈藥櫃，獵槍及一整盒的子彈都放在那裡。只有漱次朗和太賀持有鑰匙，並無其他備份鑰匙。

眾人立即前往地下倉庫確認狀況。進倉庫內一看，櫃門上的鎖沒有遭到破壞的跡象。換句話說，拿走獵槍和彈藥的人若不是太賀本人，就是從太賀身上取走鑰匙的凶手。

如今殺人魔已取得槍械，可說是極大的威脅。

爲了化解眼前的危機，眾人決定設法找出凶手到底把槍藏在什麼地方。搜索的範圍，包含別墅內部，以及薪柴倉庫。所有人像上次一樣分成三組，各爲三人、兩人、兩人。這次連每個人的隨身行李都翻找過，卻完全沒發現獵槍及那盒彈藥的蹤影。

屋內的搜索毫無斬獲，眾人決定先吃一頓早午餐，並稍稍休息。在這樣危險的時刻，每個人都沒什麼食慾，但總不能不吃不喝。最後是月惠和雨宮捏了一些飯糰，大家配著濃濃的玉露茶勉強嚥下。

此時已過下午一點。加茂認爲應該盡早針對辰之間和酉之間進行詳細的調查，然而，漱次朗卻主張應該先到冥森和庭園內搜尋獵槍。加茂迫於無奈，只好同意。眾人討論的結果，由打從昨天就一起行動的加茂、文香、幻二和雨宮四人搜索庭園，剩下的三人搜索冥森。

走出門外一看，一片煙雨濛濛，而且雨勢不小。雖然各自撐傘，仍無法阻擋雨水滲入褲管及鞋內，不一會便濕透了。幸好時值夏天，並無寒意，比起待在沒有冷氣的別墅內，反倒更加涼爽舒適。

一路上，加茂聽見雨宮向文香低語：

「這是我第一次跟月彥先生發生爭吵。他說老爺的壞話，我實在嚥不下這口氣。」

雨宮似乎相當後悔剛剛的舉動。考量到他在龍泉家尷尬的立場，加茂不禁心生同情。

雨宮雖然受到家人般的對待，畢竟是個吃閒飯的外人，平常還是得做些傭人的工作。不管月彥說出多麼尖酸苛薄的話，他都只能忍氣吞聲……這次實在忍無可忍，才會打破禁忌。

此外，加茂早有覺悟，搜索行動多半會無功而返。凶手不可能把獵槍藏在容易找到的地方，像這樣漫無目標地亂找，實在愚蠢至極。

「對了，要不要去荒神社看看？」

加茂如此提議，幻二吃了一驚，詫異地轉頭問：

「為什麼要去那裡？」

因為那是發生土石流之後，唯一躲過一劫的建築物……加茂當然不可能說出這眞正的理由，只好隨便找了個藉口：

「雖然不熟悉獵槍，但槍械應該都害怕濕氣和水，凶手很可能會藏在有屋頂的地方。」

幻二似乎接受了這套說詞，默默轉身朝著庭園的高台移動，加茂也跟上去。

庭園的最高處有一座小小的木造建築。

屋頂瓦片被雨水濡濕後散發著黑色光澤，看上去十分雅致。內部空間只有約三張榻榻米大，比加茂想像中小得多。周圍不見鳥居（註），僅左右豎立木柱，也沒寫出所祭何神，可說是一座相當奇特的神社。

幻二推開神社的木門，一面說道：

「裡頭鋪有榻榻米，我們在此休息一下吧。神體在紙拉門的後方……怎麼了嗎？」

加茂整個人傻住了，根本沒聽見幻二的話。幻二察覺不對勁，朝神社內瞥了一眼，登時嚇得連退數步。

如果出現在神社內的是那把獵槍，或許還不會那麼驚訝。

然而。掛在土壁上的，竟是另一樣遺失物……那幅《凱美拉》畫作。當初掛在娛樂室裡的正是這幅畫，絕不會錯。

雨宮疑惑地將右手伸向畫框，結結巴巴地說：

「難道……是凶手搬到這裡？」

見加茂愣在原地，文香點點頭說：

「可能性很高，或許獵槍也藏在這裡。」

除了加茂以外的三人，立即著手在神社內搜尋。

加茂完全忘了要幫忙尋找獵槍，滿腦子只思考著一個問題……爲什麼凶手要冒險把這幅畫帶到荒神社？背後必定有個理由，而這個理由很可能就是揭穿凶手眞面目的關鍵線索。

從地板底下到天花板上方，三人全找了一遍，確認霰彈槍並未藏在這座神社裡。凶手進入這座神社，似乎只是爲了藏匿這幅油畫。

走到屋外一看，雨勢比剛剛更大了。四人沒說一句話，卻不約而同地朝著別墅前進。

加茂等人踏進玄關大門不久，負責搜索冥森的三人也回來了。他們的搜索範圍主要

註：神社附近的牌坊形建築，大多爲紅色。

鎖定在步道周邊，但礙於視線不佳，繼續待在那種地方恐怕會有危險，便提早回來。可想而知，冥森的搜索行動毫無收穫。

下午兩點，加茂終於能重新針對屋內進行調查。

熬夜對加茂來說是家常便飯，文香卻已昏昏欲睡。但她仍堅持參與調查行動，回到房間換下被雨淋濕的衣服，穿上白色罩衫和深藍色的輕柔長裙，又出來與加茂等人會合。加茂建議她在娛樂室休息一下，她也充耳不聞。

加茂首先前往辰之間，文香、幻二和雨宮跟隨在旁。

加茂僅在尋找太賀下落時，查看過一次辰之間。後來搜索獵槍和彈藥時，辰之間雖然也在搜索範圍內，但負責辰之間的是漱次朗、月彥和月惠，並非加茂和文香。

當初在搜索獵槍時，眾人做了一個約定，就是「盡量不要移動房裡的東西，就算移動了，也要記得恢復原狀」。如果漱次朗他們確實遵守約定，辰之間應該仍維持著剛破門而入時的狀態。

加茂和文香在房間內仔細查看，主要檢查的是上一次進來時無暇細看的區域。幻二和雨宮似乎堅持著監視者的立場，只站在門口，並不參與調查行動。

檢查完床鋪和地毯，加茂驀然想起當初在辰之間撿到的那把彎曲的鑰匙，還放在口袋裡。加茂取出鑰匙，雨宮狐疑地問：

「怎會有這把鑰匙？」

「破門而入時撿到的……對了，當時你沒進房間。」

「我只探頭看了兩眼，後來就一直在外頭跟潄次朗先生說話。這是我第一次認眞查看辰之間。」

雨宮的描述，與加茂的記憶相符。當初雨宮破壞辰之間的門板後，確實沒踏入房內。對建築物進行徹底搜索時，辰之間也不是他負責。而且，他一直與幻二一同行動，應該沒機會單獨進入辰之間。

加茂舉起鑰匙，說道：

「我們想辦法弄直這把鑰匙，看看是不是辰之間的鑰匙吧。」

於是，加茂借了工具箱裡的老虎鉗等工具，費了一番工夫，終於將鑰匙恢復筆直的狀態。接著，加茂走向靠在走廊牆上的門板，將鑰匙插入門板上的鑰匙孔。

雖然不太滑順，但鑰匙成功插入孔內深處。試著轉動鑰匙，確認可上鎖和解鎖。加茂略一沉吟，點點頭說：

「嗯，這確實是辰之間的鑰匙。」

幻二輕輕聳肩，解釋道：

「這裡的房間，只要從房內轉動旋鈕，便能鎖上門。但如果想從門外上鎖，必須使用鑰匙……既然鑰匙在房間裡，可見祖父在晚餐過後，確實曾回到這個房間。那麼，凶手是如何逃過你的監視，從房間裡帶走祖父？」

「太賀老先生或許是在回房間的途中遭凶手攻擊，鑰匙被奪走。搞不好凶手是利用了其他手法，將鑰匙扔進房間。」

文香似乎不認同加茂的推測，雙手交抱胸前，說道：

「就算是這樣，我們應該也會發現。」

幻二用力點頭，說道：

「沒錯，在你們從打掃工具室監視著走廊的期間，凶手應該沒辦法在不被你們發現的前提下，將鑰匙放入房間。破壞門板之後也一樣……加茂，當初第一個踏進房內的就是你自己，何況我在旁邊看著，沒有任何人能夠偷偷將鑰匙扔在地上，不被你或文香發現。」

「而且我一看見地上的鑰匙，便立刻撿起，凶手沒機會掉包。」

加茂一面思索，一面繼續在房裡到處查看。

「……對了，太賀老先生提過，別墅裡還有一輛備用的輪椅，你們知道放在哪裡嗎？」

加茂看著床邊的輪椅問道。幻二想也不想地回答：

「就在二樓的樓梯旁。」

根據幻二的說明，那輛備用輪椅是他在搜索獵槍下落時偶然發現的。輪椅被人折疊起來，插在那些油畫的後方。但管理輪椅是刀根川的工作，連雨宮也不知道備用輪椅是原本就放在那裡，還是被人暫時擱置在那裡。

接著，加茂走向遺留在房內的那張折疊式輪椅，拉開蓋在上頭的酒紅色毛毯，仔細查看起來。檢查到一半，加茂似乎不小心按到什麼按鈕，那輛輪椅竟發出「啪」一聲輕響，整張輪椅向外展開，同時有樣東西噴了出來，滾落到木地板上。

幻二維持著一貫的撲克面孔，文香和雨宮卻都忍俊不禁，臉上帶著明顯的笑意。加茂原本也難爲情地脹紅臉，然而，一看見地板上那樣物體，他頓時把尷尬的氣氛完全拋在腦後。

「……這是什麼？」

那是一枚金色領帶夾，上頭裝飾著一顆碩大的珍珠。文香順著加茂的視線望去，同樣錯愕地瞪大雙眼。

「咦，這不是爺爺的領帶夾嗎？」

幻二走近那枚領帶夾，點頭說道：

「我記得是前天吧，祖父說領帶夾不見了，沒想到竟會在這種地方找到。」

「沒錯，爺爺還委託我幫忙尋找，所以我也知道這件事。」

加茂拾起領帶夾，放在床邊的桌上。如今委託人已不在，就算找到失物也沒有任何意義。

椅子上還擺著一件甚平，但就連對記憶力相當有自信的加茂，也無法分辨這是當初太賀在吃晚餐時穿的那件，還是另一件新的甚平。

接著，加茂的目光移到一直沒闔上的抽屜。裡頭放著懷錶、鋼筆、筆記本，以及工作上的文件資料……那是專利師與太賀之間的商務聯繫事項，內容是關於醫療藥品的商標登錄問題。上頭以紅筆寫著「特急」文字，可見是相當緊急的工作。或許正因相當緊急，太賀才將文件帶到別墅處理吧。

此時，加茂注意到懷錶上的美麗龍紋，說道：

「文香……妳不是也有一個類似的懷錶嗎？」

文香將手伸進口袋，取出一個較小型的懷錶，回應：

「二十年前，爺爺送給家人一個像這樣的手捲發條式懷錶，我這個其實是媽媽留下的遺物。」

文香說著，緊緊握住手中的懷錶。

她繼承的顯然是女用的懷錶，與抽屜裡的懷錶相比，尺寸小得多。加茂問幻二：

「你們都有一個像這樣的懷錶？」

幻二輕輕點頭，微笑中帶著三分感傷。

「有是有，但我平常不會隨身攜帶……就連祖父自己，平常應該也是習慣使用手錶。」

「嗯，爺爺確實說過，他平常不會隨時帶在身上。」

文香在一旁說道。幻二接著解釋：

「這個懷錶象徵龍泉一族的家庭關係，對我們來說有特別的意義。祖父一定是由於這個緣故，才把懷錶帶到別墅，放進抽屜。」

加茂打開錶蓋，仔細觀察標示著羅馬數字的錶面。上頭的指針，依然指著六點四十六分。

驀然間，加茂想起文香的懷錶上有個隱藏的收納空間，於是將懷錶翻至背面，想找找有沒有什麼部位可開啓。這些懷錶製作得相當精巧，金屬的接縫肉眼幾乎辨識不出來。加茂摸索好一會，終於找到一個指甲可勾住的突起物。輕輕一摳，背蓋發出清脆的聲響，自懷錶上掉了下來。

「什麼也沒有……」

那隱藏收納空間寬約一公分，長約四公分，高約兩公分。加茂原本期待裡頭藏著什麼重要線索，打開一看卻是空空如也。

幻二錯愕地瞪大眼，說道：

「咦？眞有你的，居然輕輕鬆鬆就發現隱藏藥盒。」

「我原本就知道有這個小空間，文香曾問我要不要吃金平糖。」

加茂說完，正想將懷錶放進抽屜，不知何處傳來咯吱咯喳的古怪聲響，像是某種鈴聲。

加茂納悶地左右張望，文香露出有氣無力的笑容，說道：

「糟糕，我忙著進行搜索，忘了上發條。」

她一邊說，一邊轉動起懷錶上的旋鈕。內部的發條傳出滋滋聲響，頗爲悅耳。

「剛剛那個聲音，是類似鬧鐘的功能？」

「是啊，這個懷錶的發條只能維持十二小時的運轉，剩下三十分鐘就會發出警示聲。這是爺爺特別請人設計的功能之一。」

加茂點點頭，將太賀房內的懷錶放回抽屜裡。接下來，在造訪酉之間前，加茂決定先到二樓階梯旁的空間瞧一瞧。

幻二提及的那輛折疊輪椅，就放在最大的一幅油畫後方，上頭凌亂地蓋著一條酒紅色小毛毯。加茂將輪椅拖出來仔細檢查，並未發現什麼特別之處。

……猛然間，加茂想起昨天晚上躲進打掃工具室之前，就看過這些東西。但當時在他的眼裡，這只是一架金屬器具和一塊紅布而已，並未吸引他的注意。

加茂走向窗戶，陷入沉思。

放在這個地方的油畫，都靠在載貨吊籃裝置的牆邊，經過附近的人都可清楚看見油畫與牆壁之間的縫隙，大體來說，這個空間並沒有能夠讓人躲藏的死角。

唯一的例外，就是折疊輪椅的後方。但這個遮蔽物的寬度只有三十公分左右，一般的成年人應該躲不下。

加茂仔細回想昨晚輪椅的放置地點，想確認輪後方到底能不能躲一個人。經過確認，加茂發現輪椅的放置地點緊靠著牆壁，後方根本沒有任何空間……換句話說，在加茂進入打掃工具室開始監視之前，絕不可能有人躲在這個樓梯旁的空間內。

接著，加茂進入了酉之間。刀根川遺留在酉之間的物品，只有極少的生活必需品，以及寥寥幾件衣物，此外找不到任何類似遺書的東西。

保險起見，加茂取出那把握柄有著雞圖騰的鑰匙，插進靠牆放置的門板鑰匙孔，確認是酉之間的鑰匙沒錯。而後，加茂又檢查玻璃杯和藥包，還是沒有任何新發現。刀根川的遺體依然放在房間裡，加茂有種一直被她盯著的錯覺，渾身不自在。

最後，加茂走出屋外，想再檢查一次披薩窯。由於遭大雨淋濕，已感覺不到一絲熱氣，窯裡的灰也因濕氣而逐漸凝結。整座披薩窯的體積相當龐大，入口足以容一人鑽過。

加茂再次以手電筒檢視遺體。但即使是損傷與炭化程度較輕微的手臂和胸部，也看不出任何足以判定爲太賀老人的特徵。

加茂鼓起勇氣湊過去。只聞到一股刺鼻的焦臭味，並未聞到腐敗的屍臭。整座窯內，都聞不到任何類似的腐臭味。

「那裡有像木材碎塊的東西？」

幻二忽然說道。加茂抬頭望去，窯內的角落確實有些沒燒完的木塊，上頭明顯有著塗過亮光漆的痕跡。加茂小心翼翼地挖出那些木塊。為了避免損傷遺體，動作必須特別輕柔。那些木塊看起來是某種圓弧狀木材的一部分，但由於長度不到五公分，根本無法判斷被燒掉的到底是什麼。

加茂不肯放棄，繼續扒開底下的灰燼……赫然發現黑灰的底下，有著閃閃發亮的東西。挖出來一看，竟是兩支小小的鑰匙。幻二斬釘截鐵地告訴加茂，那就是槍械櫃與彈藥櫃的鑰匙。

加茂轉頭望向那具沒有雙腿的焦屍，內心不斷浮現一個找不到答案的問題。

既然這兩支鑰匙出現在披薩窯裡，是否意味著這具焦屍就是太賀本人？或者，凶手把鑰匙扔進披薩窯，是故布疑陣？

「我有一個提議。」

所有人再度集合在娛樂室，加茂一口喝光提神用的咖啡後如此說道。

此時智慧型手機已耗盡電量，加茂又沒有戴手錶的習慣，只能從牆上的掛鐘來確認時間。現在是下午四點半，由於烏雲密布，屋外異常陰暗。

「凶手顯然非常狡猾，就算大家躲進自己的房間裡，並鎖上房門，也不見得安全。」

月彥啜一口奶茶，揶揄道：

「即使你不說，我們也很清楚……這棟別墅裡似乎非常流行不可能的犯罪。」

雖然月彥說得事不關己，布滿血絲的雙眼卻洩漏他心中的焦慮。他舔了舔嘴唇，接著：

「現在你們一定覺得心情很輕鬆吧？根據大偵探的推理……凶手是依據『比擬物』來挑選目標對象，如今還沒死的只剩下我和我老爸。」

聽到兒子這麼說，漱次朗不小心打翻茶杯，暗紅色液體瞬間在桌面擴散開來。但他似乎沒察覺自己打翻杯子，目不轉睛的凝視著加茂，問道：

「真的沒辦法阻止凶手繼續殺人嗎？」

雨宮與月惠同時起身，似乎打算到餐廳拿抹布。加茂以眼角餘光觀察著兩人的舉動，一面說：

「唯一的辦法，只剩下『封閉空間』（註）式推理小說中最常見的自保手段……所有人聚集在同一個房間裡。」

漱次朗神情一僵，激動地說：

「那不是找死嗎？你眞的認爲這麼做能保住性命？天知道凶手在別墅裡安排什麼機關！」

「如果不想待在別墅裡，也可選擇薪柴倉庫或露營拖車。總之，現在最重要的是，所有人必須互相監視行動。」

「薪柴倉庫或露營拖車？」

雨宮拿著抹布低喃，有些忍俊不禁。加茂趕緊解釋：

「我只是舉個例子。如果這兩個地方不適合，也可另找地方。」

雨宮露出充滿歉意的表情，說道：

「薪柴倉庫的牆壁都是縫隙，萬一雨勢太大，待在裡頭恐怕會變成落湯雞……相較之下，露營拖車裡的空間雖然狹小，但還是合適一點。那種露營拖車在日本十分少見，是老爺特地從外國購入，看起來不太起眼，其實相當堅固。而且平常總是打掃得乾淨整

註：closed circle，指作者刻意營造出一個無法逃脫的環境，將所有角色關在裡頭的推理小說類型。典型的例子有「孤島」、「暴風雨山莊」等等。

潔，隨時都可使用。」

見兩人似乎快要談出結論，漱次朗插嘴道：

「這不是地點的問題。你們忘了凶手的手上有獵槍嗎？凶手要是趁我們沒有提防，以獵槍攻擊我們，一口氣殺死我們七個人也不是難事。」

爲了讓漱次朗冷靜下來，加茂故意慢條斯理地說：

「只要進行搜身，讓凶手沒機會攜入槍械就行了。」

「別傻了，凶手可是好幾次成功進行不可能犯罪，誰知道又會想出什麼詭計……而且你們別忘了，凶手偷走二十四顆備用子彈，如果要拿來對付我們，平均一個人可開三槍。」

如同漱次朗所說，要殺死一個人三發霰彈綽綽有餘。見加茂陷入沉默，月彥揚起嘴角，半開玩笑地說：

「目前處境最危險的人，是我和老爸，你們都同意吧？既然如此，我和老爸有權利決定怎麼度過今晚。你們只是旁觀者，我們卻賭上性命。」

接下來，又是一陣尷尬的沉默。所幸月惠端了一杯新的檸檬紅茶給漱次朗，氣氛才緩和一些。

此時，加茂忽然察覺，主動爲大家服務的雨宮和月惠，並未詢問加茂以外的人要喝什麼飲料。或許這表示龍泉家每個人喝的飲料是固定的，漱次朗和月彥愛喝紅茶，文香愛喝可可，其他人愛喝咖啡。

月惠將紅茶端到漱次朗面前，問道：

「那哥哥覺得應該怎麼度過今晚？」

「我可不想跟殺人魔共處一室。與其這麼做，我寧願埋伏在自己的房間裡，等凶手上門。」

「但太賀老先生很可能就是在房間裡遇害，就算你躲進巳之間，也不見得安全。」

加茂提醒道。月彥一點也不驚慌，臉上露出淡淡笑意：

「我當然知道。我自己的性命，我自己會保護。」

在加茂聽來，月彥這句話簡直像是做出死亡宣告，漱次朗卻似乎相當認同兒子的想法，戰戰兢兢地說：

「整晚和大家待在同一個房間，沒辦法好好休息。要是因此精神不濟，反倒給了凶手可趁之機。」

加茂雖然極力避免這種狀況，但多少預料到會是這樣的結果。他深深嘆一口氣，應道：

「那就不勉強……贊成我的提議的人，請到我的身邊來，跟著我一起行動。」

「有誰會贊成你的提議？」

月彥嗤之以鼻。啜飲著可可的文香板起臉說：

「我贊成加茂先生的提議。」

「好吧，那我也贊成。」

繼文香之後，幻二也開口。月彥揚起眉，顯得有些驚訝，接著露出苦笑。

「畢竟文香還只是國中生，我一直認爲讓文香落單實在太危險。既然文香要跟著加茂，那我也這麼做吧……而且，加茂說的話也有一番道理。」

「你相信這個蹩腳偵探說的話？」月彥問道。

「月彥，要保護你和漱次朗叔叔，最好的方法就是所有人聚集在一起。大家互相監視，便可確保任何人都沒有下手的機會。」幻二回答。

原本遲疑不決的雨宮，聽到這裡似乎下定決心，說道：

「我也贊成幻二先生的想法。」

月彥冷冷地瞥了雨宮一眼，轉頭對身旁的月惠說：

「看來他們那邊有四個人。好吧，那我們就……」

「哥哥，我打算跟加茂先生一起行動。」

月惠瞧也沒瞧兄長一眼。月彥一愣，將手裡的茶杯重重放在桌上，朝妹妹怒吼：

「妳敢和我作對？」

茶杯撞擊桌面的刺耳聲響，令月惠害怕地縮起身體，她立即搖頭解釋：

「不是的，哥哥。我是爲了你和爸爸，才打算這麼做……」

見月彥幾乎要握起拳頭，隨時可能動粗，加茂趕緊說道：

「就這麼決定了……我們五個人會一起行動，直到明天早上。漱次朗、月彥，我向你們保證，會盡力阻止凶手再度行凶。相對地，你們也要盡量設法自衛。」

月彥依然以陰鷙的眼神瞪視著妹妹，半晌後才轉頭問加茂：

「你打算怎麼阻止凶手？」

「這棟建築物我查看過很多次，可以肯定絕對沒有密道或密室。凶手不是在我們這群人當中，就是躲藏在屋外。因此，第一步是不讓任何人有機會偷偷潛入屋內。」

後門的門栓原本就已扣上，經過討論，眾人決定從倉庫裡搬出備用的桌椅，徹底擋住後門，不讓任何人進出。除了月惠、文香和漱次朗仍留在娛樂室，其他四個男人都前往倉庫。

倉庫裡的桌椅有些布滿灰塵，現下當然沒時間擦拭，只能不管三七二十一地搬到後門口堆疊起來。搬到後來，四個男人的身上也滿是灰塵。四個人當中，月彥尤其愛乾淨。只見他不斷搓著鬍子有點變長的下巴，嘴裡咕噥著「好想趕快洗澡」。

總之，這麼一來，不管是從內側或外側，要打開後門都不容易。

至於玄關大門，自然不能像後門一樣整個擋起來。一來眾人還是有可能要進出建築物，二來如果凶手闖入建築物，將大門封死反倒會讓眾人無處可逃。

因此，眾人決定將玄關大門的所有鑰匙都交給月彥保管，並且從內側上鎖。但如果只是這樣，依然稱不上是萬全之策，凶手很可能早已暗中複製大門的鑰匙。

眾人討論之後，決定派雨宮前往腳踏車停放場，取來一條腳踏車的鏈條鎖，捲在對開式大門的左右門把上。那條鏈條鎖有兩把鑰匙，月彥和漱次朗各保管一把。

雖然凶手只要暴力地破壞門板，還是可以入侵別墅，但這麼做必定會發出巨大聲響，如此一來，至少大家會有設法禦敵或逃走的時間。

接下來，眾人又討論起「凶手就是在場七人當中的某人」的情況。沒多久，月彥露出充滿惡意的微笑，說道：

「對了，大偵探，我希望你們今晚能睡在露營拖車裡。」

加茂一聽，頓時皺起眉。

「我們剛剛確實討論過要這麼做，不過……你希望我們離開別墅的理由是什麼？」

窗外依然下著滂沱大雨。雨宮按捺不住，向月彥提出抗議。

「現在天氣這麼糟糕……如果只有我一個人，睡在拖車裡也沒什麼，但幻二先生、月惠小姐和文香小姐也跟我們在一起，怎麼想都是在娛樂室裡過夜比較好吧。」

月彥一聽，吃吃笑了起來。那樣喜不自勝的表情，顯然是故意提出這個強人所難的要求。

自從因為太賀的事情和雨宮發生口角，月彥就一直對雨宮表現出明顯的敵意。在月惠表示贊成加茂的提議之後，月彥更是將妹妹也當成仇人看待。他提出這樣的要求，似乎只是出於齷齪無聊的報復心態。

月彥對妹妹微微一笑，淡淡地說：

「我很清楚自己不是凶手，也相信老爸沒有幹這種事的勇氣。所以，直截了當地告訴你們，我認爲凶手就在你們五人當中……只要站在我的立場想一想，就能明白我的心情。希望有嫌疑的人盡量離自己遠一點，不是理所當然嗎？」

加茂不想繼續進行無謂的爭吵，只好表示：

「好吧，如果漱次朗也這麼希望，我們就在露營拖車裡過一晚。」

漱次朗口頭上贊成月彥的提議，卻從頭到尾都是一副心不在焉的表情。恐怕他現在滿腦子只想著如何保住自己的性命，連兒女的安危也不放在心上。

於是，加茂和雨宮趁著雨勢較小，將露營拖車拉近，放置在離大門約五公尺處。如此一來，若有可疑人物接近玄關大門，拖車內的人應該也會發現。

幸好露營拖車在設計上只要移除制動器，即使沒發動引擎，也可靠人力推動。最後眾人決定讓拖車的出入口背向別墅。

接著，雨宮提醒差不多該吃晚餐了。加茂拖著疲累不堪的身軀，跟著其他人一同走向餐廳。大家在互相監視下烹煮出的，全是難以稱爲料理的東西，但沒人抱怨。用餐的過程也極爲痛苦，甚至沒辦法以「用餐」來描述，因爲那只是將食物配著茶勉強塞進嘴裡。

待眾人吃完食物，喝下提神用的咖啡，時間已接近八點。

*

屋外已籠罩在夜色中，但露營拖車的銀色車身在黑暗裡依然醒目。

車身是樸素的長方形，前方帶有車輪的金屬器具，多半是用來連結牽引車的裝置。

加茂負責檢查支撐架與制動器有無異狀，雨宮和幻二則早一步進入拖車，確認內部的安全。結束之後，加茂以幻二的手錶確認時間。此時為晚上八點四十八分。

風勢越來越強勁，加茂趕緊到腳踏車停放處的遮雨棚，把文香和月惠喚了過來。兩人撐著雨傘，一邊尖叫一邊奔進拖車。就在三人進入拖車的同時，幻二卻走出車外，表示想抽根菸。或許是知道文香討厭菸味，幻二不想在拖車裡抽菸吧。

進入車內一看，雨宮正在點亮設置在床板上方的吊燈。

吊燈散發出類似日光的柔和光芒，將散放各處的玻璃瓶照得發亮。這些五顏六色的玻璃瓶，原本是存放在別墅冰箱裡的果汁或葡萄酒。為了防止遭他人下毒，大家各自找來合適的瓶子，親自洗乾淨後裝入自來水。在接下來的日子裡，這就是各自的飲用水。

最後，雨宮打開一扇窗戶，並且拉上灰色的厚重窗簾。自窗外灌入的風頗有涼意，難以想像此時正值八月盛夏。

露營拖車內的空間比加茂想像的大一些，寬約兩公尺，全長約四．五公尺，高約兩公尺，不僅有廁所，還有廚房。車體如此龐大，在日本狹窄的道路上恐怕根本無法轉彎，一看就知道是外國製造的舶來品。

加茂將床讓給兩位女性，倚靠著出入口旁的牆壁休息。

文香取出懷錶，上緊發條，放在床邊的桌上。旁邊的月惠正在整理被雨淋濕的凌亂秀髮。雨宮貼心地打開櫃子，取出毛巾遞給兩人。

這段期間，加茂決定再次巡視車內一遍。各人的隨身行李、抽屜、棚架、床墊底下……找遍每個角落，並未發現獵槍或彈藥。

加茂檢查完車內，幻二剛好走進來。他出去抽菸不過短短五分鐘，全身竟已濕透。為了保險起見，加茂對幻二進行搜身。外頭的風雨似乎變得更強了，整輛拖車不時會微微搖晃。

加茂找來一條毛巾，擦拭沾滿雨滴的沙漏。就在這時，雨宮忽然露出驚慌的表情，輕呼一聲：

「糟糕，傘放在外頭，忘記收進來。」

雨宮認為風勢會越來越強勁，雨傘放在外頭十分危險，匆匆忙忙奔出車外。

不到三十秒，附近驟然響起落雷的轟隆聲。那撼動耳膜的轟然巨響嚇得文香尖叫，幾乎整個人彈跳起來。加茂擔心雨宮的安危，連忙走出車外查看。

一打開車門，就看到雨宮抱著五把雨傘站在門邊，早已淋成落湯雞。加茂見雨宮平安無事，加茂頓時鬆了一口氣。雨宮虛弱地說：

「我……我最怕打雷了。」

加茂同樣對雨宮搜了身，讓他躲進車內。接著，加茂走出車外，抬頭觀察天空。烏雲中不時綻放出紫色閃電，照亮周邊一帶的車道及草原。那可怕的景象令加茂心生恐懼，趕緊退回車內。

回到車內，加茂看見雨宮從手腕上取下有著皮革錶帶的手錶，放在廚房。他看不清楚錶面，只隱約看出錶帶在滴水，心想雨宮多半是想晾乾吧。

爲了防止有人擅自離開露營拖車，加茂取出從倉庫拿來的繩索，將車門重重綑綁，並坐在車門旁的台階上，確保沒人能接近車門。此時，加茂終於能夠稍微喘一口氣，拿起自己帶來的葡萄酒瓶，拔開瓶栓喝了一口。雖然是自來水，卻帶有一點葡萄酒的氣味，感覺實在古怪。

正當加茂煩惱著不知該拿這瓶水怎麼辦才好，月惠緩緩開口：

「從現在到明天早上，該做什麼才好？總不能只是躺著睡覺吧？」

坐在床邊的折疊桌上的幻二提議道：

「我們得集思廣益，想辦法揪出凶手……畢竟忙了一整天，到頭來根本沒發現新線索。」

後面的那句話，顯然是對加茂的抱怨。加茂心知肚明，但沒正面回應，只是將葡萄酒瓶放在腳邊，拿起胸前的沙漏項鍊，說道：

「賀勒，我要全部說出來了，你可別怨我……如果不希望我這麼做，就快點現身吧。」

除了文香之外，車內沒人知道加茂在說什麼。站在廚房的雨宮彷彿看見瘋子，連月惠也投來輕蔑的冰冷視線。至於幻二，表情中摻雜三分訕笑與三分失望，似乎認爲加茂只是在開一個愚蠢的玩笑。

當然，加茂說出這句話，並非眞的期待賀勒有所回應。這只是一種對躲在幕後監視一切的賀勒提出的「事先聲明」。

賀勒到底身在何處，加茂並不清楚。此時加茂的手機早已沒電，或許賀勒根本沒辦法出聲。

加茂放下沙漏，轉頭向幻二說：

「對了，幻二，我還沒跟你道謝。」

「道謝？道什麼謝？」

幻二的眼眸掠過一抹警戒之色。加茂輕輕頷首，接著解釋：

「那時候你說聽過我的名字，只是隨口胡謅吧？若不是你幫我圓謊，我早就被趕出別墅。」

幻二困惑地望向文香。文香似乎已理解加茂的意圖，一句話也沒說。幻二緊張地問：

「你的意思是……你承認自己就是凶手？」

「不，我不是那個意思。我不是私家偵探，不是殺人魔，也不是這一連串事件的始作俑者。」

「既然不是，你到底想表達什麼？」

「我不想再撒謊或隱瞞。但說出眞話之前，我想知道你當初爲什麼要替我圓謊。」

雖然加茂說得輕描淡寫，但或許是感受到加茂的善意，幻二的臉色稍微和緩，嘆一口氣：

「沒錯，我早就看穿姪女的謊言。」

「我就知道。那麼荒唐的謊言，一般人是不會相信的。」

「倘若文香平日就是個放羊的孩子，我早就把你抓起來。但我非常瞭解文香，這孩子從來沒說過惡意的謊言。」

文香在一旁呢喃著「對不起」。幻二不等她繼續說下去，朝著她揮揮手，打斷了她的話。

「這孩子如果撒謊，必定是爲了取悅或保護他人。因此，當時看見文香撒謊的意志那麼堅定，我有些錯愕……剛開始，我以爲是你誆騙她，但你看起來也不擅撒謊，聽到她的謊言，你的表情和我們一樣錯愕。」

加茂不禁苦笑道：

「突然被說成『名偵探』，我實在不知如何是好……話說回來，難道你不曾懷疑，人是我殺的？」

「打一開始，我就不認爲你是兇手。依當時的情況，你在別墅外頭，不可能有機會殺死我哥哥和光奇……而且，你也不可能跟別墅裡的某個人是共犯，因爲娛樂室一整晚都有人是偶發狀況，兇手不可能預料到這一點，事先找好共犯。」

幻二的分析相當犀利，加茂的臉上卻浮現幾分無奈之色，結結巴巴地說：

「原來如此。」

「還有，你身上完全沒有被蚊蟲咬傷的痕跡。」

加茂一時愣住，瞪大雙眼問：

「……那又怎樣？」

「你也很清楚，詩野鄰近山地，這種季節在屋外待一整晚，肯定會被蚊蟲咬得遍體鱗傷。」

「原來如此，我根本沒想到這一點。」

「基於以上的理由，我相信你不是兇手，也不是兇手的共犯。眼睜睜看著你被抓起來，實在於心不忍。」

幻二露出戲謔的微笑，接著說：

「而且我有一個壞毛病，就是好奇心太旺盛……聽見文香說出那麼有趣的謊言，我很想看看事情會如何發展。」

聽幻二說出心中眞實的想法，加茂才放鬆緊繃的情緒。幻二以毛巾擦拭金屬錶帶，繼續道：

「當然，如果你做出任何不軌的舉動，我絕不會輕易放過你……但一起行動後不久，我發現你非常認眞地想幫我們查出眞相。」

文香若有深意地看著幻二。幻二坦然承受她的視線，又說：

「所以，我做出一個假設……文香可能是憑著直覺，或是掌握某種具體的證據，事先猜到別墅內可能會發生不得了的大事。就算告訴我哥哥，我哥哥也不會將她的童言童語當眞。她煩惱很久，最後決定偷偷邀請你到別墅。」

「我想起來了，文香說她偷偷邀請過魔術師。」

加茂笑道。幻二輕輕點頭。

「沒錯，所以就算她邀請一個私家偵探，也不奇怪。由於有這樣的前例，直到剛剛爲止，我心裡都認定你是個私家偵探……既然你不是，那你到底是誰？」

「我只是個平凡的雜誌記者，並不是什麼調查犯罪案件的專家。但我是眞心誠意地想阻止發生在詩野的凶殺案。」

加茂清楚感受到，車內每個人都在等他做出進一步的解釋。但接下來要說出口的話，連自己也感到荒唐。最後，加茂幾不可聞地輕聲說：

「打一開始，我就知道會發生慘劇，因爲我是未來的人。」

「沒錯，加茂先生是從二〇一八年來到這個時代。」

文香以堅定的語氣附和。剩下的三人一聽，不由得面面相覷。雨宮的眼神飄移，一副不知如何是好的表情。至於幻二與月惠，反應則比加茂預期中平淡。這反倒讓加茂如坐針氈，要是他們破口大罵「不要胡言亂語」，或許加茂的心情會輕鬆一點。

雨宮是第一個開口說話的人。

「我就知道……」

「你就知道？」

加茂忍不住重複一遍。月惠跟著竊笑道：

「難怪你的說話方式、服裝、眼鏡等等，都跟我們完全不同。我一直感到很不可思議，原來是這麼回事。」

加茂張口結舌，不知該說什麼才好。幻二以毛巾包住手錶，放在床邊的桌上，彷彿要給加茂最後一擊，說道：

「看看你那雙鞋，就算是在特攝片（註）裡也找不到設計那麼奇特的鞋子……坦白告訴你，其實我早就半認眞地想像過你或許是未來的人。」

加茂不禁莞爾。

「搞什麼，原來你們早就猜到了。早知道就直接說實話，省去許多麻煩。」

加茂朝著文香笑了笑，接著便將來到「這裡」的理由一五一十地說了出來。不久後將會發生土石流……文乃將成爲唯一的繼承人……龍泉家的子孫將蒙受詛咒……出現一個自稱麥斯達．賀勒的神祕人物……穿越時空……包含後來文香加入後，兩人爲了阻止更多人受害而採取的各種行動，加茂都毫不保留地全盤托出。

接著，三人詢問許多關於時空旅行的細節。就在加茂解釋著「穿越時空的四項限制」時，不知何處響起一道聲音。

「爲了避免造成誤解，這個部分還是由我來解釋吧。」

*

加茂左顧右盼，想找出聲音來自何方。下一秒，才發現是從沙漏發出。於是，加茂以右手捏起釋放微弱光芒的沙漏，說道：

「搞什麼，原來這個竊聽器還有通話功能……電池到底裝在哪裡？」

「根本沒有電池，加茂。」

除了文香之外的三人聽著加茂與賀勒的對話，都驚訝得合不攏嘴。或許他們憑著直覺，已察覺聲音是來自沙漏。只見沙漏的白光稍稍增強，賀勒對著眾人說：

「大家好，我是麥斯達．賀勒。接下來，由我針對時空的穿越進行說明。」

接著，賀勒簡單扼要地向眾人解釋時空旅行的原則，如同當初對加茂和文香的說明。

月惠與雨宮依然張口結舌，似乎一頭霧水，向來喜愛科幻作品的幻二則聽得興致盎然。在賀勒說明的過程中，沙漏持續釋放光芒，但摸起來依舊冰涼。

說明結束，加茂提出一個心存已久的疑惑。

「老實告訴我，你到底躲在哪裡？」

「我一直待在你的身邊，不曾躲起來。」

加茂眨了眨眼，抬頭環顧車內的四人，當然也包含文香。四人各自以不同的肢體語言，向加茂表示「不是我」。驀然間，賀勒的笑聲響徹整輛拖車。

「原來你一直以爲我是人類，眞是太榮幸了。」

加茂聽到這句話，忍不住低頭望向綻放著淡淡光芒的沙漏。

「難道……你的本體就是這個沙漏……？一架沙漏形狀的時光機器？」

註：指利用大量特殊攝影技術與裝扮拍攝出的奇科幻電視劇或電影，較著名的有「假面騎士」及各種戰隊系列。

「沒錯，我是爲了進行時空穿越實驗而被設計出來的artificial intelligence，也就是人工智能（AI）。」

幻二聽得樂不可支，低頭看著賀勒說：

「二〇一八年的人，已擁有時空穿越技術？眞有意思。」

加茂聳聳肩，應道：

「我所知道的二〇一八年，可不是那種科幻風格的世界……賀勒似乎是來自比二〇一八年更遙遠的未來。」

沙漏裡的沙粒突然變成黃色。

「我出生的時代，比加茂生活的時代晚兩百九十年左右。研發人員賦予我沙漏的外型、『麥斯達·賀勒』這個名字，以及一項特別任務。」

文香一臉詫異地問：

「什麼特別任務？」

「當歷史遭人擅自竄改，我就必須回到過去，將歷史修正回原始的狀態。」

加茂露出狐疑的表情，歪著頭問：

「這有可能辦到嗎？當歷史遭到改變，新的歷史就會創造出新的未來。原本的歷史一旦消失，誰會知道原本是什麼狀態？」

「如果只是一般的時空穿越裝置，確實會出現你說的這種狀況……爲了解決這個問題，研發人員將我從這個世界獨立出來，讓我不受這個世界的歷史影響。」

加茂剎時愣住，不明白賀勒這句話的意思。

「獨立出來？要怎麼獨立？」

「現下你握在手裡的沙漏，裡頭裝的並不是沙粒，而是一個小小的世界。」

加茂不禁感到背脊發涼，連忙放開沙漏。但脖子承受的項鍊重量，大概只相當於一顆小石子，與所謂的「世界」可謂天差地遠。

賀勒沉穩地繼續道：

「換句話說，我不僅是時空穿越裝置，還是與你們的世界有著對等關係的另一個世界。在我的世界裡，有一座量子電腦，儲存著『我的ＡＩ資料』和『你們的世界在遭到竄改前的紀錄資料庫』。」

「什麼另一個世界……未免太神奇了。」

賀勒說明的內容，已超越加茂的想像力。生活在一九六〇年的文香等人，想必更是聽得有如丈二金剛摸不著頭腦。即使如此，他們仍非常專心地聆聽賀勒說出的每一句話。

「在我的體內，有著完全獨立的時間流動。這是一個不受外界影響的系統，因此，不管你們的世界發生什麼事……即使歷史遭到竄改，甚至是研發人員在設計出我之前遭到謀殺，我體內的資料庫紀錄也不會有所改變。」

「那不是麥斯達・賀勒，而是卡西奧畢亞（Cassiopeia）吧？」

加茂忍不住提出質疑。麥克・安迪的作品《默默》裡，有一隻名為卡西奧畢亞的烏龜，她能夠在時間停止的世界裡自由走動，因為她擁有只屬於自己的特別時間。

賀勒的口吻帶著一絲懷念：

「設計出我的巴斯蒂安博士，將我命名為『麥斯達・賀勒』，是希望我能成為時間與歷史的守護者。」

「總之……靠著你剛剛的說明，我想通一件事。」加茂說道。

沙漏散發出帶有挑釁意味的黃光。

「噢，你想通什麼？」

「這一連串命案的凶手，有一個非常明顯的特徵。第一，娛樂室裡一整晚都有人，這是偶發事態，並非有什麼預先安排好的活動，凶手卻巧妙加以利用，設計出不可能犯罪。第二，在我出現之後，凶手巧妙地變更行凶順序，竟連原本知道歷史的我，也被蒙在鼓裡。第三，凶手將羽多怜人所畫的《凱美拉》搬到荒神社內。」

「這幾點有什麼關聯嗎？」

「……我也是在看見荒神社裡的《凱美拉》畫作之後，才察覺這個特徵。我不斷思考凶手為什麼要冒著風險，將畫作搬到神社內，終於想出答案。」

文香聽到這裡，瞇起眼陷入沉思。半晌，她露出驚訝的表情，開口：

「記得你們提過，發生土石流之後，唯有荒神社倖存，是嗎？」

「沒錯，對凶手而言，羽多怜人有著非常特殊的意義。凶手把羽多的畫作搬運到荒神社裡，只有一個理由……就是不希望這幅畫遭土石流摧毀。」

整輛拖車內頓時鴉雀無聲。所有人都察覺加茂的言下之意。加茂接著道：

「換句話說，凶手和我一樣，不僅知道未來將會發生土石流，也知道荒神社是唯一倖存的建築物。」

雨宮困惑地抓著頭髮，結結巴巴地問：

「不過……這有可能嗎？」

「剛開始，我也覺得這個推論很荒唐……但只要假設除了我之外有另一個人穿越時空，一切就說得通。」

幻二沉吟一會，看著地板說：

「凶手如果也是時空穿越者，應該會預測到你躲在打掃工具室內，畢竟那是監視寅之間的最佳地點。」

「凶手不僅將了我一軍，改變行凶順序，還利用我在打掃工具室內這一點，安排另一場不可能犯罪……換句話說，凶手能夠隨心所欲地殺人，是因爲掌握未來的各種資訊。」

加茂頓了一下，凝視著沙漏繼續道：

「你把我帶到這裡，是爲了讓我將歷史矯正回原始的面貌。這意味著，有另一個時空穿越者來到這裡，改變了歷史，不是嗎？」

賀勒發出若有深意的笑聲。

「你的推測大致上是正確的。但引發這一連串事情的並不是一個時空穿越者，而是另一架時空穿越裝置。」

加茂滿心以爲是某個未來的殺人魔回到過去引發「死野的慘劇」，聽到賀勒這句話，頓時愣住。

「未來到底發生什麼事？」

「情況比你們想像的嚴重許多……雖然依規定不能將未來的事情告訴過去的人，但看來我得破一次例了。」

賀勒不再散發光芒，乍看之下跟普通的沙漏沒兩樣。

「我誕生於一個名叫Global Synthesis Laboratory（ＧＳＬ）的研究機構，巴斯蒂安博士是裡頭的研究員。博士總共試作兩架時空穿越裝置，一架擁有藏於體內的另一個世界，具備修正歷史的特殊機能，那就是我。另一架，只擁有時空穿越機能，名叫『卡西奧畢亞』。」

「卡西奧畢亞？」

加茂忍不住大喊，賀勒顯得冷靜許多。

「巴斯蒂安博士從小就喜歡麥克・安迪的作品，因此以『卡西奧畢亞』爲另一架時空穿越裝置命名，也就是《默默》的故事裡，麥斯達・賀勒的那隻烏龜朋友……對了，卡西奧畢亞同樣有著沙漏外型，內部藏有量子電腦，基本性能和穿越時空的各種機制都與我完全相同。」

「卡西奧畢亞也受限於『穿越時空的四項限制』？」

「沒錯，唯一的不同，是我的體內有另一組獨立的世界和時間。」

「你就像是高級版的卡西奧畢亞？」

「我和卡西奧畢亞的立場並無高低之分。我們只是幫助人類平安進行時空穿越的引導者……後來研究機構以卡西奧畢亞進行好幾次實驗，進展相當順利。」

「到這邊我都瞭解了……只是，爲什麼時空穿越裝置會跑到過去爲非作歹？」

「ＧＳＬ的實驗遭到歹徒濫用。那個歹徒的本名是Alice（愛麗斯），但經常被稱爲Malice（瑪麗斯，即『惡意』之意）。」

「既然叫這個名字，應該不會是男的吧？」

加茂忍不住問，賀勒淡淡回答：

「瑪麗斯當然是女性。她原本也是ＧＳＬ的優秀研究員，尤其是在人工智能的領域裡，可說是無人能出其右。我能夠順利誕生，瑪麗斯的研究絕對功不可沒……當初在ＧＳＬ內部，瑪麗斯跟某個同事的感情非常好，但瑪麗斯嫉妒同事的『功績』，漸漸失去理智，實在令人惋惜。」

「研究員搖身一變，成爲大魔頭？越是聰明的人，做起壞事越令人頭大。」

「攻擊的一方與遭受攻擊的一方，都是難得一見的天才。爲了害死從前的摯友，瑪麗斯無所不用其極，犯下一樁又一樁的罪行。」

「後來那個遭受攻擊的研究人員是否平安無事？」

文香不安地問。賀勒難得溫柔地回答：

「當然平安無事。他好幾次識破瑪麗斯的陰謀，令她的詭計難以得逞……瑪麗斯失敗數次之後，終於放棄殺害昔日好友。接下來，她卻奪走卡西奧畢亞，企圖回到過去，設法讓對方打一開始就不存在。」

瑪麗斯的執著，令加茂毛骨悚然。

「眞是亂來的傢伙。後來她成功了嗎？」

「可說是成功，也可說是失敗。瑪麗斯盜取卡西奧畢亞的時候，遭特種部隊圍攻，受了致命傷。她知道自己活不了，臨死之際入侵卡西奧畢亞的系統，將卡西奧畢亞的ＡＩ替換成另一套ＡＩ。」

「怎樣的ＡＩ？」

「完全複製自我人格的ＡＩ。於是，瑪麗斯在臨死之際成爲時空穿越者，與卡西奧畢亞一同逃往過去……外部系統爲卡西奧畢亞，但內在意志已變成瑪麗斯，我們稱她爲

『黑暗卡西奧畢亞』。」

「沒辦法找出『黑暗卡西奧畢亞』的藏身處嗎？既然你們的機能相同，應該有什麼辦法吧？例如，偵測某種電波之類的。」

賀勒的口氣瞬間變得沮喪。

「要是有那種辦法，不知有多輕鬆。研究人員沒料到時空穿越裝置會變成大壞蛋，因此我並不具備搜尋其他裝置的機能。就算『黑暗卡西奧畢亞』躲藏在我們的身邊，偷偷讓我們進行時空穿越，在某些情況下……我甚至不會察覺身處的時空已改變。」

「喂，你這測試機未免太沒用了吧？」

「我感到很慚愧……當然，只要過一段時間，我就能夠自行偵測出目前所在的時空。」

文香臉色一變，說道：

「比起這些，更重要的是『黑暗卡西奧畢亞』爲什麼會來到這個時空，企圖暗算我們？難道……」

「沒錯，瑪麗斯想殺死的那個昔日好友，名叫『Eugene Ryuzen（尤金・龍泉）』，他是龍泉太賀的子孫。」

加茂根本沒想到這個環節，驚訝得說不出話。賀勒冷靜地繼續道：

「尤金博士是遺傳學和地球物理學的天才……他最大的功績，就是在二三五八年預測出『數十年內地球上將出現大規模的異常氣候』。根據他的計算，屆時地球上的生態系統將徹底遭到破壞，最終可能導致地球上的生物全部滅亡。」

「眞的會發生異常氣候嗎？」

幻二憂心忡忡地問，賀勒想也不想地回答：

「他的預測確實應驗了。二二七九年，一場被後人命名爲『大災厄』的異常氣候現象席捲整個地球，規模甚至遠大於古代致使恐龍滅絕的災難。所幸尤金博士說服聯合國，事先採取各種應變措施，將人類的傷亡降至最低。自從這件事情發生之後，尤金博士儼然成爲全人類的救世主。」

加茂預料到一起連續凶殺案的背後竟牽連這麼多事情，一時不知如何是好。半晌，他喃喃道：

「換句話說……『黑暗卡西奧畢亞』回到過去，是爲了殺死所有龍泉家的人，讓尤金沒辦法出生？」

「沒錯，這是她唯一的目的。」

雨宮渾身顫抖著。開口：

「要是尤金消失，人類是不是會很慘？」

「我並未親眼確認過改變後的未來，但……尤金博士有一套自己構思出來的研究方法，如果沒有尤金博士，其他科學家發現『大災厄』的機率恐怕低於一％。」

「不會吧？意思是，若是沒逮住『黑暗卡西奧畢亞』，人類有九九％的機率會滅亡？」

加茂忍不住大喊，賀勒詫異地說：

「一開始我不就說了嗎？情況比你們想像中嚴重許多。」

「虧你還能說得如此悠哉。」

「總之，瑪麗斯使盡各種手段，就是要讓尤金從世上消失。只要能夠實現心願，就算會讓全人類毀滅，恐怕她也不會有所顧忌……而且，我猜想她應該是想利用『大災厄』徹底改變世界，只讓對她有利的人存活下去。」

「眞是太可怕了！既然有這種危險人物，當初把我捲進這件事情時，你就應該對我說清楚！」

賀勒毫不理會加茂的抱怨，自顧自地繼續道：

「第三次世界大戰期間，部分東南亞與歐洲的國家、地區遭受敵國攻擊，曾發生電子資料全部消失的情況。尤金的曾祖母直美・龍泉也是其中某國的國民，再加上她後來成爲戰爭孤兒，因此關於她的祖先的一切紀錄，在第三次世界大戰之後都變得不可考。在我的資料庫裡，尤金博士的祖先只能追溯到這位直美・龍泉爲止。」

賀勒停頓了一下，接著又說：

「但尤金聽曾祖母講述過一個可怕的傳說，就是龍泉家的祖先遭遇的『死野的慘劇』。後來，尤金告訴瑪麗斯這個傳說，她因而得知你們龍泉一家就是尤金的祖先。」

幻二聽到這裡，皺眉問道：

「等等，這不是很奇怪嗎？『死野的慘劇』既然是『黑暗卡西奧畢亞』引起，爲什麼在她改變歷史之前，這樁慘案就發生了？」

「不，早在她尚未改變歷史之前，你們龍泉家的詩野別墅就發生過連續凶殺案及土石流，造成許多人死亡。」

幻二驚愕地瞪大雙眼。

「你的意思是……即使沒受到未來人的干涉，我們當中還是會出現殺人魔，所有人都會遭到殺害？」

「沒錯，就是這個意思。」

加茂再也按捺不住，咄咄逼人地對賀勒說：

「既然知道這一點，表示你的資料庫裡有關於這個殺人魔的紀錄，對吧？就算跟現在的歷史並不完全相同也沒關係，你快說出來，至少可當參考。」

「很遺憾，在我的資料庫裡，沒有任何紀錄指出殺人魔的身分。由於發生土石流，所有紀錄都變得殘破而凌亂……何況，整起事件與現在的狀況大不相同。原本的『死野的慘劇』，狀況比現在單純許多。」

「你的意思是，不存在不可能犯罪？」

「根據資料庫中的驗屍紀錄，遺體並未遭到分割。換句話說，凶手原本並不打算分屍。」

聽到「驗屍紀錄」這個字眼，加茂略一沉吟後問：

「根據你的資料庫紀錄，警方在土石中發現了哪些人的遺體？」

原本加茂不願在文香面前談這件事，終究還是打破禁忌。

「究一、光奇、漱次朗、刀根川和文香，總共五具遺體，其餘皆下落不明。」

這一點與加茂所知道的未來，也就是遭「黑暗卡西奧畢亞」竄改後的未來相符。文香以雙手摀住臉，月惠搭著她的肩膀，試圖安慰她。加茂沒理會，繼續問：

「你的資料庫裡的『死野的慘劇』，跟我知道的『死野的慘劇』，有哪些不同之處？」

「幾乎沒有差別。最大的不同，是第一起命案發生在八月二十三日深夜，比你們經歷的狀況晚兩天。」

「原來如此……所以你才會把我帶到二十二日。」

「沒錯，我採取的行動，是依據遭竄改前的資料庫紀錄。我沒料到，遭竄改之後的歷史會提早兩天。」

「凶手提早犯案，或許是受到『黑暗卡西奧畢亞』的影響……但我不明白的是，『黑暗卡西奧畢亞』爲什麼盡是製造出不可能犯罪？在一般的謀殺案裡，凶手根本不會如此大費周章。」

幻二納悶地問，賀勒淡淡回答：

「因爲瑪麗斯不是一般謀殺案的凶手。她擁有『The Queen of Impossible Crime（不可能犯罪女王）』的綽號。」

加茂不禁瞪大雙眼，低喃：

「The Queen of Impossible Crime……？」

平日嗜讀偵探小說的幻二和文香，露出複雜的表情。賀勒不知是否察覺他們大感驚訝的理由，平淡地繼續道：

「瑪麗斯構思出許多高明的犯罪手法，其中較有名包括『太空船時刻表不在場證明詭計』、『銀河千人同時密室殺人詭計』等等。這次她特地介入『死野的慘劇』，也是因爲她向來喜歡驚天動地的重大犯罪事件。」

加茂感到腦袋發疼，閉上眼睛說：

「好了，不用解釋了。我已能想像未來的世界有多糟糕……總之，『黑暗卡西奧畢亞』就像是瑪麗斯的分身，她來到『這裡』之後，依然是以製造出『不可能犯罪』爲目標，是嗎？」

「嚴格來說，『黑暗卡西奧畢亞』本身沒辦法進行任何犯罪。跟我一樣，她不具備擁有行動力的肉體。而且她要穿越時空，也必須和人類在一起，沒辦法獨力完成。」

「那麼，她必定有共犯。」

「她似乎是事先找出潛藏在龍泉家的殺人魔，利用殺人魔來執行她設計的殺人計畫。至於她是如何發現殺人魔的身分，就不得而知了。總之，這個殺人魔想必和你一樣擁有一個沙漏，並小心翼翼地藏起來。」

「這聽起來很棘手。只要苗頭不對，這傢伙隨時能穿越時空逃走，對吧？」

「但我們也不是全無線索……瑪麗斯生前從不信任他人，爲了降低遭到背叛的風險，她在執行犯罪計畫的時候，共犯從未過超過一名。」

加茂有些吃驚，仍謹愼地問：

「她本人或許是這樣沒錯，但不見得『黑暗卡西奧畢亞』也是這樣吧？」

「不，本人生前執著的事物，一定會反映在複製其人格的ＡＩ上。這種必然性正是ＡＩ的重大缺陷之一。」

「……換句話說，『黑暗卡西奧畢亞』只會有一名共犯？」

「沒錯，替她執行殺人計畫的只會有一人。」

文香驀然抬起被淚水濡濕的臉，說道：

「等等！如果我們遲早會遭土石流活埋，『黑暗卡西奧畢亞』何必那麼執著地殺害我們？」

「那是她與殺人魔之間的約定。」

賀勒回答，加茂不由得打了個哆嗦。

「潛藏在龍泉家內部的凶手，恐怕是想將聚集在詩野別墅的所有人全部殺死……不，或許最終目的是將龍泉家的親屬及相關人士全都殺光……而『黑暗卡西奧畢亞』的目的，則是找到一個容易操控的時空穿越者，利用這個人把疑似尤金祖先的人物，也就是龍泉太賀的子孫全部殺光。」

「沒錯，他們的目的大致相同。」

明明是炎熱的夏夜，加茂卻不停顫抖。

「我明白了……龍泉家的詛咒，其實就是『黑暗卡西奧畢亞』和協助她的時空穿越者。」

「沒錯，你猜對了。『黑暗卡西奧畢亞』向這名凶手提供各種知識與建議，幫助凶手實現殺人的目的，卻也要求凶手必須絕對服從。這名凶手必定與龍泉家有著深仇大恨，才會欣然接受『黑暗卡西奧畢亞』的提議吧。」

加茂壓抑著心中的恐懼，開口：

「『死野的慘劇』結束之後，『黑暗卡西奧畢亞』與這名凶手便不斷進行時空旅行，殺害文乃的子孫，並僞裝成毫無關聯性的意外事故或犯罪事件？」

「沒錯，這個現象在世人的眼裡就成爲所謂的詛咒。」

「……我們到底犯了什麼錯？爲什麼要這麼對我們？」

文香悲傷地大喊，幻二與月惠皆低頭不語。賀勒似乎並未察覺兩人的反應，繼續道：

「總之，『黑暗卡西奧畢亞』雖然改變過一次歷史，但因爲加茂的出現，她又採取不一樣的行動。由於歷史頻繁遭到竄改，世界變得越來越不安定，開始出現一些連我也不清楚的現象。」

幻二皺起眉，低頭看著沙漏問：

「具體來說，是什麼現象？」

「大約一個小時前，我的全時空測位系統偵測到嚴重的數值異常。說得更明白點，就是現下我們所在的地點和時間，跟根據重力波計算出的地點和時間，出現極大的誤差。」

「聽起來很深奧……爲什麼會發生這種現象？」

「主要的原因，應該是世界的不安定及扭曲變形，詳情我也不清楚……要修正這個誤差，必須重新進行計算。這個計算過程得耗費十二個小時。在完成修正之前，沒辦法進行時空穿越。」

加茂聽著賀勒的解釋，不禁爲留在二〇一八年的伶奈感到擔憂。

伶奈是龍泉家最後一個倖存者。如今她也爲病魔所苦，性命有如風中殘燭。伶奈是尤金·龍泉的祖先嗎？或者，伶奈的某個堂兄弟姊妹才是尤金·龍泉的祖先？對加茂來說，這一點也不重要。除了伶奈的性命之外，其他都是雞毛蒜皮的小事。

然而，想到這裡，加茂的腦海浮現一個揮之不去的疑惑。

「……爲什麼？」

「因爲全時空測位系統的功能，有些類似GPS（全球衛星定位系統）。進行時空穿越的時候，如果沒辦法取得最精確的出發點座標，就沒辦法安全地進行穿越。無論如何，必須先進行重力波的數值檢測，確認沒有誤差。」

「我問的不是這個……爲什麼你會選擇我當時空穿越者？」

明明是AI系統，賀勒卻深深嘆了一口氣，解釋道：

「我『麥斯達．賀勒』在GSL的組織內部屬於最高機密，連『卡西奧畢亞』也不知道我的存在，瑪麗斯也一直以爲卡西奧畢亞是『唯一的時空穿越裝置』……尤金得知卡西奧畢亞遭瑪麗斯奪走之後，根據遺留在GSL的資料，推測出瑪麗斯打算對『死野的慘劇』進行干涉。爲了阻止『黑暗卡西奧畢亞』竄改歷史，巴斯蒂安博士立即帶著我出發，前往一九六〇年。」

「可是，跟你一起出現在這裡的並不是巴斯蒂安博士，而是加茂先生。這中間到底發生什麼事？」

文香問道。沙漏感慨萬分地說：

「我與巴斯蒂安進行時空穿越的過程中，系統突然失控，將我們送往一萬年前的過去。直到現在，我依然查不出原因。或許是『黑暗卡西奧畢亞』對歷史的干涉造成世界的不安定，也或許是瑪麗斯在GSL的電腦裡輸入帶有惡意的錯誤資料。」

那令人難以想像的情境，令在場所有人都不由得發出驚呼。賀勒悲傷地繼續道：

「根據時空穿越的第一項限制，下一次的時空穿越必須間隔十二小時。這段時間裡，除了補充能量之外，我嘗試利用全時空測位系統偵測當前地點的座標……但十二個小時還沒到，巴斯蒂安就被一種類似劍齒虎的猛獸咬死了。」

車內頓時一片安靜，完全沒人說話。大約二十秒過後，加茂才問道：

「後來呢？巴斯蒂安死後，你做了什麼？」

「失去時空穿越者，我什麼也做不了，就這麼遭泥沙埋沒，落入地下深處。當初巴斯蒂安製造我的時候，賦予我的設計強度是能夠使用一千年以上。因此，雖然在地底下待了一萬年，我的外殼並未毀損。然而，我的內在人格可就沒有那麼幸運了。」

以人類的常識來看，一萬年漫長得令人咋舌。倘若AI是以人類的思考模式為依據，那麼對賀勒來說，一萬年也是一段長得可怕的歲月。

「在漫長的日子之中，我漸漸改變。我體會到原本身為AI不應該體會到的絕望感……我以為會一直被關在那個有如地獄般的牢籠裡，直到地球毀滅為止。所幸二〇一五年的年底，一個化石挖掘團隊發現我，終於重見天日。」

加茂想起社會上開始出現關於奇蹟沙漏的都市傳說，確實是在二〇一六年左右。

「後來，很多人都曾成爲你的持有者，對吧？」

「沒錯，逐漸有人稱我爲『奇蹟沙漏』。其實這是誤解，我並沒有創造奇蹟的能力。」

「等等，我聽過一個傳聞，有人靠著奇蹟沙漏的力量，在賽馬上贏得大把鈔票，該不會眞的是你……」

「我的資料庫裡記錄著歷史上每一場賽馬結果。爲了尋找協助者，我以這種方式提供回報。」

「喂，這不也是改變歷史的行徑嗎？」

「在那個牢籠裡，我得到一個教訓，就是必須不擇手段，才能夠阻止人類滅亡。最後，我終於找到最合適的人選，能夠阻止『黑暗卡西奧畢亞』及其協助者繼續殺人……加茂，那就是你。」

加茂感到一股寒意竄上背脊，半晌後才低聲問：

「爲什麼我最合適？理由是什麼？」

「你是龍泉伶奈的丈夫，而且相當聰明。」

「就這樣？」

「你擁有堅強的意志。爲了拯救妻子的性命，什麼都願意做……綜合以上幾點，很難找到比你更合適的人選。」

聽賀勒說得煞有其事，加茂無奈地搖頭：

「我相信你沒撒謊，但我也聽得出你並未說出全部的眞相。你選擇我的眞正理由，肯定不止這些。」

不知爲何，賀勒挑釁地反問：

「你有勇氣說出眞正的理由嗎？」

「我已有所覺悟。」

「哦？」

「剛剛提到『黑暗卡西奧畢亞』不知道你的存在，那也是在遇到我之前的事。如今『黑暗卡西奧畢亞』及她的協助者，必定早已察覺我是另一架時空穿越裝置的協助者，從未來回到過去的目的是爲了阻止『死野的慘劇』。」

「應該吧。畢竟多了一個不曾出現的人，而且你沒刻意把我……把這個沙漏藏起來，避免其他人看見。」

加茂以左手按著胸口，接著說：

「說得更明白一點，在『黑暗卡西奧畢亞』眼中，我才是整場行動中最大的障礙。在究一和光奇之後，我原本會是第三個遭到殺害的人。」

加茂按住胸口的手指微微顫抖，仍繼續說下去。

「但他們並未加害於我。不管是下毒也好，或是其他方法也罷，他們要殺死我，可說是輕而易舉……而且只要殺死我，還可得到賀勒，也就是另外一架時空穿越裝置。」

「大概是加茂先生與龍泉家沒有血緣關係，他們不想濫殺無辜吧。」

文香說道。然而，加茂非常清楚，那不是眞正的理由。

「不，『黑暗卡西奧畢亞』有著冷酷無情的ＡＩ，絕不可能輕易放過阻礙者。他們沒殺我，必定存在不能殺我的理由。」

「你認爲那個理由是什麼？」

賀勒的話語依然充滿挑釁的意味，情緒卻十分平穩，一點也不激動。相較之下，加茂的聲音不住顫抖著。

「『黑暗卡西奧畢亞』害怕時間悖論，也就是時間上的因果矛盾。」

原本一直保持沉默的月惠，疑惑地眨了眨眼，問道：

「什麼意思？」

加茂露出苦笑，看著她回答：

「簡單來說，我是瑪麗斯的祖先……『黑暗卡西奧畢亞』擁有我的子孫的人格複製ＡＩ。他們如果殺死我，跟子孫殺死祖先一樣，會產生因果矛盾。賀勒，沒錯吧？」

加茂不敢相信自己竟笑得出來，頓時感到頭暈目眩。

「沒錯，瑪麗斯的本名是Alice Kamo（愛麗斯・加茂），她是你的子孫。」

加茂克制不住地哈哈大笑。

「我到底是怎麼搞的？明明還沒有孩子，卻成了殺人魔的祖先。」

「恕我說一句老實話……加茂，你與瑪麗斯在基因上的相似度並不大，但在性格上，你們其實非常像。」

加茂的笑聲戛然而止。

「至少……我沒做出任何犯罪的行徑。」

「現在這個時間點，確實沒有。」

賀勒冷冷說道。加茂內心驚疑不定，忍不住閉上眼。

賀勒的言下之意非常明顯。根據他的資料庫紀錄，未來加茂將會成爲犯罪者。不僅如此，加茂注定與伶奈以外的另一個女人生下孩子，那個孩子就是瑪麗斯的祖先。

「正因你很清楚這些內情……你知道不能眞正信任我，才默默把我帶到『這裡』，卻不告訴我所有眞相？」

賀勒沒回答這個問題。

不知何時，加茂的手指不再顫抖。明明事態比原本預期的更加嚴苛，心情卻變得十分平靜。與瑪麗斯的相似之處，或許正是這種面對事情的奇妙態度吧。

「現在我終於明白你選擇我眞正的理由。第一，如果選擇其他人爲時空穿越者，很可能會遭到殺害，但他們不敢殺我。第二，不管我是否成功揪出凶手，你都有機會修正歷史。」

幻二看著加茂的眼神，竟流露一絲同情。他對加茂說：

「聽起來眞是悲哀……如果你識破凶手的詭計，逮住凶手，原本會被殺的人就能逃過一劫。反過來說，如果你推理失敗，只要最後殺了你，未來的瑪麗斯就不會出生。」

「不論是哪種結果，都能夠避免讓尤金從歷史上消失……只要我沒查出眞相，你就會把我傳送到外太空或是海裡，結束我的生命，對吧？」

「是的，我確實考慮過，以時空移動到深海作爲最後的手段。只要能夠達到目的，就算我接下來會永遠被困在海裡，也沒什麼大不了。」

賀勒坦白說出心中的盤算。加茂一聽，再次笑了出來。但這次並非沒來由的發笑，而是更加自然的笑容。

「既然你有這樣的覺悟，很好……現在你希望我怎麼做？繼續玩偵探遊戲，還是直接爲了伶奈自殺？」

或許是聽出加茂似乎另有深意，賀勒恢復平淡的口吻，回答：

「我隱瞞『黑暗卡西奧畢亞』的事，有兩個理由。第一，擔心你得知全部眞相後會背叛我，與她攜手合作。」

「我怎麼可能做出那種事？」加茂反駁。

賀勒低聲回應：

「老實說，我不明白你爲什麼會如此認眞地想保護龍泉家的人。你的性格與資料庫的紀錄有著極大的差異。我不認爲『黑暗卡西奧畢亞』會刻意將歷史往這個方向竄改，但既然沒有外力介入，怎會有這麼大的誤差？」

「因爲我遇見伶奈……」

加茂幾不可聞地低語。自從遇見伶奈，他有了極大的改變。別說是旁人，連加茂自己也感覺得出來。

就在這個瞬間，一股原本已消失的強烈寒意又湧上心頭，加茂忍不住閉上雙眼。加茂心裡很明白，這股寒意並非源自身體的不適，亦非源自恐懼，而是源自絕望。

「咦，你說什麼？我沒聽清楚。」

加茂這才驚覺，不知不覺中，他以雙手摀住臉。喉頭越來越灼熱，如果不刻意壓抑，恐怕會發出哽咽聲。

加茂沉默片刻，待心情恢復平靜，搖搖頭應道：

「沒什麼……剛剛提到，你刻意隱瞞關於瑪麗斯的事，有兩個理由？另一個理由是什麼？」

「事先得知未來將發生的事，會徹底改變一個人當下的行動。我擔心讓你知道太多，會對尤金和瑪麗斯的存在造成難以預期的影響。」

加茂有些摸不著頭緒，繼續問道：

「如果瑪麗斯沒出生，對你來說不是求之不得的事情嗎？」

「不，沒那回事。誤入歧途之前的愛麗斯博士，同樣有著難以取代的重要性。」

「就算她的成就對世人有所幫助，但她犯下的罪行還是遠大於貢獻吧？」

「一個人存在於世上的理由相當複雜，不應該妄下定論。」

「什麼意思？」

「愛麗斯博士與尤金博士還是摯友的時期，靠著互相激勵與切磋琢磨，在各方面的研究領域上都有飛躍的進展……尤金如果沒遇上愛麗斯，可能打一開始就不會投入研究工作，愛麗斯也一樣。尤金在進化生物學方面的論文，是愛麗斯進行ＡＩ研究的重要參考依據；而若不是愛麗斯設計出的ＡＩ，尤金也沒辦法順利帶領人類化解異常氣候的危機。」

文香的臉頰因興奮而微微泛紅。她喃喃說著：

「這兩個人就像是硬幣的正反面，不能缺少任何一方？」

「所以，我不敢把瑪麗斯的事情告訴加茂。我擔心如果加茂太過厭惡瑪麗斯，可能會設法阻止她出生……加茂，我心中的最後一個手段確實是奪走你的性命，但這麼做不見得對未來有正面的幫助。」

碩大的雨滴不斷敲打著露營拖車的車頂，強勁的風勢颳得拖車微微搖擺。過了整整一分鐘，加茂才開口：

「到頭來，唯一的辦法還是解開『死野的慘劇』的犯案手法，揪出凶手，取走這傢伙持有的『黑暗卡西奧畢亞』。」

「沒錯，這依然是我們的最佳方案。」

坐在床上的月惠聽完一長串的解釋，重新蹺起腿，出聲詢問：

「……幻二堂哥和雨宮，你們相信這些話嗎？」

幻二取出香菸把玩，好一會才抬頭應道：

「我認爲値得一信。加茂與賀勒剛剛那些對話頗耐人尋味，應該不是隨口胡謅。」

「我就知道幻二堂哥會這麼說……雨宮，你呢？」

承受著月惠的視線，雨宮一面搓揉手裡的濕毛巾，一面回答：

「剛剛那些對話實在太深奧，我聽得一個頭兩個大，但我相信幻二先生的判斷。」

月惠嫣然一笑。加茂第一次看見月惠發自內心微笑。

「既然如此，我也選擇相信他們……話說回來，殺人魔獲得時空穿越裝置，可眞是如虎添翼。不管要移動到另一個地點，還是搬運遺體，都可以靠『黑暗卡西奧畢亞』的能力達成。」

加茂露出苦笑。

「仔細想想，瑪麗斯號稱『不可能犯罪女王』，卻運用時空穿越裝置，根本不公平。所謂的不可能犯罪，應該是在排除一切異常條件的前提下，完成令人難以解釋的犯罪行爲。」

「倒也不能這麼說……從前的瑪麗斯，在設計不可能犯罪的時候，絕不會使用幾乎沒人知道的特殊技術。但如果是相關人士共同認知的特殊技術，又另當別論。」

加茂瞪大雙眼，問道：

「賀勒，你的意思是，這次因爲有你的參與，再加上我和文香打一開始就知道時空穿越是確實存在的技術，所以對『黑暗卡西奧畢亞』來說，時空穿越技術在這次的犯罪中也算是『共同認知的特殊技術』？」

「沒錯，或許在她的觀念裡，將時空穿越技術運用在這次的犯罪上，並不是一種不公平的犯規行爲。」

聽了賀勒的這句話，幻二一邊沉吟，一邊撫摸長滿鬍碴的下巴，半晌後開口：

「……但根據穿越時空的第二項限制，進行時空穿越的最小單位是邊長三公尺的立方體。別墅的天花板高度不到兩公尺，如果要在別墅裡進行時空穿越，不管將立方體的底面設定在哪裡，勢必會將天花板或地板挖出一個洞。可是，我們在別墅裡並沒有發現這樣的洞，代表從來沒有人以別墅的內部作爲時空穿越的出發點。」

文香聽到這裡，忽然像是想起什麼，朝著賀勒問：

「你能夠搬運遺體的一部分嗎？」

「我可以搬運帶著部分遺體的活人，但沒辦法在沒有活人的情況下，直接搬運死者的部分遺體。」

「意思是，你沒辦法將遺體的一部分單獨送出別墅外？」

「是的……但只要是活人，就算對方不願意，我也可以強制進行時空穿越。」

回想起來，當初進行穿越時空前，賀勒確實沒先徵詢加茂的同意。這表示賀勒可以強制性地指定某人爲時空穿越者。

聽了賀勒的回答，文香一邊思考一邊接著問：

「進行時空穿越的過程中，時空穿越者不需要把你帶在身邊嗎？」

「沒錯，沒必要隨身攜帶時空穿越裝置。不管是我，還是卡西奧畢亞，只要半徑一公尺的範圍內有人能指定爲時空穿越者，就能進行時空穿越。」

加茂詫異地湊上前問：

「喂，你連這種事也辦得到？」

「當然，就算我和時空穿越者之間有著障礙物，也沒問題……怎麼？你想到什麼嗎？」

加茂臉色大變，想也不想地說：

「既然能做到這種事，凶手只要強制進行時空穿越……」

話還沒有說完，幻二便出聲打斷。

「沒那麼容易吧？考量到剛剛提及的那些條件，凶手就算想利用時空穿越，也利用不了。」

「沒錯。根據第三項限制，時空穿越沒辦法精準地指定目標地點。正負五公尺的誤差，在別墅內部可是一段不算短的距離。」

賀勒解釋道。加茂這才察覺自己沒想清楚，面紅耳赤地說：

「也對，那太異想天開了……房間裡的家具太多，如果以時空穿越的方式進入房間，實在非常危險。」

於是，幻二做出結論：

「如此說來，凶手將我哥哥的頭顱和光奇的軀幹運出別墅外的過程中，並未使用時空穿越。如果要在別墅內移動邊長三公尺的立方體，必定會將天花板或地板一起帶走，而且凶手沒辦法只把遺體送出別墅外。」

月惠深深點頭同意，接著說：

「爺爺的情況也一樣。房間裡根本沒有足夠的空間，讓『黑暗卡西奧畢亞』將爺爺強制指定爲時空穿越者，進行時空穿越。」

雨宮也低調地開口：

「刀根川的情況，更是沒有必要穿越時空，任何人都有機會對她下毒。」

賀勒最後說道：

「沒錯，就算將時空穿越技術納入考量，『不可能犯罪』還是成立，我們不知道凶手究竟是怎麼辦到的。」

＊

經過一番討論，決定先對所有人進行搜身。

這是為了確保沒有人身上偷偷帶著「黑暗卡西奧畢亞」。一如預期，每個人的衣服和隨身物品都搜不出沙漏型的物體。加茂提議今後也要經常進行無預警的搜身檢查，獲得大家的同意。

原本一直站在車內廚房的雨宮，似乎是累了，悄悄走到床邊坐下。但或許是不敢冒犯月惠和文香，他坐的位置是在桌子附近，距離兩人相當遠。

就在這時，幻二也走到廚房，坐在垃圾桶上。他忽然像是想起什麼，輕輕呼喚一聲。

「對了，加茂……時空穿越的事情談得太起勁，忘了有件事要告訴你。」

文香疑惑地望向幻二。幻二看著文香，神情中帶著一絲悲傷。

「文香和月惠應該都不知道這件事。就連我自己，也是在調查之後，才發現這個事實……加茂，我要告訴你的，是羽多怜人的身世祕密。」

「噢，我早就猜到他的身分不單純。你說吧，他是不是龍泉家某個人的私生子？」

加茂問得太露骨，幻二忍不住苦笑。

「表面上，怜人是我母親那一邊的『表哥』，實際上他不是我的表哥，而是我的哥哥及叔叔。」

加茂一時不明白幻二的意思。

如果怜人是太賀的私生子，那麼怜人就算是幻二的叔叔。如果怜人是幻二的父親瑛太郎的私生子，那麼怜人就算是幻二的哥哥。但有什麼情況，會同時滿足「叔叔」和「哥哥」這兩個關係？加茂仔細回想從前調查過的龍泉家族表，終於想到一種可能。

「你的意思是，從你母親那邊的關係來看，怜人是你的兄弟，但從你父親那邊的關係來看，怜人是你的叔叔？」

幻二輕輕點頭，說道：

「我的母親涼子，年輕的時候曾是龍泉家的女傭。當然，那是在認識我的父親瑛太郎之前的事。那時候……祖父讓我的母親懷孕了。」

文香與雨宮聽到最後這句話，都不禁倒抽一口氣。月惠只是默默凝視著地板。幻二一臉哀戚地接著說：

「祖父擔心祖母發現這件事，匆匆將我母親遣送回家。母親在家裡生下一個孩子，後來這個孩子被我舅舅博光當成親生兒子扶養。」

加茂喃喃低語：

「那就是羽多怜人……所以，他是你同母異父的哥哥，也是你的叔叔。」

「沒錯，而且我母親的娘家，也就是羽多家，當年非常貧窮。祖父給了我舅舅一筆錢，當成孩子的養育費用，這筆錢對我舅舅家有很大的幫助。所以……雖然祖父害我母親懷孕生子，舅舅也不敢向祖父興師問罪。」

「爺爺爲什麼要做這種事……？」

文香結結巴巴地說道。得知曾祖父不爲人知的一面，她似乎受到相當大的打擊。幻二的表情變得更加灰暗，接著說：

「後來，祖父安排我母親在他的公司裡工作。當時我母親的薪水比其他同齡的女職員高得多，或許在祖父的心裡，這算是一種補償吧……在祖父的公司裡，她認識了我父親瑛太郎。」

加茂刹時一頭霧水，問道：

「後來他們就這麼結婚？」

「怜人的事情，祖父沒告訴任何人，再加上我父親長年在外國留學，完全不知情。豈料，他回國後，竟對我母親一見鍾情。」

「可是……」

「父親的情婦變成兒子的老婆，我知道聽起來非常荒唐。剛開始，我母親確實心生排斥，總是保持距離。但不知道該說是幸還是不幸……我父親十分老實又心地善良，根本不像生意人，而且是眞心愛著我母親。約莫是經過很長一段時間之後，我母親終於被他的誠意感動，也愛上他。」

車內誰也沒出聲，幻二一臉苦澀地繼續道：

「祖父得知這件事，並未反對他們結婚。畢竟祖父向來厭惡傳統觀念，經常做出違背常理的行爲……後來，祖父還以對羽多家提供經濟援助爲條件，將怜人接回龍泉家扶養。而且祖父答應將遺產分給怜人，條件與哥哥及我完全相同。爲了羽多家著想，也爲了怜人著想，母親當然沒辦法拒絕。」

文香與雨宮的表情可說是五味雜陳，但絕稱不上同情。幻二不由得垂下頭，接著說：

「於是演變成母親嫁給父親，又把怜人接回來扶養的詭異情況……我只希望母親在東京大空襲中喪生之前，她的人生是幸福的。」

加茂聽到這裡，不知爲何腦海裡竟浮現伶奈的面容。

如果同樣的情況發生在伶奈的身上，不管伶奈背負再多的祕密，甚至是一般道德觀念不容許的祕密，加茂相信自己一定還是願意加以包容及接納。加茂唯一在意的是，涼子當年嫁給瑛太郎時，實際上懷著怎樣的心情。

加茂輕輕吸了一口氣，說道：

「雖然過程有些曲折，但涼子最後順利與三個孩子一起生活，這一點比什麼都重要，所以我相信她應該是幸福的。」

幻二有些錯愕，約莫是沒料到加茂會這麼說，但他旋即面露微笑。

「謝謝你這麼說。」

「對了，怜人知道自己眞正的身世嗎？」

加茂問道。幻二瞇起雙眼，似乎是想從回憶中找出蛛絲馬跡。

「小時候應該不知道，長大之後就很難說了。」

「就算太賀堅持不肯吐露眞相，親戚裡應該有人猜得出來吧？」

「是啊，很多人都猜到了。例如翔子姑姑，也就是光奇的母親，她就知道這件事。當初我正是趁她喝醉的時候，從她口中問出眞相。除了她之外，還有……」

「還有我父親和月彥哥哥也知道。」

月惠面無表情地說道。幻二瞪眼反問：

「漱次朗叔叔知道並不奇怪，但怎麼連你們兄妹也知道？發生這件事的時候，你們還沒出生。」

「我和月彥哥哥一起偷看過父親的祕密日記。」

面對出乎意料的答案，幻二不禁苦笑。

「原來如此……回想起來，叔叔和嬸嬸對怜人的態度有點冷淡。」

太賀打算分給怜人的遺產，是一筆不小的數目。知道這一點的親戚當中，很可能有人心生不滿。

加茂的腦海忽然浮現一個疑問。

「漱次朗和涼子爲什麼沒提出抗議？他們大可把眞相告訴瑛太郎，或是要太賀給個交代。」

幻二低下頭，似乎有些難以啓齒。月惠代爲回答：

「瑛太郎伯伯是龍泉家的繼承人，我父親非常嫉妒他。根據我父親的日記……瑛太郎伯伯完全不知道伶人是妻子與父親的亂倫之子，我父親得知這件事反倒暗自竊喜，甚至打算將來拿這件事向瑛太郎伯伯和爺爺勒索金錢。我父親就是這樣的人。」

月惠說得憤慨又不屑，顯然是她最眞切的心聲。幻二深深嘆了一口氣，說道：

「讓我們把話題拉回伶人身上吧……戰爭期間，他也受到徵召，上了戰場。一九四六年，他卸甲返鄉，不知爲何性情大變。他簡直像換了一個人，而且會刻意跟我和哥哥究一保持距離。我以爲他是在戰場上遇到什麼悲慘的事情，事後想想，恐怕並非如此。」

「可能有人告訴他身世的祕密？」加茂開口。

幻二輕輕點頭，應道：

「或許在出征之際，我母親對他說出眞相。」

涼子接到徵召伶人入伍的紅單時，或許已有覺悟，兒子恐怕沒辦法活著回來。在那樣的心情下，即使對兒子說出原本打算隱瞞一輩子的祕密，也不奇怪。

「兩年後，瑛太郎過世，怜人下落不明？」

「我依然清楚記得，當年在香港接到的那通電報的內容……」

幻二沉默好一會，以悲傷的口吻繼續道：

「當初送我到港口搭船的時候，我父親明明仍精神奕奕。沒想到，在我滯留香港的期間，他居然就這麼死了，我實在無法接受。怜人會離家出走，我也難以置信。所以回家後，我不斷逼問哥哥究一，到底發生什麼事。」

聽到父親的名字，文香臉色頓時變得蒼白。

「我爸爸怎麼說？」

「他堅稱什麼也不知道。但哥哥不擅長說謊，我馬上看出他有事情瞞著我。」

幻二轉向加茂，接著說明：

「後來我又問了祖父，問了漱次朗叔叔，還問了刀根川，但每個人都語帶保留，沒辦法給我一個合理的解釋。我決定改用旁敲側擊的方法，趁著翔子姑姑喝醉時套她的話……可惜沒成功。」

月惠聳聳肩，說道：

「我父親也一樣，什麼都不肯透露。每次我們提到那天的事，他就會大發脾氣。」

加茂聽到這裡，腦海中浮現兩種可能的情況。

第一種情況是「羽多怜人毒死瑛太郎，畏罪潛逃」。第二種情況是「瑛太郎離奇死亡，有人認爲是羽多怜人下毒手，因此將他殺害並棄屍滅跡」。

加茂認爲第二種情況或許較接近眞相。凶手以「鵺」作爲比擬殺人的依據，應該含有爲羽多怜人報仇的意思。

加茂重新審視車內的每個人。

一九四八年，幻二不在日本國內，月惠和文香分別只有八歲和一歲。至於雨宮，根本還沒住進龍泉家。這幾個人想必所知有限，不會有人特意告訴他們詳情。

加茂輕輕點頭，平淡地說：

「知道當年發生什麼事的人，恐怕只剩下漱次朗和凶手……明天我們直接問問漱次朗吧。」

加茂才剛說完，賀勒忽然冒出一句：

「但願那時候他還活著。」

加茂忍不住瞪賀勒一眼。明明是高性能的ＡＩ系統，卻不懂察言觀色。

加茂拿起沙漏，並未取下鍊條，而是將沙漏塞進胸前口袋。加茂以爲這麼做，就能遮住沙漏上的攝影鏡頭，讓賀勒看不見。

「沒用的。就算遮蔽光線，我還是能夠精確偵測出半徑一公尺內的詳細狀況……爲了讓時空穿越者安全地進行移動，這是必要的功能。」

加茂忍不住咕噥：

「有沒有什麼方法能夠讓你不要說話？」

賀勒似乎不明白加茂為什麼動怒，納悶地說：

「把我放在水裡，聲音就不容易傳到空氣中。如果要讓我永遠沉默，可放到火裡燒……但你應該是在開玩笑吧？」

加茂沒回答，賀勒也不再開口。

過了一會，幻二似乎受不了尷尬的氣氛，提議回顧到目前為止發生過的幾起命案。由於到天亮還有一些時間，五個人討論起「黑暗卡西奧畢亞」及她的幫凶，到底是如何犯下那些「不可能犯罪」。其中難以解釋的疑點包含：

①凶手是如何把遺體的頭顱和軀幹搬運到屋外？

②凶手如何在二樓走廊遭到監視的情況下，將太賀從辰之間帶走？

③披薩窯裡的焦屍真的是太賀嗎？

④焦屍的雙腿跑到哪裡去了？

雖然希望集思廣益，但討論的過程並不熱絡。最大的原因在於，沒人能夠提出合理的假設。

不久，眾人多少都有些睡意。加茂原本懷疑有人在晚餐裡下了安眠藥，但仔細回想，又覺得是自己多心。

加茂與文香二十二日躲在打掃工具室內進行監視，整晚沒睡。雨宮與幻二則是二十一日在娛樂室熬夜，隔天發生命案，晚上多半難以熟睡。五個人當中，唯獨月惠還沒熬過夜，但她號稱一天可睡十一個小時，本來就不是個能夠晚上不睡覺的人。

第一個睡著的是年紀最小的文香。

雨宮發現文香發出細微的鼾聲，於是從櫃子裡取出浴巾，輕輕蓋在她身上。爲了驅趕睡意，加茂離開拖車的出入口，走到桌邊拿起文香的懷錶，打開錶蓋。上頭的指針指著兩點三分。

旁邊的幻二也朝錶面看了一眼，有點訝異地說：

「咦，兩點了？」

加茂心裡也有相同的疑惑，原本以爲還不到一點。月惠打了個呵欠，笑著說：

「我好久不曾這麼晚還沒睡。」

雨宮似乎想起手錶還放在廚房，於是走向廚房，拿起手錶。接著，他納悶地輕輕摸了摸下巴。或許是年紀太輕，他的下巴幾乎沒有鬍碴，皮膚有如女性般柔嫩細緻。

「好奇怪，我手錶上的時間怎麼是兩點十二分……？這只錶明明有防水功能，難道是淋太多雨，內部零件出問題，轉動得太快？」

月惠瞥了雨宮的錶面一眼，說道：

「不管哪一邊的時間是對的，我都無所謂。我不想被時間束縛，才故意不帶錶。」

接著，月惠便閉上眼睛。幻二也拿起自己包在毛巾裡的手錶，瞄一眼後說：

「看來文香的錶是正確的。」

加茂朝幻二的手錶一看，上頭指著兩點兩分。

幻二將手錶戴在左腕上，接著將手伸向文香的懷錶。加茂察覺他想轉動懷錶上的旋鈕，連忙起身。

沒想到動作太大，加茂的脖子撞上吊燈。車內唯一的光源劇烈擺盪，所有人的影子也跟著忽長忽短，宛如在張牙舞爪。

撞上吊燈的瞬間，雖然沒有灼熱感，但加茂擔心脖子燙傷，伸手一摸，所幸毫無異狀。

幻二停下伸向懷錶旋鈕的手，瞪大雙眼問：

「你幹什麼？」

「沒什麼……我以爲文香轉動這只懷錶的發條，只是毫無意義的習慣動作，原來並非如此。」

加茂的臉微微泛紅，隨便找了個理由搪塞過去。幻二露出緬懷過去的神情，說道：

「是啊。當然是有必要，才會這麼做。祖父特別訂製的這種手捲式懷錶，故意採用比較麻煩的設計……祖父將這個部分比喻爲家庭。」

幻二最後還是沒轉動旋鈕。加茂伸出手，將那只懷錶拿起來。

「想要維持關係，必須在小細節上時時注意？」

「沒錯，就是這個意思。祖父也是隨時提高警覺，擔心自己的懷錶停了。」

雨宮深深點頭，表達贊同。加茂思索片刻，問道：

「對了，文香提過，這只懷錶的發條似乎只能維持半天？」

「沒錯，剛好十二個小時，這是故意設計的特色。」

聽了這段對話後，口袋裡的賀勒按捺不住，綻放出亮光，說道：

「就算現在是一九六〇年，這樣的設計未免太不方便。」

「你有資格說別人嗎？一個沙漏頂多只能計算五分鐘。」

加茂揶揄道。此時口袋裡忽然亮起紅光，似乎代表著賀勒的怒火。

就在這時，原本以爲已入睡的月惠忽然開口：

「我父親也有一只懷錶，跟爺爺房間裡的一模一樣。但到頭來，每天都轉發條好幾次的僅有爺爺和文香……這就是理想與現實的差別。」

回到門口坐下的加茂，不禁苦笑。月惠說起話雖然不留情面，卻一針見血。

加茂決定暫時借用這只懷錶一陣子。

雖然借用他人母親的遺物實在有些良心不安，但加茂決定等文香醒來，向她商借這只懷錶幾小時。

加茂察覺有光芒自窗簾的縫隙透入車內，於是將窗簾拉開。窗外還是灰濛濛一片，但天色已漸漸亮了。

幻二低頭看一眼手錶，說道：

「快要五點半了。雖然有一點早，但我很擔心那兩人，要不要到別墅裡看看狀況？」

加茂點點頭，自門邊站起。剛開始，四肢和腰部都發出必剝聲響，但活動一會，肌肉僵硬的情況緩解不少。雨宮走向吊燈，將燈火滅了。一旁的文香睏倦地眨著眼，月惠也一臉疲憊地看著窗外。

到頭來，真的在拖車內堅守一整晚的只有幻二和雨宮。過了兩點半，月惠裹著浴巾沉沉睡去，加茂也打了好幾次瞌睡。雖然情緒高昂，但接連兩天熬夜身體畢竟承受不了。不過，加茂一整晚都靠在拖車的唯一出入口上，可確定這段期間沒有任何人進出。

外頭的雨勢越來越大，連數公尺外的景色也變得朦朦朧朧。加茂撐起雨傘，下車繞到拖車的尾部一看，不禁錯愕地停下腳步。

倘若記憶沒出錯，昨天大家是將拖車推到距離建築物約五公尺遠的位置。但現下拖車與建築物之間的距離，竟有八公尺左右。

幻二和雨宮似乎也察覺不對勁，不由得面面相覷。

加茂蹲下身，檢查拖車的制動器。雖然制動器沒鬆脫，但草皮非常凌亂，還多出一大灘水。

「大概是被風吹動了吧……」

加茂說道。就在這時，文香忽然用力拉扯加茂的肩膀。加茂詫異地抬起頭，只見文香臉色慘白地指著前方。

別墅的玄關大門竟遭到破壞，旁邊的地上還插著一把斧頭。

加茂在水窪上一蹬，立即奔向玄關門廊。看來有人曾在屋外利用斧頭，破壞大門原本的門鎖。但斧頭似乎沒辦法砍斷腳踏車的鏈條，取而代之的是木製的門把被劈斷了。

加茂逐一望向在場的所有人。

耳中可聽見雨宮與幻二的竊竊私語……在場所有人自昨天晚餐過後，便一起行動，直到現在。其間雖然有人暫時離開，但都不到五分鐘。在這麼短的時間裡，不可能有辦法破壞別墅的大門。更何況，加茂整晚都堵在露營拖車的出入口，沒人能夠走出車外……以上就是兩人交談的大致內容。

如此想來，車內五人不會是破壞別墅大門的嫌犯。是漱次朗？月彥？躲藏在屋外的某個歹徒？或者，就像月彥說的，是詐死的太賀？

正當幻二談論著各種可能性的時候，加茂忽然想到一個極大的疑點。但還沒有開口，雨宮已搶著說出來。

「要破壞門鎖，會持續發出巨大聲響。我們拖車的窗戶開著，風雨再強，以那樣的距離不可能沒聽到吧？」

如同雨宮所說，雖然昨天晚上加茂打過幾次小盹，但應該不可能沒聽見破壞門鎖的巨大聲響。

「我很擔心漱次朗和月彥的安危……」

幻二嘴上這麼說，但從表情看得出來，他早有覺悟。加茂順著他的視線望去，頓時明白幻二的心情。插在地上的那把斧頭，竟沾滿血跡和肉屑。那代表什麼意思，已非常明顯。

加茂拔起斧頭，充當自衛的武器。由加茂帶頭，一群人仔細觀察是否有人躲在陰暗處，一面走進門內。進入娛樂室，又拿了幾根撞球桿當武器，繼續朝著二樓前進。

來到二樓走廊上，寅之間與巳之間的門板果然已遭擊破。於是，所有人先走進距離較近的寅之間。

紅褐色的門板開了一個大洞，凶手似乎是將手伸進洞裡，自內側打開門鎖。門後堆放著桌椅，顯然原本的意圖是要擋住門，卻被凶手靠蠻力推開。

房內深處是一片血海，但那些血跡都呈暗紅色，看上去已接近凝結的狀態。

漱次朗躺在房間的正中央。沒沾到血跡的皮膚極為蒼白，看來已死透。胸前有一個很大的傷口，周圍環繞著同心圓狀的火藥痕跡，顯然是遭霰彈槍擊中所造成。

而且，倒在血泊中的漱次朗竟沒有雙臂。他的雙臂連同衣服遭凶手斬斷，棄置在旁邊的垃圾桶內。

這多半是比擬老虎的兩隻前腿吧。

或許是這幾天看過太多慘絕人寰的景象，大家有些麻痺，既沒人慘叫，也沒人流淚，只愣愣看著遺體。加茂首先確認有沒有人躲在房間裡，檢查過浴室、廁所和衣櫥之後，確認沒有其他人。

「……哥哥呢？」

月惠忽然如此呢喃，像發了狂一樣奔向巳之間。加茂等人也趕緊跟上。

月彥的遺體，在巳之間的衣櫥裡。他身穿牛仔褲和運動衫，衣櫥裡有一條細繩吊住他的脖子。加茂探向他的前頸，想找出他的脈搏，但他已斷氣多時。

細繩的一端深陷脖頸，另一端綁在衣櫥內的鐵桿上。跟其他犧牲者最大的不同，是月彥的身體並未遭到切割，身上也沒有血跡，但這反倒讓他的慘狀多了一絲淒涼。

月彥的臉孔瘀血不再俊美，頭髮和額頭沾滿灰塵，顯然在搬運桌椅擋住後門之後並未梳洗。鬍鬚剃得乾乾淨淨，但嘴角有唾液流過的痕跡，地面有因失禁而留下的排泄物，正發出惡臭。

由於衣櫥裡的鐵桿高度只有一公尺四十公分左右，遺體雖然以繩子吊著，身體卻呈前傾的狀態，雙手鬆弛無力地下垂，穿著襪子的雙腳則碰觸到身體後方的地面。

由於上吊的高度不足，脖子並未承受全部的體重。即使如此，時間一久，還是會因氣管和血管遭到壓迫而送命。

身後傳來細微的驚呼聲。加茂轉頭一看，月惠驚恐地指著衣櫥門板內側。上頭寫著一排血字。

——This silly tale is over.

「『這個愚蠢的故事沒了』……什麼意思？」

加茂低喃。此時，胸前口袋裡的沙漏發出淡淡光芒，賀勒開口：

「會不會是月彥坦承自己是凶手，畏罪自殺？」

加茂沒回答這個問題，兀自環顧四周。房間裡沒有其他人，這一點剛剛確認過。突然，加茂察覺床上放置了一些不尋常的東西。

原本不知去向的開山刀、獵槍、一套穿過的睡衣，以及一雙皮鞋。開山刀上沾滿暗紅色的血跡，長袖睡衣、長褲、皮鞋上也滿是飛濺的血跡，很可能是凶手殺害漱次朗時所使用之物。

加茂放下斧頭，將獵槍的槍口舉到眼前聞了聞，的確有火藥的味道。

幻二也將撞球桿放在床邊，開始檢查遺體。他抬起月彥的右手，發現手指上沾著血液。由於月彥的身上沒有外傷，早已變成深紅色的血液很可能是來自漱次朗。

雨宮緊緊握著撞球桿，露出疑惑的表情，吞吞吐吐地說：

「那排血字……眞的是月彥先生寫的嗎？」

月惠垂下有著長長睫毛的雙眸，低語：

「可能是殺害哥哥的凶手寫的。」

加茂往浴室探頭看了一眼。裡頭除了肥皀的香氣之外，隱隱夾雜著一股血腥味。於是，加茂轉向眾人說道：

「血跡應該只是凶手的障眼法。凶手殺害潄次朗和月彥，而且想讓月彥揹黑鍋。」

「你有什麼證據？」

幻二疑惑地問。加茂指著床上那些東西，應道：

「殺害潄次朗的時候，一定會有大量鮮血濺在凶手的身上。穿著睡衣褲和皮鞋犯案，或許能夠防止血液濺到脖子以下的部位，可是臉上和頭髮上卻沒有任何防護措施。」

「沒錯，脖子以上應該要有血跡。」

加茂望向月彥的遺體，接著說：

「你們看，他的頭髮上沾滿了灰塵，卻沒有任何血跡……可見應該是在搬運桌椅堵住後門不久，他就遇害了，所以根本沒時間梳洗。要不然，就是被凶手下藥，一直處在昏迷的狀態。」

文香探看浴室，以雙手摀著鼻子說：

「但浴室裡有肥皀和鮮血的味道，一定有人使用過這間浴室。」

「大概是凶手在浴室裡洗去臉上的鮮血。」

此時，沙漏再度出聲：

「可是，月彥的死法並不符合比擬殺人的原則。人沒有尾巴，當然也沒辦法把尾巴切斷。」

幻二拉著這幾天變長的鬍子，思索片刻後說：

「倒也不見得。英語裡的『故事』（tale）和『尾巴』（tail）的發音相同。」

加茂一聽，不禁露出僵硬的苦笑。

「原來如此，如果把tale改成tail，整句話的意思就會變成『這個愚蠢的尾巴沒了』。」

文香喃喃低語：

「不管怎樣，至少有一點可以肯定，就是凶手不在我們這群人當中。因為漱次朗叔公和月彥堂叔遭到殺害的時候，我們都在露營拖車裡。」

雨宮的表情頓時開朗許多。

「太好了，至少我們不用互相猜疑。」

然而，月惠依然皺著眉。

「這不能改變詩野地區躲藏著殺人魔的事實。凶手搞不好真的是爺爺……只有爺爺遺體的臉部無法辨識。」

文香和雨宮都不禁垂下頭，沒辦法反駁。聽著眾人的對話，加茂兀自注視著窗外。

敲打著屋頂的傾盆大雨，使得整棟建築物迴盪著轟隆隆的悶響。雨滴在窗戶上匯聚成一道道水流。

「……天氣這麼惡劣，凶手應該沒辦法繼續躲藏在屋外，很可能就躲在別墅內的某個角落。」

這句話頓時讓所有人臉色蒼白，顯然大家都在擔憂自身的性命安危。

「我們分頭行動，把凶手找出來如何？」

雨宮如此提議，加茂慌忙搖頭制止。

「千萬別這麼做。我們不曉得凶手的手上有什麼武器，最好不要打草驚蛇。」

「但這不是揪出凶手的大好機會嗎？」

雨宮納悶地問，加茂解釋：

「現下我們眞正該做的事情有兩件。一是盡可能提高警覺，避免遭到凶手偷襲。二是繼續調查過去發生的所有命案，釐清凶手的身分。只要能夠知道凶手的身分，或許就能找出反擊的方法……除此之外，我們沒有任何手段可以阻止『黑暗卡西奧畢亞』繼續逞凶。」

沒人提出異議，於是加茂繼續在巳之間進行調查。

房門口同樣堆放著阻隔用的桌椅，但門板遭到破壞，桌椅也被推開，跟寅之間的狀況一模一樣。

原本吊在衣櫥裡的長褲、花襯衫等服裝都被拿出來，胡亂丟在床邊的地板上。角落的地上放著黑色電話機和杯子，旁邊擺著一個黑色的空行李箱。

浴缸裡還附著水滴，但沒有任何血跡，顯然凶手是將血跡徹底沖乾淨才離開房間。而且，凶手似乎是個相當謹慎小心的人，連排水孔附近的毛髮也帶走了。

接著，加茂在枕頭下方發現一把約十公分長的小刀。刃面非常乾淨，沒有殘留任何血跡或油脂，可見這把小刀在發生命案的當下並未派上用場。

月彥可能是在倉庫發現這把小刀。當然，這把小刀也可能是月彥的私人物品，放在隨身行李中帶進別墅。或許是爲了自衛，他才把小刀藏在枕頭底下。

幻二看著小刀，皺眉說道：

「看來如同你的推測，月彥很可能是被凶手以藥迷昏……既然他有刀子，察覺凶手想破門而入，應該會設法反擊。但現場絲毫沒有反擊的跡象，可見月彥處在沒辦法從枕頭底下取出小刀的狀態。」

文香疑惑地眨了眨眼，喃喃低語：

「難道……有人在晚餐裡摻了安眠藥或麻醉藥？」

「不無可能。」

加茂仔細回想昨天晚上吃的晚餐。

當時大家都只吃了飯糰和水果，但加茂等人吃的應該沒有摻藥。因爲加茂和文香原本就已睡眠不足，假如又吃安眠藥，肯定會睡到不省人事。

若要在水果裡下藥，一來難以預測誰會吃到，二來必須使用注射針頭，執行上相當麻煩。凶手如果要下藥，應當會下在飯糰或飲料中……想到這裡，加茂心頭一驚，問道：

「對了，漱次朗和月彥平常不是習慣喝紅茶？他們昨晚吃完飯後也喝了嗎？」

昨晚負責準備晚餐的雨宮，想也不想地回答：

「他們不喝咖啡，所以我昨晚準備了紅茶。」

「這麼說來，要單獨向漱次朗或月彥下藥，把藥下在紅茶裡是最簡單的方法。」

「但昨天傍晚，我們不也喝了咖啡和紅茶嗎？記得是四點三十分左右，大家在討論如何防止遭凶手暗算……我當時也泡了紅茶，而且使用的是相同的茶葉、茶杯和茶壺。兩人喝了紅茶之後，看起來並不特別想睡。八點多跟我們分開之前，他們都沒有任何異狀。」

這麼說也有道理，加茂瞇起眼鏡後方的雙眸，應道：

「那麼，凶手下藥的時間點，是在昨天傍晚討論之後、吃晚餐之前，也就是四點半到七點半之間……有沒有人記得這段期間茶葉、茶壺和茶杯放在哪裡？」

「一直都放在廚房。吃完晚餐後，紅茶是文香小姐泡的。」

文香不安地點點頭。雨宮接著說：

「把裝了紅茶的茶壺端到餐廳的是我。」

「茶杯則是我在準備晚餐的時候，從餐具架上拿下來，放在廚房的桌子上。」

月惠補充一句。加茂嘆了口氣，說道：

「誰都可以趁廚房沒人，在茶葉或茶壺裡下藥……何況在準備食物和飲料的過程中，雖然大家互相監視，但若有心想下藥，似乎也不是辦不到。」

月惠忽然揚起嘴角，「不過，下藥的那個人，必定是在別墅裡。」

「這確實讓人想不透。」加茂應道。

文香困惑地問：

「凶手一定是偷偷溜進屋裡，躲在某個地方，不是嗎？爲什麼會想不透？」

月惠皺起眉，代替加茂回答：

「如果躲在倉庫或機械室的暗處，確實有可能避開我們的耳目。但後來凶手離開過別墅，因爲剛剛玄關大門是被人從外側破壞。」

文香一聽，登時倒抽一口氣道：

「確實有道理……只是，後門上了門栓，還堆滿桌椅，根本不可能進出。至於玄關大門這邊，從四點三十分到開始準備晚餐之前，我和月惠堂姑都待在娛樂室。」

「而且在那之後，我們爲了準備晚餐及用餐，都聚集在餐廳附近。凶手如果要從玄關大門離開別墅，勢必要冒非常大的風險。若不是凶手有某種理由，得冒著被看見的風險離開別墅，就是……」

月惠說到一半，幻二接過話：

「……就是我們這幾個人當中，有凶手的共犯。這個共犯趁傍晚在紅茶裡下藥，到了晚上，守在屋外的凶手就能毫無顧忌地擊破玄關大門。」

「不可能。『黑暗卡西奧畢亞』有著瑪麗斯的複製人格，不會安排超過一個的共犯。」

賀勒立即反駁。幻二露出不置可否的表情，不知是否接納賀勒的主張。此時，月惠又低語：

「況且，凶手到底是如何破壞玄關大門，也讓人百思不解……爲了避免我們察覺，凶手必須無聲地破壞大門，根本不可能做到。」

加茂環顧眾人，說道：

「目前缺乏足夠的線索，要推論凶手的犯案手法或許言之過早。總之，我們現在能夠做的，就是繼續調查。」

加茂說完，轉頭繼續檢查月彥的遺體。他發現遺體的左腕有一個紅點，滲出極少量血液。以位置而言，大約是接受抽血檢查時，抽血針的插入點。而且，那傷痕還很新，應該是不久前才遭針狀物刺入。

加茂抬起那疑似注射痕的傷口，讓所有人都能看見，說道：

「凶手應該是以安眠藥讓他睡著，再以注射針頭施打更多藥劑。」

幻二湊過去觀察注射的痕跡，歪著頭納悶地問：

「爲什麼凶手要這麼做？」

「雖然不清楚安眠藥的藥效能夠維持多久，但我猜想要不是凶手看見他快醒了，就是爲了保險起見而預先施打。」

調查完巳之間，如何處置凶手留下的霰彈槍，成了個令大家頭疼的問題。雖然獵槍能成爲強大的自衛武器，一旦遭凶手奪走，也會成爲最危險的凶器。

幻二學著當初漱次朗的做法，查看獵槍的彈匣，發現一顆子彈也沒有……換句話說，加茂一行人擁有獵槍卻派不上用場，而凶手的手上還有超過二十顆子彈。這實在是非常危險的狀況，經過討論，大家決定不如把獵槍毀了，讓雙方都沒有獵槍可用。

於是，加茂將獵槍彎折處的旋轉鉸片強行折斷，拿到洗臉台，將整把獵槍泡進水裡。雖然他對槍械一無所知，但只要這麼做，獵槍應該就無法使用。

破壞獵槍之後，下一步是盡可能加強己方的武裝。

加茂把月彥的小刀帶在身邊，幻二隨身攜帶斧頭，雨宮隨身攜帶開山刀，女性則每人分配一根撞球桿。接著，一行人沿著走廊緩緩前進，回到位於斜對面的寅之間。

寅之間的衣櫥沒有遭到破壞的痕跡，漱次朗的西裝和襯衫仍整整齊齊地吊在裡頭。原本應該放置在房間內的黑色電話機，或許是漱次朗在搬運桌椅擋住門口的時候嫌礙事，放進浴室裡。除此之外，浴室和廁所都沒有任何異狀。

加茂再次檢查漱次朗的遺體，發現一件事。遺體維持著漱次朗平日注重門面的風格，頭髮和鬍子看起來都整整齊齊，簡直像是不久前才梳理完畢。

然而，加茂最在意的一點，是漱次朗的手腕上是否也有注射痕跡。於是，加茂將凶手扔進垃圾桶內的雙臂拿起來細看，果然有疑似針孔的傷痕。

加茂摸著這兩天變長不少的鬍子，沉思半晌後說：

「我們回娛樂室去吧。那裡鄰近玄關大門，要逃走比較方便。」

＊

掛在娛樂室牆上的時鐘，指著六點四十一分。這個時間，與加茂向文香商借來的懷錶上的時間完全相同。算起來距離上一次進食，已過了十一個小時左右，加茂卻一點也不覺得餓。

確認娛樂室安全無虞，眾人各自坐在沙發上。

「十二年前，這座別墅裡到底發生什麼事……真相恐怕將永遠石沉大海。」

加茂看著沙發上的空座位說道。月彥每次進娛樂室，都會坐在那個座位上。如今月彥已死，那個座位卻誰也不敢坐。

或許是感到頭痛，幻二搓揉著左側太陽穴，一面點頭說：

「龍泉一家為何會如此遭到怨恨，也成為不解之謎……如果可以，我希望至少能夠知道怜人當年到底發生什麼事。」

月惠低頭凝視著地板。雨宮不安地看著文香，一面開口：

「不管十二年前發生什麼事，都跟在場眾人沒有關係。當時，幻二先生不在日本，月惠小姐還是八歲的孩子，文香小姐甚至只是嬰兒。凶手做到這個地步，是不是該收手了？」

關於這一點，接下來事態會如何發展，加茂也毫無把握。

「死野的慘劇」若是肇因於十二年前的那件事，凶手已殺害所有參與其中的人，按理應該滿足了。

然而，凶手的背後有「黑暗卡西奧畢亞」暗中策劃，一切就難說了。為了殺死尤金的所有祖先，「黑暗卡西奧畢亞」恐怕不會讓龍泉家留下活口，凶手極有可能受到她的煽動。

半晌，幻二無奈地說：

「雨宮無端遭到連累，我實在很過意不去……要是你沒住進龍泉家，也不會捲入這麼可怕的事情。」

「請別這麼說，我覺得非常幸福！」

雨宮想也不想地回答，幻二不禁笑了出來，說道：

「事已至此，你不必再顧慮我們的心情。」

「不……這是我的肺腑之言。如果沒有老爺的幫助，現在我不知會有多慘。能夠與龍泉家的各位相識，我眞的無比感激。」

一旁的文香頻頻點頭，眼眶含著淚水。

「雨宮，我也很高興能夠與你相遇。」

加茂擔心所有人接下來會進入感恩模式，搔著頭出聲：

「或許會破壞你們的氣氛……但我認爲，現在最好別說這種像訣別的話。」

「咦？」

文香愣住，似乎不明白加茂的意思。加茂苦笑道：

「現在放棄希望還太早。就算不知道動機，還是有辦法查出凶手的身分。」

幻二垂頭喪氣地瞥一眼日曆說：

「明天是二十五日，也就是發生土石流的日子。時間所剩不多，我們眞的有辦法改變命運嗎？」

日曆依然停留在二十三日。今天已是二十四日，只是沒人去翻動日曆而已。

加茂輕輕咬著嘴唇，半晌後，他朝著口袋裡的沙漏問：

「賀勒，土石流發生在幾點？資料庫裡應該有紀錄吧？」

「根據本地警方的紀錄，發生在上午十一點四十七分。」

發生土石流之前，凶手很可能就會與「黑暗卡西奧畢亞」一同離開這個時空，逃往未來。爲了解除龍泉家的詛咒，爲了拯救伶奈的性命，無論如何不能讓他們逃走。加茂接著說：

「最晚必須在今天之內查出凶手的身分，奪取『黑暗卡西奧畢亞』，但到底該怎麼做才好……？」

「只要知道十二年前發生的事情，就能夠改變命運，讓大家得救？」

坐在沙發上的月惠忽然低語。所有人的目光聚集在她的身上，但她並未抬起頭。加茂察覺月惠的話聲劇烈顫抖，於是蹲在她的身邊，說道：

「對了，那時候妳也在場。到底發生什麼事？妳也是目擊證人呢。」

「不，我不是目擊證人，我是當事人。」

加茂沒料到月惠會說出這句話。

「妳是當事人？那時候妳不是才八歲嗎？」

「是不是當事人，跟年紀無關……那個夏天，哥哥和我都成了殺人凶手。」

如此驚人的一句自白，讓所有人都愣住了。月惠難過得臉皺成一團，接著說：

「那一天，我和哥哥被瑛太郎伯伯狠狠責罵一頓。不過，我們活該被罵，因爲我們朝正在畫著九頭山的伶人哥丟泥巴球，毀了他的畫。」

幻二摸著下巴，有些詫異地說：

「眞是稀奇，從來沒見過我父親或怜人爲小孩子的惡作劇大發脾氣。」

「那不是單純的惡作劇……我們在泥巴球裡混入鋼筆墨水。打一開始，我們就想毀掉他的畫。那些泥巴球裡，夾帶的是滿滿的惡意。」

雨宮身體微微顫抖，問道：

「那應該是月彥先生的主意吧？」

「雖然是哥哥的主意，畢竟我也扔了泥巴球，當然跟他同罪。」

「月惠小姐……」

「我和哥哥知道父親很討厭怜人哥，所以每天都故意找怜人哥的麻煩。那是我們每天最愛玩的遊戲。我們幹了不少壞事，有時弄壞他的油畫用具，有時燒掉他的衣服……」

以孩童的惡作劇而言，確實過於惡劣。半晌，幻二難過地搖頭，問道：

「你們的行爲，被我父親發現？」

「挨了瑛太郎伯伯的罵，哥哥就跑到冥森裡，去找那種紅色毒菇……」

加茂腦海頓時浮現在九頭川的岸邊看見的景象。那些類似紅色手指的菇類植物。

「難道是……火焰茸？」

加茂忍不住低喃。聽到這個字眼，月惠全身一震，抬起頭。但她馬上露出恍然大悟的表情，說道：

「原來……你也在冥森裡發現那個？」

「是啊，就長在發現遺體軀幹的地點旁邊。」

聽著兩人的對話，幻二按捺不住，開口問：

「火焰茸是什麼？」

「一種帶有劇毒的菇，危險的程度在日本的毒菇裡可說是數一數二。中毒者會出現嘔吐、腹瀉等消化系統症狀，而且毒素會讓腎臟失去機能，以及造成皮膚潰爛。」

聽到加茂的這番話，幻二與文香的臉色刹時變得慘白。這些症狀與瑛太郎逝世時的病症如出一轍。加茂接著說：

「不過，社會大眾是在多年之後，才逐漸理解這種毒菇的毒性。在當時那個年代，你們應該不明白這種毒菇有多可怕吧？」

「雖然菇類圖鑑上只寫一句『食用毒性不明』，但我們聽奶媽提過，這是一種摸了手掌會爛掉的危險毒菇……」

月惠說完，加茂口袋裡的賀勒也發表意見：

「我確認過資料庫。江戶時代的植物圖鑑《本草圖譜》中，有關於火焰茸的毒性記載。就算這個知識並未普及，誤食火焰茸致死的案例，應該從古至今都有才對。所以有少數人知道這種毒菇的危險性，也不奇怪。」

月惠似乎憶起當年的景象，不由得以雙手摀住臉，手指微微抽搐。

「明知那東西有毒，哥哥卻加進瑛太郎伯伯的食物裡，我在一旁看著……瑛太郎伯伯是被我們毒死的。」

既然是誤食火焰茸而死，怪不得醫生檢查不出病因。畢竟當時社會上明白火焰茸毒性的人可說是少之又少。以結果而言，這對兄妹的行爲也算是一種「完全犯罪」（註）吧。

幻二驟然得知父親去世的眞相，表情因極度悲傷而扭曲變形。他努力克制情緒，不讓怒火爆發出來。最後他低下頭，有氣無力地說：

「你們那時候才八、九歲，不明白事情的嚴重性……所以那不是謀殺，而是一種意外事故。」

月惠輕輕搖頭，「不，我們做了無可原諒的錯事。」

「沒那回事。」

雨宮忽然出聲。月惠不禁愣住，轉頭看著雨宮。

「我知道……妳非常畏懼月彥先生，也就是妳的哥哥。私底下，他經常對妳暴力相向吧？」

加茂也數度目睹月惠對月彥露出恐懼的神情，若說月彥對月惠有暴力行爲，確實不令人意外。

註：推理小說領域中經常使用的術語，或稱爲「完美犯罪」。指犯案手法高明，能夠讓偵辦人員查不出凶手或找不到犯罪證據。

雨宮對著淚眼汪汪的月惠繼續道：

「妳很怕他，爲了保護自己，只能什麼事都順著他。我明白，我全都明白。」

「我如果鼓起勇氣……或許能夠阻止哥哥。但我沒有這麼做，所以我必須背負這個罪孽。」

月惠說完，又恢復面無表情。她的話聲流露出無可撼動的堅定意志，雨宮愣了一下，沒再說什麼。

沉默半晌，月惠又喃喃低語：

「下毒的兩天後傍晚，瑛太郎伯伯就去世了。哥哥威脅我不能洩漏這個祕密……即使如此，他還是很擔心有人會發現瑛太郎伯伯是死在我們手裡。」

加茂直覺相信月惠確實是遭到哥哥威脅，才不敢說出眞相。一個活在恐懼中的八歲女孩，除了乖乖聽話之外，沒有第二條路可走。月惠接著說：

「後來，哥哥得知大人們深夜聚集在餐廳談事情，就帶著我悄悄跑到餐廳外偷聽。當時坐在餐廳裡的人有我父親、翔子姑姑，以及光奇表哥，他們懷疑瑛太郎伯伯是遭到毒殺。」

加茂深深嘆了口氣：

「最後的結論是『瑛太郎被伶人殺害』，對吧？」

月惠輕輕點頭。

「或許打一開始，父親和翔子姑姑就想把結論引導到這個方向上……最後他們前往卯之間，打算找怜人哥興師問罪。」

怜人多半是乖乖開門，完全沒想到自己遭到懷疑。

「看見事態這麼發展，哥哥開心得不得了。後來，他們把怜人哥帶到薪柴倉庫。哥哥當然不肯錯過這場好戲，趕緊帶著我悄悄跟過去。薪柴倉庫的木牆有許多縫隙，我們躲在外頭，也能看見裡面的狀況。」

「你們看到什麼？」

「父親他們認定怜人哥是凶手。怜人哥拚命澄清，但沒人相信他。後來逼問的口氣越來越凶，光奇表哥氣得暴跳如雷，揮拳痛毆怜人哥。」

那不是逼問，而是動用私刑了吧。

「怜人哥不管被打得多慘，都不願意承認自己是凶手，也沒有反抗。最後光奇表哥狠狠踢他一腳，他失去平衡，仰天摔倒，頭部撞到桌角……過了這麼多年，我依然清楚記得那一幕。怜人哥往後腦杓一摸，手掌上滿是鮮血。」

幻二似乎想像著那個場面，眼中積滿淚水，擠出聲音問：

「就是這個傷，讓怜人……」

月惠緊咬牙關，繼續道：

「雖然受了重傷，怜人哥還是一邊爬，一邊大喊自己什麼也沒做。或許在他的心裡，證明自身的清白比性命更重要吧……爸爸他們都嚇傻了，愣愣地低頭看著怜人哥，過了一會，怜人哥就趴在地上，一動也不動。」

聽著這悲慘的結局，文香和雨宮也都紅了眼眶。月惠接著說：

「父親和翔子姑姑商量，要把怜人哥的屍體丟進冥森深處的池塘。我不知不覺失去意識，是哥哥抱我回房間。」

月惠越來越激動，再度以雙手摀住臉。

「隔天，哥哥又帶著我偷聽大人們說話。最令我驚訝的是……這次父親把究一堂哥夫妻和刀根川找出來，告訴他們怜人哥的身世，最後謊稱『羽多怜人承認毒殺瑛太郎，趁機逃走了』。」

聽到這個謊言，究一想必大爲震驚。光是情同手足的怜人殺害父親，已是令人難以承受的悲劇，何況還得知怜人身世的祕密。

幻二壓抑不住激動的情緒，低吼道：

「……他們怎能撒這種瞞天大謊？」

「父親就是這樣的人。哥哥聽到這個謊言，反倒眉開眼笑，說等他長大，要用這一點來威脅父親……究一堂哥對這個謊言深信不疑，後來父親對他說，這件事最好不要告訴祖父，究一堂哥也同意。」

「瑛太郎和怜人都是太賀的親生兒子，一個兒子殺了另一個兒子，這種人倫悲劇確實讓人難以啓齒。」加茂出聲。

月惠輕輕點頭，繼續道：

「究一堂哥夫妻答應守口如瓶，父親接著要求刀根川也必須保守祕密……靠著這個虛假的祕密，父親讓究一堂哥他們變成共犯。」

加茂聽到這裡，終於恍然大悟。幻二得知伶人失蹤，曾要求家人詳細說明，但家人都言詞閃爍，不肯吐出眞相，原因就在這裡。

漱次朗、翔子和光奇企圖隱匿自己的殺人罪行，究一夫妻和刀根川守著一個虛假的祕密。至於太賀，則是害怕觸及伶人的身世之謎，面對幻二的追問，也避重就輕，不肯正面回應。

月惠放下雙手，抬起滿是淚水的臉龐，尖聲喊道：

「我把眞相都說出來了。如果凶手的目的是爲了報仇，只要殺了我，一切就結束了！」

她呼喊的對象，似乎不是加茂等人，而是躲藏在暗處的凶手。雨宮於心不忍，搭著她的肩膀勸道：

「請不要說這種話。事情演變到這個地步，並不是妳的錯。」

「可是……」

加茂摸著滿是鬍碴的下巴，點頭附和：

「沒錯，現在放棄希望還太早。只要在凶手採取下一步行動之前，揭穿凶手的殺人手法就行了。」

「……說來簡單，眞的辦得到嗎？」

幻二的話聲中流露出懷疑與絕望。

「當然辦得到。依據前幾次的經驗，凶手應該會在今天深夜採取行動，我們有充分的時間。」

加茂其實毫無把握，但爲了讓眾人安心，只能這麼說。

雨宮和月惠點點頭，幻二和文香則一副忐忑不安的神情。加茂從沙發上站起，說道：

「從現在開始，我們躲進露營拖車裡。」

「爲什麼？」

文香問道。這是理所當然的疑問，加茂旋即解釋：

「待在建築物裡，我們無法預期凶手什麼時候會發動攻擊，不如躲進能夠從外側監視玄關大門的拖車裡，會安全許多。」

沒人提出反對的意見。加茂接著說：

「從現在到深夜，還有很長一段時間，我們或許沒辦法再回到別墅……文香、月惠，麻煩妳們先到儲藏室拿食物和飲料。」

文香和月惠對看一眼，點點頭。接著，加茂對雨宮說：

「雨宮，請你到倉庫找找土石流過後派得上用場的東西……例如棉被或能夠用來當臨時帳篷的器具。」

「好的。」

「幻二，請你在儲藏室和倉庫附近巡邏，避免他們遭到凶手偷襲。這項任務可能有點危險。」

「那你要做什麼？」

幻二露出狐疑的眼神，加茂苦笑：

「爲了確保移動的過程安全無虞，我得擔任先鋒部隊。」

「先鋒部隊？」

「凶手可能躲藏在露營拖車附近，我得先回拖車，確認沒有異狀……等大家準備就緒，就來拖車和我會合吧。」

加茂交代完，便快步走向玄關大門。

加茂下意識地伸出手指，確認小刀還在褲子的口袋裡。由於這個動作，加茂才驚覺自己其實非常緊張。雖然「集合所有人移動至露營拖車」這個判斷應該不會錯，但接下來只要有一個小環節出了差池，凶手和「黑暗卡西奧畢亞」恐怕就會逃走。

絕不能再有任何一個人犧牲。雖然這麼期望，也只能盡人事、聽天命……加茂懷著這樣的心情，踏出門外。

麥斯達．賀勒向讀者們的挑戰

恕我僭越，我想在此向各位讀者提出一項挑戰。

詩野的別墅裡，總共有六名犧牲者。除了刀根川鶫之外，其餘五人都死得相當離奇，實在匪夷所思。

我想請各位讀者嘗試回答以下兩個問題。

①凶手（黑暗卡西奧畢亞的共犯）是誰？

②凶手使用什麼殺人手法？

這篇故事依循本格推理小說的基本原則，所有挖掘眞相不可或缺的線索皆已呈現在各位讀者的面前。如同在序文中強調的，我在故事中沒說過一句謊言，而且凶手的名字就在登場人物一覽表中。

只要仔細分析所有可取得的線索，並結合前因後果拼湊起來，必定能夠找出眞凶的身分，揭穿犯案手法。

那麼，期待各位讀者的表現了。

在拖車內等待眾人歸來的期間，加茂一直低頭看著眼前的綠色葡萄酒瓶。

昨晚加茂在這個瓶子裡裝入自來水，帶進拖車。後來，加茂在瓶口處緊緊塞上軟木栓，放到拖車後側的衣物抽屜。

雖然雨勢減弱不少，雨滴敲打屋頂的聲響仍令人心情浮躁。加茂打開向文香借來的懷錶一看，此刻是七點四十五分。通常夏季的這個時間，天色應該會比現在明亮許多，但只要拉開窗簾，多少還是有些光線透入，不需要點燈。

加茂望向窗外，看見文香等人穿過破損的玄關大門，朝著拖車走來。撐著雨傘走在前頭的文香表情凝重，加茂有些擔憂，但至少四人都平安歸來，他不禁鬆了口氣。

確認項鍊前端放進胸前口袋後，加茂打開露營拖車的門。

眾人將食物、飲料及其他雜物拿到廚房隨意擺好。由於拖車內沒有長椅，五個人只能並肩坐在床板上。

「剛剛我在儲藏室裡跟雨宮說話……」

文香一坐下，劈頭便冒出這麼一句，於是加茂失去了切入正題的機會。幻二淡淡地問：

「你們說了什麼話？」

「我向雨宮解釋『穿越時空的四項限制』，結果……好像解開了。」

「溶化了？妳是說冰塊溶化了嗎？」（註）

或許是儲藏室容易聯想到冰箱，加茂如此問道。文香搖搖頭，回答：

「不，是我解開了這幾起命案的眞相。」

聽到這句話，加茂腦袋彷彿遭人重重敲了一記。

從一開始，加茂就認爲只要能夠阻止「死野的慘劇」，由誰來主導調查並不重要。這樣的想法直到現在依然沒改變，加茂甚至認爲，就算龍泉家有人比他更早看出眞相，也不奇怪。只是……加茂沒料到，身爲偵探的立場竟會在這個節骨眼被文香搶走。

加茂偷覷其他三人一眼。幻二和月惠似乎也十分驚訝，茫然地看著文香。唯獨雨宮認眞地點頭說：

「文香小姐還沒告訴我眞相……不過，我相信她一定有重大的發現。」

聽到這裡，加茂不禁想苦笑。幻二疑惑地問：

「文香，是眞的嗎？到底是誰做出這麼可怕的事情？」

文香悲傷地閉上雙眼，深呼吸之後，才鼓起勇氣開口：

「從二十一日晚上到今天早上，發生的命案大致可分爲四起。第一起是爸爸和光奇表叔遭到殺害，遺體又遭凶手切割。第二起是爺爺失蹤，披薩窯裡出現一具燒焦的屍體。」

註：日文中「解開」與「溶化」的發音相同，所以有此誤解。

文香因情緒激動而有些上氣不接下氣，加茂接過話：

「第三起是刀根川被毒死，第四起是漱次朗和月彥遭到殺害，對吧？」

「沒錯。第一起命案最令人想不透的疑點，是凶手如何將爸爸的頭部和光奇表叔的軀幹帶出屋外。」

加茂點頭同意，說道：

「那一晚，包含漱次朗在內，好幾個人在娛樂室裡待了一整晚。在那樣的情況下，誰都不可能將遺體的一部分帶出屋外。」

「既然不可能將遺體的一部分帶出屋外，那麼只要反過來想就行了……凶手是將遺體的一部分帶進屋內。」

幻二有些摸不著頭緒，問道：

「妳的意思是，殺人的現場並不是屋內，而是屋外？」

「只要這麼思考，凶手殺害我爸爸的手法就解釋得通。」

「不，哥哥那晚確實在別墅裡。忘了詳細的時間……但我記得他曾打內線電話給雨宮。」

雨宮出聲附和：

「幻二先生說得對，我在九點二十分左右接到究一先生打來的內線電話。」

「我爸爸根本沒打那通電話。」

「咦？」

「那只是凶手爲了讓我們以爲爸爸在別墅裡，而製造出的假象……眞相應該是，凶手與我爸爸約在外頭見面，爸爸不知道自己受騙，吃完晚餐就走出屋外。」

晚餐剛結束的時候，漱次朗父子還沒進入娛樂室。至少在七點十分之前，究一就算走出屋外，也不會被漱次朗父子看見。目前爲止，與加茂知道的狀況沒有任何衝突或矛盾。

「這麼說來，究一是在與凶手見面的地點遭到殺害？」

加茂低喃。文香抬頭看著加茂，點點頭。

「更可怕的是，凶手不僅切下我爸爸的頭部，還將他的手腳也切下來。」

雨宮錯愕地眨了眨眼，問道：

「等等，好像不太對，手腳被切斷的是光奇先生。爲了符合比擬物的狸貓特徵，凶手切斷他的四肢……」

「比擬殺人詭計只是misleading（障眼法）。」

聽到這陌生的術語，雨宮整個人傻住了。幻二解釋：

「簡單來說，misleading的意思就是『刻意將人誤導至錯誤的方向』。例如，以某種事物引人注意，讓人看不清楚眞相。」

加茂不禁苦笑道：

「人類眞是一種奇妙的動物，只要發現無法解釋的現象，就會想盡一切辦法找出原由。但只要想出一個煞有其事的理由，就會停止思考，不再繼續求證……凶手正是靠著讓我們誤以爲『切割遺體是爲了比擬殺人』，來干擾我們的調查方向。」

原本一直沉思不語的月惠，低聲說道：

「那麼，『在冥森發現的頭顱』、『在九頭川發現的軀幹』，以及『在大澡堂發現的四肢』，其實都是究一堂哥？」

「沒錯，而原本大家認爲的爸爸的身體，其實是光奇表叔的身體。」

「這樣還是說不通啊。凶手要怎麼把切下來的手腳帶進別墅裡？」

「如果只是搬運手腳，根本不需要經由玄關大門……雖然我沒有親眼看見，但聽說爸爸手臂的截斷位置是在上臂的中段附近，雙腿的截斷位置則是膝蓋下方。僅僅是手腳的這些部位，要通過大澡堂的窗戶欄杆應該不難。」

聽了文香的描述，月惠露出半信半疑的表情。加茂親眼確認過別墅內的窗戶欄杆，可以肯定文香的推論沒錯。

文香接著又說：

「大澡堂的窗戶欄杆，間隔大約是十二公分……凶手約莫是用防水布把我爸爸的手腳包起來，帶到地下庭園，從窗戶放進大澡堂內。」

加茂下意識地低頭看著自己的手腳。

即使是身高將近一百八十公分的加茂，剛剛文香提到的手腳部位應該也可穿過十二公分的間隙，何況究一比加茂更矮且更瘦，想必會再容易一些。

「雨宮，我記得你提過，究一和光奇的身高都是一百六十七公分左右？」

加茂一邊說，一邊想起文香的日記裡也曾提到「爸爸和光奇表叔的外貌很像」。幻二輕輕點頭，說道：

「有道理……看見那種慘絕人寰的景象，誰都不會想到兩人的身體被調換。」

究一和光奇的頭顱都放置在乾燥的地點，其他部位卻放置在河邊、大澡堂及房間內的浴缸裡，想必也是凶手的策略之一……頭部以外的部分泡水變得浮腫，更加讓人難以發現這些身體部位被掉包。

文香平靜地繼續道：

「凶手把沒有頭部的遺體放入爸爸的房間之後，在遺體上倒了洗髮精……那應該是爲了消除光奇表叔身上的菸味。我爸爸沒有抽菸的習慣，凶手要讓我們誤認那是我爸爸的遺體，只能這麼做。」

文香的推論毫無破綻，除了在心裡咕噥之外，加茂幾乎沒有什麼事情可做。雨宮納悶地低喃：

「所以，那天晚上……到底發生什麼事？」

文香深吸一口氣，解釋道：

「首先，凶手應該是在幾個人的餐點裡下了安眠藥。月惠堂姑不是提過，那天晚上非常想睡覺嗎？除了我和月惠堂姑之外，還有兩個人說過那天晚上很想睡覺或感到很累，就是爺爺和刀根川阿姨。」

幻二以指尖撫摸著下巴，一面思考一面說：

「這麼一來，除了遭到殺害的兩人，以及在娛樂室待了一整晚的四人之外，所有人那天晚上都被下了安眠藥？」

「凶手根據『黑暗卡西奧畢亞』提供的未來資訊，事先得知哪些人會和漱次朗叔公在娛樂室度過一夜。爲了降低犯案時遭到目擊的風險，凶手在其他人的餐點裡都下了安眠藥……等一切準備就緒，才隨便找個理由，把我父親騙到屋外，加以殺害。」

加茂想像著那個畫面，不禁皺起眉。

凶手揮舞斧頭行凶的景象，在吊燈的燈光下，清晰浮現在加茂的眼前……行凶的人爲了避免身體沾染血跡，事先穿上了雨衣吧。就算手上沾血，在回別墅之前，也可到旁邊的九頭川清洗乾淨。

「凶手將我爸爸的頭部放在步道的旁邊，刻意讓隔天早上到森林裡散步的月彥堂叔等人發現。至於軀幹，則放在九頭川的岸邊。只要脫掉衣服，就分不出那是誰的遺體……」

最後，凶手很可能是將雨衣和究一身上的衣物扔進九頭川，任流水沖走。加茂想到那一幕，不由得打了個哆嗦。

文香的表情越來越痛苦，但她還是繼續說明：

「接下來，凶手以防水布裹住爸爸的手腳，前往地下庭園。只要事先打開大澡堂的窗戶，把防水布包從窗戶放進大澡堂並不難。」

加茂聽雨宮和幻二提過，平日會到大澡堂泡溫泉的人本來就不多，尤其是在晚餐過後還會這麼做的人，大概只有光奇……因此，凶手將布包放進大澡堂後，就可以不慌不忙地從容離去。接下來只要殺了光奇，便能在大澡堂裡慢慢布置犯罪現場，不用擔心任何人看見。

文香接著低聲說：

「凶手回到別墅之後，殺害光奇表叔。但行凶的地點不是大澡堂，而是申之間。」

「光奇表哥的房間不是戌之間嗎？申之間是究一堂哥的房間，凶手怎會在那裡下手？」

向來思緒清晰的月惠問道。此時，文香第一次露出沒把握的神情，回答：

「凶手約莫是故意把光奇表叔引誘到申之間。到底是怎麼做的，目前我也不清楚……但凶手既然殺害我爸爸，應該可從他身上取得申之間的鑰匙。」

雨宮吃驚地抬頭問：

「妳的意思是，凶手拿究一先生的鑰匙進入申之間，在浴室勒死光奇先生，是嗎？

接著，凶手取走光奇先生身上的戌之間鑰匙，然後替光奇先生的遺體，換上究一先生的衣服……」

「沒錯，我爸爸喜歡買相同款式的衣物，因此，雖然遺體身上的衣物與我爸爸在吃晚餐時穿的並非同一套，其他人也看不出來……凶手替光奇表叔的遺體換上我爸爸的衣物後，切下光奇表叔的頭部，接著在軀體灑上一些洗髮精，消除菸味。這麼一來，大家就會以爲那是我爸爸的遺體。」

執行這個步驟的時候，凶手是否也穿上雨衣？抑或，凶手是直接在申之間沖澡，洗去身上的血跡，走出申之間？不論是哪一種做法，都令人作嘔。

「接著，凶手找東西包住光奇的頭顱，帶到大澡堂？」

幻二神情錯愕地如此呢喃。文香難過地點點頭，說道：

「除此之外，凶手還把光奇表叔身上的衣物也帶進大澡堂的脫衣間……大澡堂裡原本就有凶手從窗戶欄杆外放進來的斷手和斷腳，凶手將我爸爸的手腳、光奇表叔的頭顱、戌之間的鑰匙放在一起，看起來就像是凶手只取走光奇表叔的軀幹。」

這樣的推論，也可解釋爲何究一和光奇的頭部斷面，都呈血肉模糊的鋸齒狀。

光奇的頭部和究一的軀體兜在一起，斷面絕不可能剛好吻合。同樣的道理，究一的頭部與光奇的軀體也不可能完全服貼。凶手故意破壞斷面，就是爲了讓人無法仔細比對斷面的形狀。

加茂思索著，月惠忽然發出輕呼。

「等等！當天能做到上述這些事情的人，應該不多吧？」

文香的臉僵硬而慘白，她點點頭說：

「沒錯，在沒有共犯的前提下……能夠做出這些事情的人，必定是那天晚上曾離開別墅的人。」

露營拖車內頓時鴉雀無聲，眾人的耳裡只聽得見雨滴敲打在車頂的聲響。半晌，幻二疑惑地開口：

「但符合這個條件的……只有四個人。」

「曾到屋外抽菸的月惠，曾到薪柴倉庫劈柴的雨宮，曾到庭園裡散步的幻二，以及早上曾到屋外打掃的刀根川。」

加茂補充道。文香深深點頭，說道：

「這四人當中，刀根川阿姨顯然不是凶手，她外出的時間不到十五分鐘。」

「沒錯，她不可能在這麼短的時間裡殺害究一，並肢解屍體。何況，還必須清除濺在身上的血跡……從頭到尾至少要花三十分鐘吧。」

加茂一邊說，一邊轉頭望向剩下的三人。他們臉色鐵青地瞪著文香。

「妳認為凶手就在我們三人之中？」

雨宮的這句話，令文香難過地垂下頭。

「請容我再確認一次……雨宮哥，你待在薪柴倉庫，是從幾點到幾點？到娛樂室去找漱次朗他們，又是幾點？」

雨宮一時瞠目結舌，說不出話，但他立即深吸一口氣，回答：

「我出去的時間是七點二十分，快八點半才回屋內。後來我立刻進到自己的房間，九點半左右前往娛樂室。」

「你在屋外的那一個小時，以及回到屋內後的那一個小時，並沒有不在場證明……我必須老實說，有這麼長的時間，要犯案是非常足夠的。」

聽文香說得斬釘截鐵，幻二不禁露出苦笑：

「看來我的情況也是半斤八兩。我在將近八點時進入庭園，快九點才回屋裡。而且，雨宮來房間找我時，已是十點四十五分左右。在這之前，我同樣沒有不在場證明。」

「是的，叔叔在屋外待了一個小時，加上回來之後空出的一個半小時，都沒有不在場證明，要犯案也是辦得到的。」

月惠露出放棄抵抗的表情，嘆了一口氣，說道：

「我在七點十分之前離開屋子，七點四十分回來……按照相同的推論方式，我在外頭的三十五分鐘左右，以及回到屋內之後，都沒有不在場證明。」

雖然月惠逗留在外的時間比較短，但不能光憑這一點就認定她沒有嫌疑。文香閉上眼睛，繼續說：

「最後，凶手還故弄玄虛，打了一通內線電話，讓大家誤以爲我爸爸還在房間裡。」

加茂點點頭，接著說明：

「打這通電話的時間，是晚上九點二十分左右，那時候三人都在自己的房間裡，對吧？」

「沒錯，三人都有辦法做到這件事……接到電話的是雨宮哥，如果雨宮哥撒謊，或許從一開始就沒有這通電話。當然也可能是叔叔或月惠堂姑模仿我爸爸的聲音，從自己的房間打電話。」

文香說得毫不留情，雨宮一臉絕望地表示自己絕沒撒謊，月惠則再三強調自己根本沒有能耐模仿究一的聲音。唯獨幻二從頭到尾不發一語，只是低頭凝視著床板。

然而，文香並未留情。她抬起頭，緩緩開口：

「到底誰才是凶手，只要檢視第二起的爺爺失蹤、發現焦屍命案，以及第四起的漱次朗叔公、月彥堂叔命案，自然會水落石出。」

原本不斷主張自身清白的月惠和雨宮一聽到這句話，竟同時陷入沉默，流露驚恐之色。

文香沒提到第三起命案。

理由很簡單……誰都有機會對刀根川下毒，這起命案沒有什麼離奇之處，也就很難從中鎖定凶手的身分。

雖然只要得知凶手的身分，便可反推下毒的時間點，但加茂並未多說，默默等著文香針對第二和第四起命案進行推理。

文香的視線在幻二、雨宮和月惠臉上轉了一圈，慎重地說：

「可是……剩下的兩起命案不能依一般常識來思考，因爲凶手使用『黑暗卡西奧畢亞』作爲犯案工具。」

幻二似乎聽出文香的言下之意，瞪大眼睛說：

「難道……凶手在犯案時進行時空穿越？」

文香還沒回答，雨宮已大聲反駁：

「這說不通吧？至少以第二起命案來看，顯然不可能利用時空穿越。之前我們才談過，時空穿越受限於四項限制，沒辦法說用就用，不是嗎？」

這次加茂也贊成雨宮的意見。

如果要以屋內作爲時空穿越的出發點，至少會波及邊長三公尺的立方體，天花板或地板必定會有其中一方被挖走。反過來說，如果要以屋內作爲時空穿越的目的地，也會因無法控制誤差，難以順利進行穿越。

月惠附和雨宮的論點，揚起眉說：

「第四起命案也一樣。如果凶手眞的在我們當中，就算凶手進行時空穿越，又有什麼意義？」

聽到這句話，幻二輕敲著床單，一邊沉思，半晌後點點頭：

「沒錯，月惠說得有道理……要犯下第四起命案，必須先破壞門板，而且在殺了兩個人之後，還得切斷漱次朗叔叔的手臂，至少要花一個小時。」

「嗯，應該需要一個小時吧。」

文香說得不疾不徐。幻二也維持平靜的口吻，繼續道：

「爲了爭取時間而前往未來，是沒有意義的。例如，前往兩小時後的未來，凶手的一秒鐘，對他人來說會變成兩小時又一秒鐘。換句話說，凶手反倒損失兩個小時。」

「沒錯，想爭取時間，就必須回到過去。但我記得不能回到不久前的過去，不是嗎？」

雨宮問得相當沒自信。

這一點，加茂也認同。

賀勒提過，回到太近的過去，會出現同時存在兩個相同人物的錯誤狀況，容易破壞世界的安定，造成時間悖論。

但文香輕輕搖頭，說道：

「不，利用時空穿越來爭取時間，還是做得到的……因爲穿越的人不是凶手，而是我們。」

＊

「……我們什麼時候進行時空穿越？」

加茂在心中反芻著文香這句話，旋即提出質疑。

「應該是在進入露營拖車不久後。那時候曾發生只有一個人在拖車外，其他人都在拖車內的情況。」

加茂試著回憶當時的狀況，說道：

「若我記得沒錯，首先是幻二和雨宮爲了確認拖車內是否安全而進入拖車，對吧？等所有人都進來，幻二出去抽了根菸。幻二進來之後，雨宮出去回收雨傘……雨宮回來之後，換我出去一次。」

雨宮似乎也想起當時的狀況，詫異地說：

「但幻二先生只出去五分鐘就回來，我出去也只花了數分鐘。加茂先生出去的時間更短，我記得不到一分鐘。」

「時間的長短不是問題。」文香說道。

聽見這句話，雨宮驚訝得合不攏嘴。文香接著又說：

「賀勒提過，能夠穿越時空的，並不只有人類……範圍最大爲邊長六公尺的立方體，只要在這個範圍內，任何物體皆可跟人類一起移動。」

文香一邊說，一邊張開雙臂，示意整輛露營拖車。

「你們看，這輛露營拖車的寬度約兩公尺，全長約四．五公尺，高度約兩公尺。『黑暗卡西奧畢亞』可以讓整輛拖車進行時空移動，不會有任何問題。」

原本一直蹙眉沉思的月惠，開口問：

「……妳的意思是，凶手讓我們連同露營拖車一起穿越時空？」

「沒錯，只要這麼推論，便可解釋爲什麼我們完全沒聽見玄關大門遭到破壞的聲音。當時我們根本不在這個時空，自然不會聽見聲音。」

文香一邊說，一邊伸手在口袋裡摸索，取出一張筆記本的內頁。接著，她又取出原子筆，在上頭寫字。

「我們進入露營拖車的時間，是晚上八點五十分左右。凶手將『黑暗卡西奧畢亞』藏在拖車內的某處，然後走出車外。『黑暗卡西奧畢亞』確認凶手離開，就讓整輛拖車進行時空穿越。」

文香將一張紙舉到眾人面前，上頭寫著以下文字。

——※假設在晚上九點進行時空穿越，目的地爲當天晚上十二點。

——出發時間　　抵達時間
——晚上九點　↓　晚上十點　（誤差爲負兩小時）
——晚上九點　↓　晚上十二點　（誤差爲零小時）
——晚上九點　↓　凌晨兩點　（誤差爲正兩小時）

「可以看得出，假設把目的地設定在晚上十二點，由於第三項限制的時間誤差是正負兩小時內，所以實際的抵達時間，是在晚上十點到凌晨兩點之間。」

加茂迅速在心中計算後，點頭說道：

「沒錯……如果抵達的時間是晚上十點，等於是一眨眼就過了一個小時，沒有穿越時空的凶手，便可趁這個小時來犯案……假如抵達的時間是凌晨兩點，那就更慘，凶手足足有五個小時的犯案時間。」

幻二似乎無法認同這個說明，歪著腦袋提出質疑：

「凶手如果走出拖車，車內就沒有時空穿越者了，『黑暗卡西奧畢亞』要怎麼進行時空穿越？」

「只要在一公尺內，時空穿越裝置可強制任何人成爲時空穿越者。換句話說，只要拖車裡有一個人，便可進行時空穿越。」

關於這一點，加茂已有經驗……他也是在不知情的狀況下，被送往過去。文香接著說：

「凶手利用爭取來的時間殺人之後，就在玄關大門口耐心等著，直到穿越時空的露營拖車再次出現。」

月惠詫異地抬頭說：

「難道……拖車的放置地點移動好幾公尺，也是這個緣故？」

「當然，那可不是風力所造成，而是穿越時空後發生的誤差現象。拖車穿越時空的過程中，地面應該也被削掉一些，但拖車周圍已是積水狀態，根本不會有人發現切削的痕跡……等我們結束時空穿越，重新回到這裡，凶手就裝出若無其事的態度，再度回到車上，暗中取回『黑暗卡西奧畢亞』。」

「那鐘錶的問題要怎麼解決？如果我們穿越時空，錶面的時間就會跟實際時間產生好幾個小時的誤差，而且跟凶手的錶顯示的時間也會不一樣。」

月惠提出質疑，文香搖頭說道：

「那天晚上，我的懷錶一直放在床邊的桌上，幻二叔叔和雨宮哥也將手錶摘了下來。凶手只要有心，一定能夠逮到機會偷偷調整大家的錶。」

根據加茂的記憶，幻二當時也將手錶放在桌上，雨宮則將手錶放在廚房附近。正如文香所說，誰都有機會對大家的錶動手腳。

加茂轉頭看著雨下個不停的窗外，開口：

「這麼一來，有機會犯下第四起命案的人物，只有曾獨自離開拖車的人……也就是我、幻二和雨宮其中之一。」

「這三人當中，同時有機會犯下第一起命案的人，只有幻二堂哥和雨宮。」

月惠接著道。她的口氣中絲毫沒有洗刷嫌疑的喜悅，只有無盡的悲傷。至於幻二和雨宮，只是互看一眼，什麼話也沒說。

兩人維持著危險的沉默，彷彿原本的和平關係隨時會被打破。加茂目不轉睛地凝視著兩人。

這兩人之中，必定有一個是凶手，另一個則是受害者。

身爲受害者的一方，已明白眼前的男人就是凶手。即使如此，受害者或許還是無法接受這個事實，只期盼是文香的推理在某個環節出了差錯。至於凶手，此時必定滿腦子只想著如何嫁禍給眼前的男人。

然而，有一點加茂無法理解……就是凶手是懷著什麼心情聆聽文香的分析？直到這一刻，凶手還是相信自己的犯案手法絕不會被揭穿？抑或，凶手正坐立難安，有如被逼進死胡同？

「……最後，還沒有談到的第二起命案，也與時空穿越有關。」

聽到文香的這句話，加茂回過神，苦笑道：

「『黑暗卡西奧畢亞』和凶手發現多出我這號人物，似乎立即修改了殺人計畫，對吧？」

「就像賀勒說的，『黑暗卡西奧畢亞』已將時空穿越認定為『共同認知的特殊技術』，所以在殺害爺爺的時候，利用時間悖論的修正現象。」

「這次是時間悖論？」

雨宮一臉詫異地如此咕噥。

「沒錯……凶手事先把『黑暗卡西奧畢亞』藏在爺爺的房間裡，等爺爺在晚餐後回到房間，她就趁機讓爺爺回到不久前的過去。」

幻二深深嘆了口氣，面色凝重地說：

「這麼一來，就會發生時間悖論的修正現象，爺爺會從世界上消失，是嗎？」

文香用力點頭，「例如回到十分鐘前的世界，在因果矛盾的影響下，十分鐘前的爺爺會消失……而且整個世界都會回到十分鐘前的狀態。」

「原來如此。當爺爺進行時空穿越，地板或天花板應該會出現切削的痕跡，但由於全世界都回到十分鐘前，切削的痕跡也會消失。」

「爺爺應該是想洗澡，所以脫下衣物，摺好放在椅子上。『黑暗卡西奧畢亞』記下時間，並且以此為目的地，將爺爺傳送過去……只要利用這個方法，便可神不知鬼不覺地殺死爺爺。不用擔心被我們撞見，凶手也可從頭到尾都待在自己的房間裡。」

若單純對照穿越時空的第四項限制，兩人的推論似乎沒有任何抵觸之處。

但加茂總覺得這並非眞相，於是問道：

「妳有什麼證據，能夠證明曾發生時間悖論的修正現象？」

「證據就是我們在辰之間裡發現鑰匙。」

「噢，那把彎曲的鑰匙？」

「吃晚餐的時候，爺爺的身上必定帶著鑰匙。既然這把鑰匙後來出現在辰之間裡，便足以證明在我們開始監視走廊之前，爺爺就已進入辰之間。」

當初一群人破門而入，加茂立刻撿起那把彎曲的鑰匙，凶手不可能有機會掉包。

文香接著說：

「爺爺既然已進入辰之間，要在不被我們察覺的情況下加害爺爺……凶手只能利用時間悖論的修正現象。」

幻二聽到這裡，狐疑地問：

「不過……我們發現龍紋握柄的地點，是在披薩窯的旁邊。」

「那是凶手爲了讓我們相信焦屍是爺爺，故意設下的障眼法……吃晚餐的時候，凶手偷偷剪斷並取走握柄，爺爺可能以爲只是握柄脫落。」

雨宮眨了眨眼，問道：

「那我們在披薩窯裡看見的焦屍……又會是誰？」

「應該是凶手從外頭偷偷帶進來的遺體。爲什麼凶手要做這種事，我也猜不出來……由於加茂先生的出現，『黑暗卡西奧畢亞』和凶手被迫變更殺人計畫，我們無法得知他們原本的計畫，當然也就不知道他們爲什麼要準備另一具遺體。」

文香垂下頭，幾不可聞地說：

「更可怕的是……凶手很可能把遺體藏在屋外，棲息在冥森裡的野獸聞到氣味……」

加茂嚇得連咳數聲，「難道妳認爲那具焦屍沒有腳是……被野獸吃掉？」

「沒錯，凶手迫於無奈，只好比擬爲『老虎的後腿』。反正只要把遺體燒了，就不會有人發現那根本不是爺爺的遺體。」

眾人陷入沉默。雨宮思索片刻，開口：

「就算這麼解釋，仍有說不通的地方。既然妳說老爺穿越了時空，辰之間裡的某處一定藏著沙漏，但我們搜索房間的過程中，根本沒發現類似沙漏的東西，不是嗎？」

文香不慌不忙地回答：

「第一次進入辰之間，我們只是想找出爺爺，並未仔細搜查。後來尋找獵槍的時候，大家要找的也只是獵槍和裝了二十四顆子彈的彈盒，對吧？相較之下，沙漏的體積要小得多，就算看漏，也是合情合理。」

「不無道理……」

「加茂先生和我重新進行搜查，已是下午兩點以後的事。在此之前，凶手應該有很多機會取回沙漏。」

加茂仔細回想當初破門而入的時候，哪些人進入辰之間，接著說：

「當初破壞門板鉸鏈之後，只有我、文香和幻二進入辰之間。尋找獵槍的時候，辰之間是由漱次朗、月彥和月惠負責……從這個角度來想，這幾個人當中，唯一沒機會取回沙漏的人是雨宮。」

「除此之外，所有人也曾分頭在別墅內進行搜索，雨宮哥和幻二叔叔一起行動……叔叔，當時雨宮哥並未進入辰之間，對吧？」

原本一直看著地板的幻二抬起頭，淡淡地應道：

「沒錯，當時他確實沒進入辰之間。」

話一出口，幻二幾乎等於承認自己是凶手。依照文香的推理，符合凶手的所有條件，而且能夠進入辰之間回收沙漏的人，只有幻二。

文香深深嘆息，說道：

「那麼，叔叔是認罪了？」

幻二目不轉睛地凝視著文香，回答：

「我不是凶手。文香，那天晚上妳一直監視著二樓的走廊，應該非常清楚。我很早就進入丑之間，有什麼辦法能夠從二樓房間偷溜出來，到披薩窯焚燒屍體？」

「叔叔大可事先布下焚燒遺體的機關。自從叔叔發現遺體的雙腳被野獸吃了之後，爲了保護遺體，你早就把遺體搬進披薩窯，並關上窯門。因此，準備晚餐的時候，你只要悄悄從廚房溜走，在披薩窯裡放些薪柴，設下一個時間到了會自動點火的裝置就完成犯行。」

「那我再問妳，我要怎麼把沙漏藏進爺爺的房間？」

幻二依然十分平靜。相較之下，文香的表情則是少見的嚴峻。

「在大家決定委託加茂先生調查命案之後，叔叔曾進入辰之間，跟爺爺討論事情，應該有機會動手腳。」

「或許吧……那我要把沙漏藏在哪裡？」

「懷錶裡。」

聽到這個答案，幻二先是瞪大眼睛，接著露出苦笑：

「對了，龍泉家的懷錶確實有藏東西的小空間。」

賀勒的大小為直徑將近一公分，高約三公分。相較之下，懷錶的隱藏收納空間，寬約一公分，長約四公分，高約兩公分，放入時空穿越裝置綽綽有餘。

文香以嚴厲的口吻繼續道：

「叔叔，你認爲藏在懷錶裡，便不會被發現，對吧？」

「是嗎？藏在懷錶裡，不見得是好點子。要偷偷取回沙漏的時候，必須將懷錶上的收納蓋子打開，會發出聲音。」

「不，叔叔有一個更簡單的方法，根本不必打開蓋子。你有一個相同的懷錶，不是嗎？」

幻二一聽，不禁有些慌了。「什麼？妳的意思是，我趁大家不注意，把自己身上的懷錶，和藏有『黑暗卡西奧畢亞』的懷錶掉包？」

「沒錯，叔叔一定有機會這麼做。調查辰之間的過程中，你一直站在抽屜的旁邊，而且是最後一個離開房間的人……除此之外，我還有其他證據。」

拖車內的所有人聽到這句話，都不禁屏住呼吸。加茂連忙問：

「妳還有什麼證據？」

「辰之間裡的懷錶停留在六點四十六分，這不合理。」

「爲什麼不合理？懷錶可能是在那天早上停了。」

幻二詫異地反問。文香用力搖頭，說道：

「那只懷錶是象徵龍泉家的重要寶物，爺爺每天都親自上發條……每天吃完晚餐，爺爺必定會在八點三十分前回房間，你知道爲什麼嗎？」

「我怎會知道……等等，難道是……」

幻二的神情頓時變得僵硬。文香一臉哀戚地說：

「像我這樣隨身攜帶懷錶，當然什麼時候想上發條都沒問題。但爺爺習慣把懷錶放在房間裡，並未帶在身上，如果沒事先決定一個上發條的時間，懷錶很容易就停了。」

「妳的意思是，爺爺每天都固定在早上和晚上的八點三十分，替懷錶上發條？爲了做這件事，他必須在八點三十分前回房間？」

「沒錯，如果那眞的是爺爺的懷錶，按理應該會停留在八點三十分左右，絕不可能停留在六點四十六分。由此可知，那不是爺爺的懷錶。」

文香的這個推論，聽得加茂瞠目結舌，一時說不出話。月惠彷彿是代替他開口：

「……象徵龍泉家感情的懷錶，竟成爲揭發眞相的關鍵。」

文香愼重地轉頭面對幻二，凝視著他的雙眼，殷切地勸道：

「叔叔，求求你，別再做這種事。我相信你一定是非常景仰羽多怜人伯伯，對吧？『黑暗卡西奧畢亞』正是利用這一點，迷惑你的心智。叔叔，你只是被騙了而已。」

「不……我眞的不是凶手，妳的推論是錯的。」

幻二依然如此堅持。加茂冷冷地看著他說：

「否定也沒用。既然查出凶手的身分，只剩下一件事情要做。」

「你要對我做什麼？」

「首先對你搜身，找找看沙漏有沒有在你身上。如果沒有，就把整輛拖車和別墅內部徹底搜索一遍。」

其他三人紛紛點頭同意。幻二聳聳肩，應道：

「要搜就搜吧，隨你們高興。」

「到了這個地步，虧你還能這麼從容……文香，你們幫我好好盯著他，別讓他有機會藏任何東西。」

接著，加茂便要求幻二起身。幻二完全配合，依著加茂的指示走向拖車後側，高舉雙手。

「反正你們什麼也找不到。」

幻二如此咕噥。幾乎同一時間，加茂聽見非常細微的玻璃碰撞聲。

「……你這麼說也對。找錯了地方，只是白費力氣而已。」

加茂一邊說，一邊轉頭望向身後。文香與月惠都露出猜疑的表情，站在她們後方的雨宮，則把手伸向車內的吊燈。剛剛那玻璃碰撞聲，似乎就是雨宮發出的。雨宮注意到加茂正看著自己，先是一陣驚愕，旋即表達歉意：

「車裡太暗，不方便搜身，我想把吊燈點亮……是不是打擾到你們？」

加茂露出滿意的微笑，說道：

「你找到的那個『燈』，可能不是你心裡想的那個。」

聽到這句話，雨宮不自覺地低頭望向右手。一道模糊的聲音從指縫傳出。

「很抱歉，我不是『黑暗卡西奧畢亞』。」

那是賀勒的聲音。

雨宮整個人嚇傻了，不由得鬆開右手，掌中的沙漏摔落地面。對於曾埋在地底一萬年的賀勒來說，這一點撞擊當然不會造成絲毫損傷。

加茂拾起滾到腳邊的賀勒，說道：

「大家都看到了，凶手不是幻二，是雨宮。」

＊

「……看來，我中了你們的計謀？」

雨宮勉強擠出聲音。

在短暫的一陣亂鬥之後，加茂與幻二成功將雨宮壓制在地板上。除了加茂的眼鏡毀損，以及雨宮身上多了幾處瘀青之外，所有人都安然無恙。

加茂沒回答雨宮的問題，拿起繩索綁住他的雙手。原本用來綑綁拖車門把的繩索，此時派上用場。確認繩索綁緊，加茂拾起掉在地上的眼鏡。不僅鏡框扭曲變形，鏡片也破裂，加茂只好放在桌上。

雨宮明白抵抗也沒用，乖乖在床緣坐下。除了文香和月惠之外，連剛剛還被當成凶手的幻二，也激動地直盯著雨宮。雨宮低頭看著遭綑綁的雙手，苦笑道：

「我早該察覺不對勁……那麼聒噪的賀勒，在進入拖車後就沒說過一句話。」

「是啊，賀勒一直在吊燈裡，假裝是『黑暗卡西奧畢亞』。」

加茂回答。被加茂握在手裡的賀勒附和：

「沒錯，雖然我很想開口，但也只能忍耐。」

加茂從胸前口袋裡拉出項鍊的前端，當然已不見沙漏，只剩下一條鍊子。

雨宮一看，忍不住深深嘆了口氣，問道：

「你們把她……把『黑暗卡西奧畢亞』藏到哪裡？」

「……昨晚我說過，今後會經常進行無預警的搜身檢查，對吧？」

「你確實這麼說了。」

「既然是無預警的檢查，我卻事先知會大家，你不覺得很蠢嗎？理由十分簡單，我只是要讓凶手緊張地把身上的沙漏藏在拖車裡。這麼一來，我就能找藉口先回拖車，搜出沙漏。」

加茂一邊說明，一邊打開拖車後側的衣物抽屜，取出葡萄酒瓶。

瓶裡有樣東西閃爍著強烈的光芒，使得綠色瓶身忽亮忽暗。如果仔細聆聽，還可聽見非常尖銳的呼喊聲。但受到水和玻璃阻隔，不注意的話根本聽不見……被封在瓶裡的東西，正是「黑暗卡西奧畢亞」。

看見加茂手上的瓶子，雨宮登時露出猙獰的表情，說道：

「連她也落入你們的手裡，看來我們是沒勝算了。」

直盯著雨宮不放的幻二，似乎恢復冷靜，問道：

「……加茂，在文香說出她的推理之前，你就知道凶手是雨宮嗎？」

加茂監視著雨宮的一舉一動，一面回答：

「沒錯，我早就知道了。」

文香頓時羞愧得滿臉通紅，「既然早就知道，爲什麼不趕快說出來？」

這樣的抱怨，可說是理所當然。面對彷彿隨時會掉下眼淚的文香，加茂只能低頭表達歉意。

「抱歉，當初在拖車裡聽賀勒提到『黑暗卡西奧畢亞』的事情時，我就隱約猜到凶手是誰，但不敢肯定我的想法是正確的。雖然我自認推論本身沒有破綻，畢竟我的手上沒有足夠的證據……所以我趁著待在拖車裡，設下一個陷阱。」

「陷阱？」

「沒錯，只要雨宮受騙上當，便能證明我的推理無誤。」

文香的臉龐滑過一滴淚水。

「即使如此，你也應該阻止我繼續說下去……這樣我就不會對叔叔說出那麼過分的話。」

幻二於心不忍，安慰道：

「不用在意這種事。讓我被懷疑是凶手，應該在雨宮的計畫中。」

雨宮忽然呵呵一笑，對文香說：

「妳還沒發現嗎？如果不是我在儲藏室裡以言語誘導，妳也不會想出這些錯誤的推理。」

聽到這翻臉無情的一句話，文香表情彷彿瞬間凍結。雨宮露出心滿意足的表情，轉頭對著加茂說：

「倒是加茂先生，你似乎早已發現文香會說出那些錯誤的推論，是我在背後引導？」

「當然，我早就猜到文香一定是受你誆騙。」

「原來如此，所以當文香說出那些錯誤的推論時，爲了引誘我上鉤，你故意不阻止她。」

此時，月惠忽然搖搖頭，問道：

「但在我聽來，文香的那些推論合情合理，到底哪裡出錯？」

「……好吧，我們就從第一起命案開始分析。」

加茂深吸一口氣，認眞說明眞相。

「第一起命案，文香的推論與我大致相同。凶手在別墅外殺害究一，將雙手、雙腳放進大澡堂裡，然後將兩名死者的身體對調，製造出『不可能犯罪』的假象。」

雨宮瞇起眼，點頭說道：

「沒錯……我謊稱想商量一件不能被別人知道的事，把究一誘騙到冥森裡。究一是個老實人，比任何人都早一步離開別墅。當然，我早就在晚餐裡下了安眠藥，他就這麼在冥森裡睡著，完全沒料到會被我殺害。」

雨宮的微笑中帶著一絲悲傷，卻沒半點悔意。

「殺害究一之後，你還將他分屍。」

「沒錯，這部分和文香的推論相同。當然，我早就在薪柴倉庫裡準備一些劈好的薪柴，當成不在場證明……對了，光奇那傢伙真蠢。他沉迷賭博，欠下一屁股債，我假裝被他發現有偷東西的壞習慣，他馬上對我動起歪腦筋。」

文香一聽，瞪大眼睛說：

「我們在東京的住家好幾次遭小偷，難道是……」

「沒錯，是光奇威脅我幫他偷竊。我偷來的東西，都被他拿去變賣，但他一毛錢也沒分我。」

看著文香絕望的眼神，雨宮反倒有些得意洋洋。

「那天晚上，我提出一個建議。我告訴光奇，我會想辦法偷取申之間的鑰匙，要不要兩個人一起到究一的房間裡物色值錢的東西……我還告訴他，我會布置成遭外賊入侵的樣子，他絲毫沒起疑，滿口答應。」

加茂忍不住咕噥：

「原來你是靠這個方法，把光奇騙進申之間。」

「我跟他說，我要準備一下，要他先在房間裡等我。後來我才去找他，帶著他一起前往申之間。他對我毫不設防，要殺他可說是輕而易舉。對了，將究一分屍時，我使用的是預先藏在屋外的斧頭；將光奇分屍時，我使用的則是留在屋裡的開山刀。」

「這麼說來，那天晚上開山刀一直藏在別墅內？」

「沒錯，跟防水布一起藏在地下倉庫的天花板上。反正就算其他人發現開山刀，也查不出眞相……而且我很幸運，整個晚上都沒人發現開山刀。隔天，我偷偷取回開山刀和防水布，帶到冥森，藏在樹洞裡……至於另幾起案子的殺人手法，就看你的本事了。只要你的推理正確，我便說出全部的眞相，如何？」

拋出這段話，雨宮露出一貫親切的笑容。

加茂心想，像這樣把可怕的凶案當成遊戲般談論，實在令人髮指，但眼下只能接受對方的提議。

「再問你一個問題。你應該是打一開始，就想讓幻二揹黑鍋吧……那麼，他到庭園散步，也不是偶然的決定？」

雨宮竊笑著說：

「當然也是我的安排。但幻二絕不會把理由告訴任何人，而且憑你目前掌握的線索，不可能推理出眞相。」

於是，加茂將視線從雨宮身上移開，轉頭望向幻二，問道：

「能不能請你告訴我，那天晚上你前往荒神社的理由？」

幻二低頭沉吟一會，下定決心般開口：

「大約兩週前，有個黑色的信封寄到公司。」

「黑色信封？」

「沒錯，裝有一張信紙，以及七張照片。雖然收信人是我的名字……但照片上的人並不是我。」

幻二只說到這裡，就不願再說下去，於是雨宮接過話：

「我在那信封裡，放入某個少女的照片，而且是跟男人一起拍的不雅照片。」

「恕我開門見山地問，那是跟你發生性關係的女性照片嗎？」

加茂問道。幻二沒回答，表情卻益發痛苦。雨宮眉開眼笑地說：

「這你就猜錯了。幻二是個敢做敢當的人，如果真的是他的醜聞，多半在事情被揭露之前，他就會自行公開。」

聽到這裡，加茂突然後悔問了這個問題。

幻二堅持不肯詳細說明，顯然是爲了保護照片中的少女。如此想來，照片中的少女多半是文香吧。

「在信封裡所附的信紙上，寄信者自稱是照片中的那個男人，要求『如果不希望我散布這些照片，就拿錢來贖回』。照片上雖然可清楚看出男人的長相，但對方威脅不准報警，也不准告訴任何人，所以我沒辦法查出對方的身分……一週後，我又收到一封信，上頭寫著交錢的地點。於是我依照信中的指示，在二十一日晚上前往荒神社，準備以贖金換回底片。」

「但那只是把你誘出別墅的幌子，對吧？」

「沒錯，我在荒神社苦等將近一小時，一個人也沒看到。」

加茂略一沉思，又問：

「我想起來了，第一次進入辰之間的時候，你非常在意抽屜裡的東西……跟這件事有關嗎？」

「沒錯，我在意的不是懷錶，而是抽屜裡的另一樣東西。」

「我大概猜到了……第一次進入辰之間，我明明看見抽屜裡有個黑色信封，但第二次搜查辰之間，那個黑色信封卻不見了……前一次進入房間的只有我、文香和你三人。文香一直跟在我的身邊，因此，能夠將那個黑色信封偷偷取走的人，就只有你。」

幻二驚愕地瞪大雙眼，旋即苦笑道：

「原來你早就發現了。對不起，我不該擅自做那種事……因爲那跟我收到的勒索信所使用的信封一模一樣，我擔心裡頭又有照片，趕緊偷偷藏起。但後來打開查看，才發現裡頭什麼也沒有。」

文香似乎還不明白兩人口中的照片是怎麼回事，露出一頭霧水的表情。此時，雨宮看著文香說：

「抽屜裡的黑色信封是我放的，目的當然是爲了引誘幻二在辰之間裡做出可疑的舉動……對了，順便告訴你們一個事實，照片上的少女，並不是幻二心中所想的那個少女。」

「什麼意思？」

「因爲某個緣故，這世上有一名少女和她長得一模一樣。那照片拍的，是另一名少女。」

加茂登時醒悟……那是文香的雙胞胎妹妹文乃。

由於知道這個內幕，得知照片裡的少女並不是文香，加茂並不感到特別開心。幻二和月惠的臉色依然凝重，顯然也有著類似的想法。不管照片中的人是誰，總之有一名少女遭遇不幸。

雨宮彷彿在講悄悄話：

「其實是這名少女愛上一個學生，那個學生卻輸給金錢的誘惑。學生迷昏少女後拍下照片，然後賣給我。」

加茂心想，如果繼續談論下去，文香可能會察覺照片代表的意義，於是趕緊轉換話題。

「別談這個了，我們來談第二起命案吧。關於第二起命案，文香的推論與我的推論有很大的出入。」

果然不出所料，文香立刻被這句話吸引。

「我的推論有什麼不合理的地方嗎？」文香問道。

「首先，『黑暗卡西奧畢亞』在第二起命案中並未派上用場。凶手殺害太賀老先生的過程中，根本沒利用時空穿越裝置。」

除了雨宮之外，拖車內所有人都傻住了。雨宮端坐在床上，踞傲地說：

「聽起來眞有意思，那我是怎麼做的？」

加茂並未回答，只是反問：

「在這幾起命案裡，『穿越時空』這種特殊技術確實是凶手可採用的手段……但如果直接利用這種技術的特性來殺人，而沒有加入一些變化，不是太沒創意了嗎？」

「或許吧。」

「而且，文香推論出的時間悖論殺人手法，有一些難以解釋的疑點……披薩窯裡的焦屍，就是最好的例子。如果要像文香說的，偷偷從外頭帶進來一具來歷不明的屍體，現在的季節實在不太合適。」

幻二恍然大悟，「有道理。天氣這麼炎熱，屍體馬上就會腐敗。」

「準備餐點的時候，我查看過冰箱，屍體沒藏在裡面。如果藏在其他地方，幾天下來屍體一定會腐敗……那具焦屍雖然有損傷，卻完全沒有散發出腐臭味。由此可知，那確實是太賀老先生的遺體，並不是從外頭帶進來的無名屍。」

文香疑惑地提出反駁：

「可是……從懷錶的指針位置來看，那肯定不是爺爺的懷錶。」

「指針的停留位置不尋常，不代表懷錶曾被掉包，而是太賀老先生吃完晚餐後並未回到辰之間。」

「咦？」

「打一開始，太賀老先生就知道自己吃完晚餐後，很長一段時間不會回辰之間。所以，他打破以往的習慣，在吃晚餐前就先爲懷錶上了發條，接著才離開辰之間……他這麼做，是爲了盡可能不讓懷錶的指針停下來。」

雨宮聽到這裡，臉上的笑意更深。看見雨宮的笑容，文香心裡似乎也明白加茂的推論才是正確的，但仍半信半疑地說：

「爺爺是七點左右走進餐廳，如果在那之前爲懷錶上了發條，指針確實很可能會停在六點四十六分的位置，但……」

「我的根據不止這些……當我打開辰之間裡的輪椅時，彈出一個領帶夾，這件事妳還記得嗎？」

「我記得。那領帶夾多半是從桌上掉落，夾在輪椅裡，爺爺沒發現。」

「太賀老先生遺失那個領帶夾，是好幾天前的事了。既然每天都會用到輪椅，照理來說，領帶夾應該會在遺失的隔天就從輪椅內彈出來……但那領帶夾一直沒被發現，代表太賀老先生這幾天根本沒使用那張輪椅。」

「難道……」

「沒錯，房間裡的那張輪椅，其實是備用輪椅。放在樓梯旁邊的那張輪椅，才是太賀老先生平常使用的輪椅……平常使用的輪椅沒在房間裡，證明他並未回到辰之間。」

文香皺起眉，反駁道：

「可是，辰之間的鑰匙不是在房間裡嗎？這不就證明爺爺曾進入房間？」

「那把彎曲的鑰匙，並不是辰之間的鑰匙。」

「不可能吧？加茂先生，那鑰匙你不是親自測試過嗎？」

「凶手為了讓虛假的眞相更容易讓人信服，無論如何一定要讓辰之間的鑰匙出現在房間裡才行。只要這麼做，就能讓大家相信太賀老先生曾進入辰之間。而為了讓鑰匙出現在房間裡，凶手使用一個詭計……你們想想，房間沒有遭到入侵的痕跡，鑰匙為什麼會被折彎？理由很簡單，鑰匙是被凶手故意折彎。」

「為什麼凶手要故意做這種事？」

「如果撿到的是沒有折彎的鑰匙，我一定會立刻插進辰之間的鑰匙孔，確認是否眞的是辰之間的鑰匙。但如果撿到的是折彎的鑰匙，由於我們當時急著尋找下落不明的太賀老先生，我肯定不會立刻將鑰匙扳直來確認眞僞，凶手正是看準這一點。」

月惠詫異地問：

「你的意思是，凶手這麼做是想拖延時間？但就算晚一點才測試，結果不是一樣嗎？」

「結果不會一樣。凶手早已猜到，我們一定會把隔壁的房間，也就是卯之間的門板也拆下來。當時找不到太賀老先生，我勢必會要求進入卯之間搜索，這是可預知的結果……況且，別墅內每一個房間的房門都是紅褐色，從外觀根本分辨不出來。」

月惠點點頭，同意加茂的推論。加茂接著說：

「雨宮先後破壞辰之間與卯之間的門板金屬鉸鏈，將門板拆下靠在走廊的牆上。趁我們在搜索卯之間，他便調換兩片門板，將卯之間的門板放在辰之間的門口。」

「這麼說來，彎曲的鑰匙其實是卯之間的鑰匙？把卯之間的鑰匙，插入卯之間的門板鑰匙孔內，當然會吻合，是這個意思嗎？」

賀勒耐不住性子，插嘴問道。

「沒錯。那把彎曲的鑰匙比其他房間的鑰匙老舊，應該是太賀老先生保管的卯之間鑰匙，落入雨宮的手中。」

文香露出不解的表情，問道：

「……如果是這樣，爺爺在晚餐後又去了哪裡？」

「當時樓梯處的輪椅升降機停留在二樓，而且兩張輪椅都在二樓，由此可推斷太賀老先生應該是上了二樓。何況，當初我在進入打掃工具室之前，確實看見樓梯旁放著一張輪椅。」

「不管是在二樓的哪裡，雨宮哥都不可能殺害爺爺，卻沒被我們發現。」

「不，有一個地點不會被我們發現……就是載貨吊籃。」

文香登時露出丈二金剛摸不著頭腦的表情，月惠與幻二也疑惑地面面相覷。幻二彷彿要代替眾人發聲：

「那座載貨吊籃，就算是我也擠不進去。吊籃裡每一層的空間只有一百一十公分×七十公分×二十七公分。」

「確實如此，但那座載貨吊籃有一個特徵，就是只要從一樓操縱開關，便可讓吊籃從二樓移動到一樓。兇手想自一樓神不知鬼不覺地帶走太賀老先生，這是唯一的方法……既然太賀老先生從二樓消失，他必定是進入那個狹窄的吊籃。」

聽了這接近強詞奪理的推論，幻二忍不住皺眉說：

「祖父年輕的時候，身高也有一百七十公分，何況他年事已高，再加上生病的關係，身體應該更加僵硬，怎麼可能擠得進那種地方？」

加茂沒理會幻二，繼續道：

「聽說太賀老先生是糖尿病惡化，導致日常生活必須乘坐輪椅？糖尿病是一種相當可怕的疾病，一旦延誤治療，身體的末端組織就會因血液循環不良而壞死。」

幻二聽出加茂的言下之意，驚訝地說：

「難道……祖父由於糖尿病的併發症……雙腿已截肢？」

「很有可能。而且父親與叔叔這對雙胞胎的悲慘記憶，令太賀老先生即使在親人的面前也不敢暴露自身的弱點。正是這個緣故，他不敢讓你們知道，如今他的兩條腿其實是義肢。」

在加茂生活的現代，因疾病而失去雙腿並不能算是「弱點」。但在太賀經歷過的年輕時代，社會上對於殘障者依然普遍有著歧視的心態。

加茂接著說：

「我們在披薩窯裡發現的焦屍沒有雙腿，是打一開始就沒有，而不是遭到殺害後被切斷。因此，找不到切割下來的雙腿，也是理所當然。兇手燒了遺體，正是為了掩飾遺體沒有雙腿。」

「這也是偽裝成『鵺』的比擬殺人的原因之一吧……只有這麼做，才能讓我們對祖父的遺體少了雙腿一事不起疑心。」

月惠一臉悲傷地如此呢喃。加茂點頭說道：

「沒錯。兇手要把遺體搬運到披薩窯，為了不被任何人撞見，一定會選擇所有人都熟睡的深夜時分……幻二在我們進入打掃工具室不久，就進入丑之間，直到早上都沒再出來，所以他絕對沒機會偷偷搬運遺體。」

幻二露出有氣無力的笑容，「謝謝你為我洗刷冤屈……對了，我們在披薩窯裡不是發現一些塗著亮光漆的木片嗎？不會有人在薪柴上塗亮光漆，所以那應該是沒燒完的義肢殘骸吧。」

「我也這麼認爲。」

文香垂下頭，哽咽著說：

「爺爺好可憐……但……雨宮哥是怎麼把爺爺騙進載貨吊籃裡的？」

「太賀老先生取下義肢之後，擠進只有一百一十公分高的空間應該不成問題……而且他的雙臂肌肉鍛鍊得結實有力，平常他不是生活上的大小事情都能夠自理嗎？」

「對，爺爺向來對這一點非常自豪。」

「以他的能耐，應該有辦法在二樓樓梯旁爬下輪椅，將輪椅折起，放在油畫的後頭，然後自行爬進載貨吊籃內。」

沒人針對這一點提出反對意見。加茂調整呼吸後，接著說：

「但就算太賀老先生想盡辦法隱藏裝了義肢的事實，總不可能瞞過平常照顧他生活起居的人……至少刀根川和雨宮應該都知道，我沒說錯吧？」

雨宮發出低沉的笑聲，揚起嘴角，抬頭說：

「沒錯，那老人裝了義肢，我和刀根川都知道。」

「既然你知道，剩下的事情就很好猜了。只要告訴太賀老先生，你發現凶手的殺人手法是以『鵺』作爲比擬物，接下來會被殺的人很可能是『寅之間的漱次朗、巳之間的月彥，或是酉之間的刀根川』。接著，你再告訴太賀老先生，你想到一個非常好的監視地點。這個監視地點只有太賀老先生才進得去，而且絕不會被凶手發現……就是載貨吊籃內。」

雨宮深深點頭，說道：

「那天晚上，趁著準備晚餐，我去了一趟辰之間。我告訴那老人比擬殺人的推論，順便把折彎的卯之間鑰匙偷偷放在地板上……那老人非常信任我，完全沒懷疑。我甚至還沒慫恿他，他就決定要鑽進載貨吊籃裡。至於我的行動，我隨口撒了個謊，說我也會從自己的房間監視酉之間。」

雨宮忽然面露微笑，接著說：

「話說回來，喜歡偵探小說的人眞是有趣。他們總是把自己當成故事的主角，爲了親自揪出凶手，就算深入險境也毫不畏懼。」

「……太賀老先生既然自願埋伏在載貨吊籃裡等凶手出現，想必不會是赤手空拳吧？我猜測他應該是帶著獵槍鑽進載貨吊籃？」

「你眞聰明。我向那老人建議帶著獵槍防身，於是老人把存放獵槍與子彈的櫃子鑰匙交給我。我取出獵槍與子彈，放進吊籃裡。」

「你特地提出這樣的建議，是爲了讓太賀老先生安心鑽進吊籃？」

加茂問道。雨宮點點頭，回答：

「如果沒帶槍，就算是像他這樣的莽撞老人，也可能臨陣退縮。我幫他換上方便行動的甚平，還故意在椅子上放一套顏色相近的甚平，希望能夠把你們的推理方向誤導到時間悖論上……老人吃過晚餐，就偷偷鑽進載貨吊籃。但其實我早已在餐後的咖啡裡下了安眠藥，只要靜靜等著安眠藥發揮作用就行。唯一的問題……就是你，加茂先生。」

「我？」

「讀過文香日記的你，徹底打亂我們原本計畫好的下手順序……老實說，你的出現帶給我和『黑暗卡西奧畢亞』相當大的困擾。賀勒這個沙漏，對我們來說是未知的變數，我們不知道賀勒是否跟你提過『黑暗卡西奧畢亞』的事。但你來到『這裡』之後，我們發現你完全沒有尋找另一個沙漏的舉動……」

加茂一時不知該如何回應，雨宮接著說：

「這讓我們明白一件事，就是賀勒不敢讓你知道瑪麗斯這號人物，也不敢對你提起『黑暗卡西奧畢亞』。於是我們猜想，你既然不知道有另外一個沙漏，應該會完全相信日記的內容，躲進打掃工具室監視二樓……果然不出我所料，當時老人一走出餐廳，你馬上也要跟著走出去，對吧？所以我趕緊向你搭話，把你留在餐廳裡。」

「……因爲你的關係，我浪費了二十分鐘。」

「那老人要鑽進載貨吊籃，二十分鐘應該足夠。接下來我要做的事情，就只是等時機成熟，讓載貨吊籃移動至一樓。」

「如今回想，當時躲在打掃工具室裡時，我們確實聽到馬達運轉聲。但我和文香都以爲那是地震，沒想太多……現在終於知道是怎麼回事。」

雨宮露出些許吃驚的表情，旋即說道：

「後來我勒死昏睡的老人，取走辰之間的鑰匙。要是這把鑰匙留在屍體身上，可就露出馬腳了。我把屍體和義肢放進披薩窯裡，點上火，再把辰之間的鑰匙握柄扔在窯前，這一天的準備工作就全部結束……隔天，我只要找機會把辰之間的門板與卯之間偷偷對調就行了。」

眾人沉默了好一會，首先開口的是賀勒。

「第三起命案，你殺害刀根川，目的是爲了滅口吧？」

「沒錯，要讓第二起命案完全沒有破綻，知道那老人裝了義肢的刀根川絕不能活著……幸好加茂當時說要檢查所有房間的窗戶欄杆，刀根川很爽快地開門讓我們進入房間。趁你們不注意，我在刀根川的杯子上塗了大量毒藥。」

雨宮談起毒殺刀根川的過程時，口氣簡直像在談論一件生活瑣事。加茂得知自己的一個舉動竟害死刀根川，不由得啞口無言。

雨宮挑釁地看著加茂說：

「那第四起命案呢？你說得出手法嗎？」

加茂凝視著對方的雙眼，再度開口：

「文香的推論大致上是正確的，這起命案利用了穿越時空的技術。」

幻二一聽，登時露出複雜的表情，說道：

「你剛剛不是說過，藉由穿越時空來殺人實在很沒創意？」

「我的意思是，直截了當地穿越時空殺人很沒創意，但第四起命案的手法稱不上直截了當。」

「也對，讓凶手和兩個犧牲者以外的所有人穿越時空，確實是相當拐彎抹角的手法。」

幻二嘴上這麼說，依然半信半疑。加茂接著解釋：

「首先我們來思考，文香的推論有什麼問題……第一個問題，是我們在六點之前感受到的時間長度。如果是正常的情況，從晚上九點到清晨六點，總共有九個小時……」

加茂拿起文香剛剛所寫的那張紙，提筆又寫下幾個字。

——※假設在晚上九點進行時空穿越，目的地爲當天晚上十二點。

——出發時間　抵達時間　體感時間

——晚上九點　↓　晚上十點　（誤差爲負兩小時）八小時

——晚上九點　↓　晚上十二點　（誤差爲零小時）六小時

——晚上九點　↓　凌晨兩點　（誤差爲正兩小時）四小時

「可以看得出來，原本應該要有九個小時，但穿越時空之後，體感時間最短只剩下四個小時。再遲鈍的人，也會發現時間過得太快，我相信『黑暗卡西奧畢亞』不會想出這麼粗糙的計畫。」

「我完全沒想到這一環……」

垂頭喪氣的文香結結巴巴地說道。

「另一點，則是鬍子的問題……自從我來到『這裡』，一次都沒刮過鬍子，所以鬍子變得很長。幻二也是半斤八兩，自從上次進入拖車到現在，長出不少鬍碴。」

幻二忍不住伸手摸摸鬍碴，面露苦笑：

「算起來，我有一天以上沒剃鬍子了。」

「相較之下，雨宮的鬍子一直沒變長，尤其是從上一次進入拖車之後就是如此……另一方面，遭到殺害的漱次朗和月彥，則像剛刮過鬍子一樣。」

月惠瞇著眼仔細回想，點頭說道：

「沒錯，爸爸和哥哥的遺體……爸爸嘴上的鬍子像是剛修整過，哥哥則是完全沒有一點鬍子。」

「月彥的情況，尤其不合常理。我還記得當初搬桌椅擋住後門的時候，他的臉上明明長了一些鬍子，遺體臉上的鬍子卻剃得乾乾淨淨。然而，額頭和頭髮上的髒污卻還留著。這表示他既沒洗澡也沒洗臉，卻刮了鬍子，豈不是很奇妙嗎？理由十分簡單，因爲遺體臉上的鬍子，是凶手剃掉的。」

「爲什麼凶手要做這種事？」

文香問道。加茂指著自己的下巴說：

「鬍子天生較濃密的人，只要看鬍子的長度，就猜得出幾天沒刮鬍子……問大家一個問題，現在我們都知道二十五日中午會發生土石流，假如凶手希望藉由土石流將我們全部殺死，大家覺得應該怎麼做？」

賀勒聽到這裡，忽然發出人工智能（ＡＩ）言實在不應該發出的尖叫聲。

「難道……『黑暗卡西奧畢亞』讓我們前往的未來，不是幾個小時之後，而是剛好一整天，也就是二十四個小時之後？」

「沒錯，我們一直以爲今天是二十四日，其實今天已是二十五日。」

「原來如此……難怪重力波的數值會出現那麼大的誤差。如果把今天的日期修改成二十五日，數值就完全正確。」

文香直到這一刻才完全理解，不禁雙手摀著嘴說：

「原來是這麼回事！就算我們知道發生土石流的日期和時間，但如果搞錯今天的日期，還是沒辦法預防……雨宮想藉最後一道陷阱，確實殺死我們。」

「製造出新的犧牲者的同時，也將我們逼上死路……這就是第四起命案的眞正目的。雨宮剃去漱次朗他們的鬍子，正是爲了避免我們察覺在拖車內經過的天數，跟漱次朗他們經過的天數不同。」

不知從什麼時候開始，雨宮的眼神中流露深深的絕望。光從這一點，便可得知加茂的推論完全無誤。

＊

身旁響起咯吱咯喳的聲響。

加茂察覺那是懷錶的發條即將失去動力的警示音，於是從口袋中取出懷錶，打開錶蓋看了一眼，說道：

「自從整輛拖車進行時空穿越到現在，只過了十一個半小時……至少得再過三十分鐘，『黑暗卡西奧畢亞』才會恢復穿越時空的能力。」

雨宮聽到這句話，先是愣了一下，接著咬牙切齒地說：

「我想起來了……文香最後一次替懷錶上發條，是在我們第一次進入拖車的時候。她上完發條沒多久，我就離開拖車，讓『黑暗卡西奧畢亞』進行時空穿越。」

「後來你偷偷調整錶上的時間，所以上頭顯示的九點三十三分是假的。但這懷錶除了能顯示時間之外，還能當計時器使用。因爲這是特別訂製的懷錶，發條失去動力的時間恰恰是十二個小時。」

雨宮抬起遭綑綁的雙手，聳聳肩說：

「『黑暗卡西奧畢亞』必須間隔十二個小時，才能再度進行時空穿越，原來你是靠著這只懷錶的發條特性來掌握時間……但你有沒有想過，我在偷偷調整時間的時候，可能也順便上了發條？」

「這只懷錶在上發條的時候，會發出相當大的聲音。既然偷偷摸摸地調整時間，你絕不會特地重新上發條。」

加茂說完，轉動懷錶的發條，懷錶立即發出頗爲耳熟的滋滋聲響。

「有道理……到頭來，龍泉家的懷錶才是我眞正應該提防的東西。不過，那也是因爲你這個未來之人實在有本事，不愧是瑪麗斯的祖先。」

加茂無視雨宮的譏諷，看了一眼錶面的指針後說：

「沒時間了。在『黑暗卡西奧畢亞』恢復能力之前，你必須依照約定說出全部的眞相。」

「好吧，首先關於第四起命案……我要先聲明，讓整輛拖車進行時空穿越這個點子，是我想出來的。當初加茂提議大家在拖車裡度過一晚，我馬上有了靈感。後來月彥他們自願留在別墅裡，我更是在心裡偷偷叫好。當然，就算月彥沒那麼說，我也會想辦法激怒他，促使他做出相同的決定。」

雨宮的喉嚨深處發出沙啞的笑聲，接著說：

「首先，爲了讓他們無力抵抗，我在他們的紅茶裡下了安眠藥。後來我以確認安全爲由，早一步進入拖車，趁著車內沒其他人，把『黑暗卡西奧畢亞』藏在吊燈內。」

「爲什麼要藏在那種地方？」

幻二露出詫異的表情，加茂苦笑著說：

「吊燈其實是不太容易被人察覺的藏匿地點。那天晚上照亮我們的燈光，原來不是吊燈的火焰，而是『黑暗卡西奧畢亞』的光芒。」

幻二聽得咋舌不已，雨宮卻理所當然地說：

「沒錯，畢竟她的體內有著能夠進行時空穿越的能量，發出一些光芒照亮周圍可說是輕而易舉……吊燈是車內的唯一光源，我以爲只要藏在裡頭，不管你們要搜索車內或搜身，她都不會輕易被發現。」

「賀勒也說過他可充當燈光，這一點我非常清楚……而且，你還記得嗎？我曾不小心撞上那盞吊燈。」

「我想起來了，當時幻二想轉動懷錶的發條鈕，你拚命阻止，結果脖子撞上吊燈，我暗暗捏了一把冷汗。」

加茂摸著脖子，回想當時的狀況，一面說道：

「那個時候，我發現吊燈一點也不燙。如果是在二〇一八年，我會以爲吊燈裡裝的是不太會發熱的ＬＥＤ燈泡，但一九六〇年根本沒有那種科技。換句話說，吊燈裡放著一個不屬於這個時代的東西。」

雨宮深深嘆了一口氣，說道：

「沒想到會因爲這樣被發現……加茂，我們本來的計畫，是藉由誤導推理來拖延時間，等發生土石流，就帶著你進行時空穿越。」

雨宮遺憾地瞥了一眼不斷釋放出光芒的葡萄酒瓶，繼續說明第四起命案的眞相。

「那一晚，睡在拖車裡的人，包含有抽菸習慣的幻二和月惠。由於文香討厭菸味，我早就猜到只要雨勢不大，他們很可能會跑到外頭抽菸。」

「果然幻二先跑了出去……」

「多虧他的這個舉動，我才能夠安心執行計畫……『黑暗卡西奧畢亞』等我離開拖車，就讓整輛拖車移動到二十四小時之後的未來。待拖車消失，我前往冥森，取出預藏在樹洞裡的斧頭、開山刀和獵槍。」

「接著，你破壞玄關大門的門板，進入別墅？」

「沒錯，漱次朗和月彥都喝下安眠藥，睡得不省人事，所以完全沒抵抗。」

「但你沒馬上殺死他們。」

加茂犀利地指責。雨宮點點頭，回答：

「死亡超過一天半的屍體，跟死亡九小時的屍體，畢竟差異太大，我擔心有人會看出不對勁。因此，我以注射的方式追加安眠藥，接著就靜靜等著。」

雨宮難過地垂下眉毛，搖頭說道：

「可惜我犯了一個錯誤……隔天下午五點左右，我正要殺死他們，才發現這個錯誤。」

「鬍子嗎？」

「沒錯，他們的鬍子變得太長。好不容易奪走你們的二十四小時，要是因爲鬍子被發現，就功虧一簣了。我無計可施，只能把他們的鬍子和自己的鬍子剃掉。」

然而，這個補救措施，還是成爲加茂察覺被奪走二十四小時的關鍵線索。

加茂接著說：

「而後，你就殺了他們？」

「我將月彥布置成上吊自殺，至於漱次朗，則是先以獵槍射殺，再將雙手砍斷。這次我的時間非常充裕，也可自由使用浴室，清除身上的血跡完全不是問題。」

加茂想起雨宮回到拖車內的時候，全身都濕透了。他的頭髮是濕的，不曉得是被雨淋濕，還是剛淋完浴？

「……殺了他們之後，你在哪裡等待拖車出現？」

「穿越時空的目的地是二十四日晚上九點，但因爲討人厭的誤差，實際上拖車出現的時候已是晚上十點多。爲了保險起見，我從晚上七點就在玄關門廊等著，算起來等了超過三個小時。如果你們出現得再晚一點，我恐怕就要感冒了。」

雨宮露出親切的笑容，接著說：

「『黑暗卡西奧畢亞』告訴我，你們未來人都使用一種名叫『智慧型手機』的東西，不僅具有無線電對講機的功能，還能顯示時間，對吧？但她叫我不用擔心，因爲這種無線電對講機的電池一下就會沒電，而且就算還有電，她也可讓機器內建的時鐘發生誤差……因此，回到拖車內，我擔心的反而是其他人持有的一般鐘錶。幸好下大雨，大家都把手錶和懷錶拿出來隨便亂放，要偷偷調整時間並不困難……我的說明到此爲止，你們還滿意嗎？」

「你到底是誰？爲什麼要做這種事？」

幻二提出眾人心中的疑問。雨宮輕輕聳肩說道：

「你問我是誰？羽多怜人不愧是龍泉太賀的兒子，他也跟太賀一樣，有個私生子……在上戰場之前，他和羽多家的遠房親戚雨宮鈴生了一個兒子，那就是我。」

所有人都聽得目瞪口呆，雨宮露出譏諷的微笑，接著說：

「我從來沒見過父親。我出生不久，母親就去世了，博光舅公……也就是爸爸的舅舅將我養育長大。博光舅公擔心我這個私生子會影響父親在龍泉家的處境，一直沒讓龍泉家知道有我這個孩子……在一九四八年父親失蹤之前，我一直以爲博光舅公就是我的父親。」

「羽多怜人遭到殺害後，你又遇上什麼事？」

加茂問道。雨宮淡淡地回答：

「博光舅公得知我父親失蹤後，一口咬定我父親是被龍泉家的人殺害。月惠的那一席話，果然證明舅公的推測沒錯……自從父親失蹤，舅公每天不斷向我訴說對龍泉家的憎恨。除了如何報仇及如何殺人之外，舅公什麼也沒教我。舅公變成一個瘋子，在他的眼裡，我只是復仇的工具。」

「原來你有一段這麼可怕的過去……」

文香流露同情的眼神，雨宮卻益發眉開眼笑。

「我從來不認為自己不幸。若不是有博光舅公的諄諄教誨，我也沒辦法將復仇當成畢生的心願。但我原本平凡又無知，直到有一天遇上『黑暗卡西奧畢亞』，才徹底脫胎換骨。」

雨宮的雙眸綻放出狂熱者的神采，接著說：

「但博光舅父實在太囉唆，他一直不放棄對我的掌控，所以我將他殺了，偽裝成遭強盜襲擊……幸好他在死之前，幫我威脅龍泉太賀的朋友，安排讓我在龍泉家生活。得知這件事，我開心得掉下眼淚。終於可以展開我的復仇計畫。」

加茂聽到這裡，明白一件事。雨宮的遭遇雖然令人同情，卻有著不值得同情的人格。羽多博光培養出一個惡魔，最後也死在惡魔的手裡。

加茂望向身旁的葡萄酒瓶，心中有著無限感慨。

「到頭來……雨宮只不過是遭『黑暗卡西奧畢亞』欺騙的受害者。但不知道他是打一開始就人格扭曲，還是被蒙蔽了心智。」

雨宮哈哈大笑，說道：

「如果我是遭『黑暗卡西奧畢亞』欺騙的受害者，你就是遭『賀勒』欺騙的受害者。你被迫穿越時空，被迫知道不想知道的未來……甚至沒察覺自己還在遭受欺騙。」

這若有深意的一句話，令加茂不禁皺起眉。

「什麼意思？」

「我沒欺騙加茂！」

賀勒釋放出憤怒的紅光。雨宮轉頭看著葡萄酒瓶說：

「這是個好機會，你何不直接和她談一談？」

於是，加茂拿起那個綠色酒瓶，用力拔掉瓶栓，對著廚房的流理台翻轉瓶身。瓶內的沙漏隨著水一起落下。

「你終於願意聽我說話了……」

那沙漏釋放出淡淡光芒，發出比賀勒高亢一些的女聲。加茂想也不想地問：

「『黑暗卡西奧畢亞』，告訴我，他說我被賀勒欺騙，是什麼意思？」

「立刻將她扔回瓶裡！」

賀勒大聲呼喊，但加茂沒理會。「黑暗卡西奧畢亞」嗤笑道：

「賀勒一定告訴你，只要回到二〇一八年，就可以跟伶奈過著幸福快樂的日子，對吧？那根本是一派胡言。」

「夠了，別聽她說話！」

「麥斯達．賀勒，你給我住口……加茂，只要動腦想一想，便會明白這是個騙局。你和伶奈結爲夫妻的契機，正是『龍泉家的詛咒』。一旦這個詛咒消失，你和伶奈根本不會相遇。換句話說，等著你的是一個沒有伶奈的未來……這是你要的未來嗎？」

文香聽到這裡，不由得倒抽一口氣。加茂心裡很清楚，眼前的邪惡沙漏沒撒謊。但他只是揚起嘴角，露出古怪的微笑。

「我早就知道了……」

賀勒說過，「加茂的性格與資料庫中的紀錄有著極大的出入」。加茂明白這是伶奈對自己造成的影響，卻也因賀勒的這句話而徹底絕望。

賀勒的資料庫，記錄的是「遭『黑暗卡西奧畢亞』竄改之前的歷史」。所謂的「龍泉家的詛咒」，正是「黑暗卡西奧畢亞」竄改歷史的行爲。既然資料庫中記載的加茂性格與現實有著極大出入，代表一旦沒有「龍泉家的詛咒」，加茂與伶奈根本不會相遇。

加茂從很久以前，就認爲能與伶奈結婚簡直是奇蹟。這種近乎直覺的想法，事實上相當正確。唯有在遭「黑暗卡西奧畢亞」竄改後的失衡世界中，他才有機會與伶奈結爲連理。

加茂的話一出口，第一個表現出驚訝的是雨宮。他看著加茂的眼神，簡直像看見一個超越常理的外星人。「黑暗卡西奧畢亞」也激動地說：

「既然你知道……爲什麼還要跟我作對？」

「因爲妳是殺人魔，是想把未來搞得一團亂的犯罪者。」

「但我不是你的敵人。」

「妳只是不敢殺我而已，因爲我是瑪麗斯的祖先。」

「爲什麼你還是想不通？我跟那個頑固的賀勒不同，我可以依照你的心願，將未來改變成對你最有利的狀態。你可以繼續跟伶奈生活在一起，我還可以帶你們前往二〇五〇年的未來，以最先進的醫療技術治好伶奈的病。」

面對這個誘惑，加茂深深搖頭，說道：

「沒必要。聽說免疫失調的疾病，往往是壓力太大所引發……只要沒有『龍泉家的詛咒』，未來的她應該不會罹患急性間質性肺炎。」

「但你會從她的生活中消失。」

「沒關係，只要她能夠健康……就算沒遇到我，她也會獲得幸福。」

說完這句話，加茂低頭看著胸前口袋裡的賀勒，問道：

「記得你上次說過，時空穿越裝置的弱點是火？」

「沒錯，在某些特殊的情況下，必須摧毀時空穿越裝置，因此設計人員故意讓我們對高溫毫無抵抗能力。只要把我們放在火裡，包含ＡＩ在內的所有資料都會消失。」

「黑暗卡西奧畢亞」仍在大聲嚷嚷，加茂捏起她走向廚房，放進陶瓷的菸灰缸。不管是雨宮的怒吼聲，還是沙漏發出的尖叫聲，加茂全充耳不聞。他掏出懷錶看了一眼，說道：

「現在是九點五十五分，『黑暗卡西奧畢亞』的能力馬上就要恢復……誰的身上有打火機或火柴？」

幻二與月惠同時遞出火柴與打火機，加茂伸手接過，然後拿起一條白色毛巾，撕下一小角，輕輕包住「黑暗卡西奧畢亞」。做完這些動作，只花了不到三分鐘。

接著，加茂擦亮火柴，扔進菸灰缸。

他睜開眼睛一看，眼前是一片熟悉的景象。附近有石牆和垂枝櫻，停車場另一頭是H醫療中心。

「……我回來了？」

「我將目的地設定爲二〇一八年五月十九日下午一點二十分，但從太陽的位置來判斷，現在應該已過下午三點。」

聽到賀勒的回答，加茂噗哧一笑。

「這一點誤差根本不重要……唔，好冷。」

加茂趕緊脫下被雨淋濕的外套，雙手忍不住在胳臂上摩擦。進行時空穿越的過程中，一些雨滴及一部分地面被帶到現代。加茂腳下半徑一．五公尺範圍內的地面全是濕的，還有著凌亂的草葉及泥土。

進行移動之前，加茂燒毀「黑暗卡西奧畢亞」。

轉眼之間，那個沙漏就完全被橘紅色火焰包覆，裂成碎塊。雨宮目睹這一幕，眼神變得呆滯，簡直像丟了魂魄。

爲了躲避土石流，文香等人帶著失去抵抗意志的雨宮走出拖車，逃往荒神社。走在最後頭的加茂，以只有賀勒聽得見的音量說：

「我們回去未來吧。」

胸前口袋裡的賀勒驚訝地說：

「現在就走嗎?你還沒向他們道別呢。」

加茂面輕敲傘柄，凝視著毫不知情的文香等人的背影，說道：

「我們的任務結束了，不是嗎?文香的懷錶已還給她，別墅的鑰匙、握柄和小刀都放在拖車裡。就算現在離開，也不會有任何問題。」

「可是……」

「就算跟他們進了荒神社，也不知道要說什麼……我遲早得回未來，待得越久會越捨不得離開。何況，他們要是向我道謝，我也不知道該如何回應。」

「好吧，準備進行時空穿越。」

加茂將雨傘用力拋向遠方，任憑全身暴露在大雨中，朝著文香等人大喊：

「我要回二〇一八年了，大家再見!」

走在數十公尺前方的文香等人是什麼表情，加茂無法看清楚。這時，加茂才想起眼鏡還放在拖車裡，離開時忘了帶走。

「加茂先生!」

雨聲中摻雜文香的呼喚聲。

「好不容易撿回性命……妳要好好活下去!」

看見文香奔來，加茂頓時感到一股熱流湧上胸口。雖然一直期盼著回到未來的這一刻，但分離畢竟令人感傷。下一瞬間，文香等人的身影消失無蹤。

現下，加茂凝視著H醫療中心的二樓。

「未來已改變，對吧？」

「照理來說，應該已改變。龍泉家沒在『死野的慘劇』中遭到滅門，『黑暗卡西奧畢亞』的『詛咒』也不會發生。」

加茂微笑著說：

「伶奈恐懼的根源消失了，應該不會罹患急性間質性肺炎。」

「伶奈小姐患病的主因是壓力，她現在應該過著很健康的生活吧。」

加茂的臉上不知何時多了兩行淚水。

促使加茂與伶奈在一起的最大契機，正是「龍泉家的詛咒」。在這個詛咒不復存在的世界，伶奈根本不會認識加茂。雖然爲早有覺悟，眼淚還是流了下來。

「……只要她幸福地活在世上，我就心滿意足了。」

加茂說完，以雙手抹了抹臉，反覆深呼吸，讓心情恢復平靜。接著，他環顧四周，卻不知該何去何從。

「現在我該做什麼？我甚至不知道在改變後的世界裡，我做的是什麼工作，住在什麼地方。」

「那是因爲你的腦袋裡仍有改變前的記憶……一個月內，這些記憶會逐漸消失，符合改變後狀況的新記憶會慢慢浮現。」

加茂詫異地問：

「你的意思是，我無法一直保有現在的記憶？」

「不可能記得一清二楚。世上只有我才能做到這一點，因爲我的體內存在著另一個世界。」

「……我不想忘了現在的我。」

「如果不想忘記，我建議你寫下來。」

賀勒笑著回答。加茂瞪大雙眼問：

「寫下來就不會消失嗎？雖然不知道原理，但我以爲跟記憶一樣，所有紀錄都會消失。」

「請放心，我會入侵你的電腦。」

「什麼？」

「我會暫時保管你寫的文章，並在紀錄消失之後，將文章重新放回你的電腦裡。只要進了我的資料庫，檔案就不會被改變。」

「雖然很不想讓你讀我的文章……但還是謝謝你。」

「不客氣。」

加茂輕輕頷首，抬頭仰望醫院，沉思片刻後說：

「如果未來的變化太大……導致瑪麗斯根本沒出生，又會怎樣？」

「這是個很難回答的問題。假如沒有瑪麗斯，你就沒有理由穿越時空回到過去，但你沒穿越時空回到過去，瑪麗斯就沒理由不出生。」

「這不也算是一種因果矛盾嗎？」

「但這個世界有自我修正的機能……根據我的經驗，就算沒有瑪麗斯，你的子孫中還是會有另一個人做出類似的事情，促使『黑暗卡西奧畢亞』出現在未來的世界。」

「我是殺人凶手的祖先，這一點不會改變？到時候又會有一個跟現在的我不一樣的我，爲了阻止『黑暗卡西奧畢亞』製造出另一種不同的『死野的慘劇』，穿越時空回到過去？」

「沒錯，到時候負責帶你回到過去的我，也不會是現在的我。以結果而言，『黑暗卡西奧畢亞』的陰謀還是會遭到阻止……我突然好期待親眼目睹新的未來。」

「你說話越來越不像ＡＩ了。」

加茂一面與賀勒交談，一面走向停車場的出口。雖然不知道該去哪裡，心情卻異常輕鬆。

走了一小段路，加茂錯愕地停下腳步。

「咦？」

前方停著一輛眼熟的車子。不管是車種或顏色，都與加茂的車子完全相同。走上前仔細一看，連車牌號碼也一樣。

加茂取出這幾天一直放在褲子口袋裡的汽車遙控器，戰戰兢兢地按下按鈕，車門鎖果然解除了。

「好奇怪，這似乎眞的是你的車……」

從賀勒的語氣聽來，他的驚訝似乎不下於加茂。

加茂鼓起勇氣拉開車門，望向車內。只見副駕駛座放著一個公事包，露出一疊資料，標題爲「呼喚幸福的都市傳說～奇蹟沙漏（暫訂）」。

「爲什麼？」

加茂忍不住大喊，同時將手探入公事包，裡頭掉出眼熟的皮夾，及一個名片盒。加茂從皮夾抽出駕照一看，和穿越時空前一樣，整個人在駕駛座上傻住了。

那確實是他的駕照，上頭記載的地址，跟改變過去前一模一樣。接著，加茂打開名片盒，抽出一張名片……雜誌社名稱和職銜完全沒變。

「難道……我們改變過去的行動失敗了？」

「不可能！『黑暗卡西奧畢亞』已被你銷毀，千眞萬確。」

「但你看看現實吧！什麼都沒有改變……伶奈搞不好還在住院……」

加茂焦急萬分，立即跳下車子，走向醫院。

「啊，加茂先生？」

背後忽然傳來呼喚聲。加茂愣了一下，轉頭一看，醫院的急診入口旁站著一名陌生的護理師。

「你沒戴眼鏡，我差點沒認出來……你太太正在等你呢。她打了你的手機，但是一直沒接通。」

「她還在加護病房嗎？」

加茂忐忑不安地問道。護理師一臉狐疑地說道：

「不，她沒換病房，仍在Ｃ２棟。」

聽到這句話，加茂再也按捺不住，胡亂道了謝，便轉身跑了起來。

來到醫院內的護理站，詢問「加茂伶奈」的病房號碼，得到的答案果然是在Ｃ２棟。加茂氣喘吁吁地跑到病房門口，先敲了門之後，將門拉開。

只見伶奈躺在病床上。

加茂首先確認的是伶奈的臉部。雖然打著點滴，但她的口鼻沒裝上氧氣面罩或其他類似的器具。加茂放下心中大石，癱坐在地。

「怎麼了？」

伶奈放下手中的雜誌，納悶地看著加茂。加茂急忙搖頭說：

「沒什麼……妳平安無事，我鬆了口氣。」

「嗯，目前爲止都很順利……大後天應該能如期出院。」

加茂點點頭，卻不明白爲何還能與伶奈維持夫妻關係，也不知道她住院的理由。

伶奈在床上坐起，露出戲謔的表情，問道：

「你為什麼看起來這麼落魄？不僅身上濕透了，而且衣服像穿了好多天沒換。」

加茂低頭看了一眼身上的衣服，苦笑著說：

「糟糕，可別把病房弄髒了。我還是先回家換個衣服再過來吧。」

不知為何，伶奈竟一副樂不可支的模樣，凝視著加茂好一會，問道：

「你的眼鏡呢？」

「這個說來話長。」

「我知道你的眼鏡在哪裡……」

一時之間，加茂以為聽錯了。但伶奈微笑指向床邊的抽屜。那是一個可上鎖的抽屜，方便病患放貴重物品，只見鑰匙插在上頭。

加茂拉開抽屜一看，裡頭放著錢包和各種住院的相關文件。抽屜的最深處，有一個古怪的東西……那是個老舊的金屬眼鏡盒，加茂從未看過。

打開眼鏡盒，加茂頓時嚇得目瞪口呆。

裡頭有一副毀損的眼鏡，底下鋪著一疊變成茶褐色的古老報紙。鏡框腐蝕嚴重，黑色漆料凹凸不平，破裂的鏡片完全褪成黃色。但變化再大，加茂仍一眼就認出來。

那正是他的黑框眼鏡。對加茂而言，將眼鏡遺忘在拖車裡的桌上，不過是兩個小時前的事。但對黑框眼鏡而言，似乎是歷經漫長的歲月才與主人重逢。

「這是……？」

伶奈點點頭，笑著說：

「冬馬，這就是你五十八年前忘記帶走的眼鏡。」

聽到這句話的瞬間，加茂似乎理解了一切。伶奈長年保留著這副眼鏡，只會有一種解釋。當年文香等人在拖車內發現這副眼鏡，並在多年之後，把來龍去脈都告訴了伶奈。

得知文香等人順利逃過土石流的襲擊，加茂不禁為他們感到高興，喃喃低語：

「看來，他們在很多年前就對妳洩漏了劇情。」

伶奈嫣然一笑，說道：

「文香姑婆沒有孩子，一直把我當親孫女一樣疼愛。小時候每次到文香姑婆的家裡玩，她都會提起你的事……說你是她的救命恩人，而且是我未來的眞命天子。」

加茂頓時面紅耳赤。看來，除了「名偵探」之外，文香又為他追加「眞命天子」的人物設定。

「好丟臉，聽得渾身不對勁。」

接著，伶奈突然有些悲傷地說：

「文香姑婆一直期待著這一天的到來。她很希望能夠再次與回到未來世界的你見面……可惜這個心願沒辦法實現。二〇〇四年，文香姑婆因心臟病過世了。」

直到剛剛爲止，文香一直在加茂的身邊，而且她還是國中生。那樣活潑好動的女孩，加茂實在無法接受她已過世的事實。

加茂垂下頭，不知該說什麼才好。伶奈平靜地接著說：

「對了……你記得嗎？我們舉辦婚禮時，幻二、月惠兩位老人家也都來了。當然，他們都假裝跟你是第一次見面。」

加茂記得當初結婚時，舉辦的是只邀請熟人參加的小婚禮，而且龍泉家沒有任何人出席。當然，這是歷史改變前的記憶。

於是，加茂輕輕搖頭說：

「抱歉，我還沒有妳說的那些記憶。或許聽起來很古怪，但我才剛改變過去，搞不清現在是什麼狀況。」

「沒關係，慢慢習慣就行了。」

「如果妳知道，能不能告訴我，『死野的慘劇』後來的結果？」

伶奈沒回答，默默指著眼鏡盒。加茂恍然大悟，取出墊在眼鏡底下的舊報紙。仔細一看，果然是兩張昭和三十五年的剪報。

第一張剪報上，寫的是雨宮廣夜遭逮捕的過程。在救援隊抵達之前，雨宮企圖自殺，但沒有成功，後來遭警方逮捕。

第二張剪報上，寫的是雨宮的死訊。雨宮自殺未遂，感染破傷風，在案發的三個星期後在醫院病逝……他雖然承認犯下多起謀殺案，但沒詳細描述過程。

「到頭來……雨宮還是死了。」

加茂心中五味雜陳，將舊報紙放回眼鏡盒。

「如果你想知道更詳細的往事，不妨去問幻二曾叔公。」

加茂先是吃了一驚，接著呵呵一笑，點頭說道：

「幻二還健在？」

「不僅健在，而且健康得不得了。他告訴我，你應該快從過去回來了，在東京的家裡等著你去拜訪他呢。」

如今幻二應該是八十五歲左右，加茂實在無法想像八十五歲的幻二是什麼模樣。關於這五十八年來發生的點點滴滴，加茂恨不得立刻向他問個明白。

「今晚我就去拜訪他吧……待會妳能不能告訴我，他在東京的地址和電話號碼？」

伶奈拿起智慧型手機，一邊說道：

「我們結婚的時候，幻二曾叔公眞的幫了我們很多忙。出院之後，我們帶著雪菜一起去拜訪他吧。」

「……雪菜？」

加茂驀然想起一件事。當初如果伶奈沒有流產，兩人的孩子預計在這個星期出生。同時，他的眼角餘光，瞥見椅子上擺滿祝賀順利生產的嬰兒用品。

新世界的第一天，加茂感覺人生竟如此燦爛明亮。

*

公車站牌旁的長椅上，坐著一名十二歲左右的少年。

少年看起來溫柔敦厚，卻有著不符合年紀的哀愁眼神。周圍來來往往的大人們沒有一個對他表達關懷之意。

「……你聽過奇蹟沙漏嗎？」

少年驚訝地抬起頭，眼前出現一個戴黑框眼鏡的男人。

關於沙漏的都市傳說，在學校裡相當流行，少年也聽過。但此時少年內心湧現的不是好奇，而是恐懼。少年從長椅上站了起來，轉身想逃走。

男人從胸前口袋裡取出一樣東西。少年看見那樣東西，剎時停下腳步。那是一條銀色的鍊子，前端連著一個裝有白色細沙的沙漏。男人彷彿在說悄悄話：

「偷偷告訴你，這就是奇蹟沙漏。我已靠他實現一個奇蹟，接下來輪到你了。」

男人硬將沙漏塞到少年的手裡。

「爲什麼要給我……？」

少年疑惑地問。正要離去的男人轉過頭，揚起嘴角：

「我也不知道，是他指定你為新的持有者，我只是照做而已。」

男人以下巴示意，少年明白「他」指的是沙漏。

「沙漏也會指定主人？太古怪了。」

「想知道理由，你不妨直接問他。」

留下這句話，男人便轉身消失在人群中。少年不知如何是好，只能低頭看著手中的沙漏。那沙漏釋放出淡淡的光芒，似乎想吸引少年的注意。

（全文完）

解說

《時空旅人的沙漏》解說——乘在光束之上找尋奇蹟

（本文涉及故事謎底，未讀正文者請愼入）

陳浩基

據說愛因斯坦的才華早在他少年時期已顯現。當時（十九世紀末）牛頓力學是無可撼動的金科玉律，古典物理學中時間和空間都是絕對座標，而電磁學新銳馬克士威在不久前發現光速有一個固定值，一八八七年邁克生和莫雷更發現光速不會因爲觀測者運動的方向和速度而改變。十六歲的愛因斯坦便想，假如有人能夠乘坐在一束光之上，以光速飛行，那他會看到「靜止」的光嗎？根據牛頓系統答案是會，但馬克士威、邁克生和莫雷的實驗顯示不會。這是怎麼一回事？

我們先將愛因斯坦放一旁，回來談《時空旅人的沙漏》這部作品。本作榮獲第二十九回鮎川哲也獎，京都大學推理小說研究會出身的作者方丈貴惠亦憑此正式出道，踏上推理作家之路。鮎川哲也獎由東京創元社主辦，屬於長篇推理小說徵文比賽，雖然比賽規則對作品類型沒有特定要求，但基於鮎川哲也以本格推理聞名，讀者和評審以至參賽者都對這獎項有共識，將「鮎川獎」視作與「具創意的本格推理」同義。

近年鮎川獎得獎及入圍作品中，採用獨特設定或世界觀、揉合其他小說類型的特殊本格推理有冒起之趨勢，比如第二十六回市川憂人的《水母不會凍結》、第二十七回今村昌弘的《屍人莊殺人事件》等等，而本作作者方丈貴惠在第二十八回的決選入圍作《從遙遠星球來的偵探》（遠い星からやって来た探偵）亦因為「偵探和犯人皆是外星人」的設定而受到評審注目。然後方丈貴惠再接再厲，翌年以結合「時間旅行」和「暴風雨山莊」的科幻推理《時空旅人的沙漏》參賽，贏得評審一致推崇。

雖然故事初段主人翁加茂便遇上神祕的時空引導者麥斯達．賀勒，交代了時間旅行的細節，訴說了妻子伶奈的病與家族詛咒的關係，但讀者大概會將這些情節當成「讓主角回到過去調查眞相的引子」，尤其翻開小說首兩頁便看到大宅平面圖、族譜和人物介紹表，這活脫脫是古典本格推理的格局，「時間旅行」似是包裝，是讓加茂充當「名偵探」、以局外人角度調查五十八年前一場發生於「暴風雨山莊」的連續殺人懸案的手段，換言之是「披著科幻外皮的傳統本格推理」。然而，假如讀者有這想法，便會掉進作者設下的漂亮心理陷阱，在第四章後段被殺個措手不及——原本應該被殺的漱次朗沒遇害，龍泉家當家太賀老爺卻消失了，眾人在石窯中發現屍體。這一刻作者才揭開這小說的眞正面貌，這是不折不扣、融合科幻與本格推理的特殊作品。

以「回到過去」為主題的科幻作品，對時間線的描述通常有兩種，一是主角改變了過去的事件，造成平行世界的出現，一是無論主角怎努力也無法跨越「歷史之壁」，注定發生的事情終究發生。推理作品裡，主角爲了調查而回到過去，故事流向往往採用後者，因爲對讀者而言，推理的最大目的是「揭露眞相」，而且「眞相只有一個」，「改變過去」可沒有必要性；《時空旅人的沙漏》最令人意外的，並非故事主軸採用另一種流向，主角抱著改變過去的執念，嘗試拯救人命，而是更進一步的「主角所知的過去其實已經被犯人改變了」，即是說故事中發生在一九六〇年的事件有三個版本，分別是「原有歷史」、「被犯人改寫的狀況」和「主角插手後的現狀」。麥斯達·賀勒所知的是第一個，主角加茂認知的是第二個，而書中以現在進行式發生中的事件就是第三個。

一如作者在卷頭所寫，本作沒有使用敘述性詭計，以第三人稱的描寫沒有任何誤導或隱瞞，然而這有著很微妙的機關，因爲在「正常」的推理小說中，眞相該只有一個，本作卻「既是一個也是多個」。犯人的身分是固定的，動機也沒有因爲主角（和協助犯人的主腦「黑暗卡西奧畢亞」）穿越時空而有所改變，可是行凶方法、過程和次序卻三次皆不同，這些細節的落差，反而成爲主角和讀者公平地推理眞相的線索。

事實上，當主角察覺受害人和他認知的事實有所出入後，作者才向讀者展示本作最獨特的賣點：犯人不單知道偵探的身分，甚至比偵探知道得更多，而且他更和主角有著同等的能力，能操控時空。在古典本格推理中，偵探的身分是局外人，負責觀測案情、向讀者提供線索，好讓我們能公平地推理謎底；後期的本格作品中，犯人會故意提供虛假線索給偵探，偵探的地位不再超然，變成案情的元素之一。一般情況下，這會引導出所謂「後期昆恩問題」，即是由於偵探所得的線索存有犯人誤導的內容，作者無法公平確切地向讀者保證哪些證據爲眞、哪些爲誤導，令邏輯難以自洽；可是本作採用麥斯達．賀勒作爲解決方案，以他爲作者代言確保故事中所有陳述皆爲眞實，並且反過來利用「犯人和主角具備同等能力」這一點，讓讀者將偵探當成謎團構圖的元件，去進行推理。

當歷史不再重複，事件出現分歧，麥斯達．賀勒向眾人揭開身分後，故事的推理調性有著不尋常的轉變。讀者原來的推理建立在現實邏輯之上，而在加茂知悉「黑暗卡西奧畢亞」的存在以及自己被選中的理由後，讀者用作推理依據的邏輯規範便大幅擴展，故事初段提及的時間旅行法則必須全數納入考慮之內。科幻推理一向不易創作，原因在於很容易讓讀者認爲「無理可推」，邏輯規限的界線稍有模糊，便會招來「這不是推理」的指責，在鮎川獎這類嚴謹的推理小說徵文獎中評審和讀者的審視角度就更爲挑剔。本作作者無懼這些挑戰，合理而流暢地將最重要的科幻元素規條設定在第一章交代，結末詭計核心亦是建立在這些邏輯之上，充分展現本格推理「公平」的重要性。

在這兒我們要談回文首提及的愛因斯坦了。牛頓和馬克士威的理論互相矛盾，愛因斯坦想出了眞正的答案：既然光速不變，那改變的是空間和時間就好了，時間和空間並非絕對，會隨著觀測者改變而膨脹或縮小，一個坐在接近光速的飛船上的乘客在船內度過一分鐘，船外的世界可能已經過一千年。這便是狹義相對論的原點，也是愛因斯坦

「跳出思想框框」的例子。方丈貴惠在本作的謎團設計上，正好示範了相同的「跳出框框」。

在傳統本格推理中，有一些元素是我們習以為常、當成「不可撼動」的規條，像「犯人不可能穿牆進入密室」、「擁有不在場證明的不可能是犯人」等等。嫌犯離開眾人視線幾分鐘，按道理不夠時間殺害兩人再布置屍體，故此該人物擁有不在場證明——這概念扎根於本格推理迷腦袋裡，猶如牛頓定律一樣被奉為圭臬；而作者就將它當成盲點，巧妙利用科幻小說中時間可以操控的設定，將不可能化成可能，打破既有概念。原則上，以「時間旅行」來突破「不在場證明」多為推理迷詬病，視作犯規行為，但本作作者用的是更高明、更跳出框架的手段，沒有將時間旅行用在犯人身上，反而把主角和在拖車中的第三者送到未來製造認知差異，讓犯人有足夠時間行凶。

為了令這個獨特的詭計顯得公平合理，作者花的工夫不少，比如設定「時間旅行有五公尺的位移和前後兩小時的不確定性」、「轉移空間為邊長三公尺的立方體」等等，乍看下它們只是用作加強科幻玩味，但其實這些皆是「制約」，用來限制作品中的科幻邏輯範圍。這些制約排除了犯人使用時間旅行突破密室的可能（在室內使用的話便會令牆壁和地板被削去一截），但同時確保我們依然能以本格的角度公平地推理謎底。

解謎篇的二重解答也盡顯本格推理的醍醐味，文香的推理雖然有一定程度的合理性，但相較之下加茂的結論更簡潔自然，尤其是犯人令拖車和車中眾人跳躍二十四小時而非數小時，企圖以最後的殺著（土石流）解決餘下證人。犯人這種「一石二鳥」的詭計固然精湛可怕，但它亦同時提升了能識破詭計的加茂的名偵探個性，加強本格推理色彩。

最後我必須提出，縱使這是一部集中於詭計與邏輯的本格推理作品，作者在故事核心隱含的善意也絕對是不容忽視的要點之一。加茂早知道改變過去，妻子跟自己相遇的契機便會消失，可是他仍一意孤行，爲的是讓妻子逃過厄運，即使自己從此跟對方形同陌路。這種只求付出、不求回報的愛情可能只是冰冷的本格推理的小插曲，但結局呼應到一開始的「呼喚幸福的奇蹟沙漏」傳說，令這部作品不獨是一部有趣的推理小說，更是一個溫暖人心的故事。現實中大概沒有奇蹟沙漏，但假如能捨棄私心，也許我們都能像加茂冬馬一樣找到希望，迎來美好的將來。

作者簡介

陳浩基

香港作家，台灣推理作家協會海外成員，第二屆島田莊司推理小說獎得主。著有《13・67》、《網內人》、《魔笛》、《氣球人》、《第歐根尼變奏曲》等等。

E FICTION 43／時空旅人的沙漏

原著書名／時空旅行者の砂時計
作　者／方丈貴惠
原出版者／東京創元社
翻　譯／李彥樺
責任編輯／陳盈竹
業務・行銷／陳紫晴・徐慧芬
編輯總監／劉麗真
總 經 理／陳逸瑛
榮譽社長／詹宏志
發 行 人／涂玉雲
出 版 社／獨步文化
城邦文化事業股份有限公司
104台北市中山區民生東路二段141號5樓
電話：(02) 2500-7696　傳真：(02) 2500-1967
發　行／英屬蓋曼群島商家庭傳媒股份有限公司
城邦分公司
104 台北市中山區民生東路二段141號2樓
網址／www.cite.com.tw
讀者服務專線／(02) 2500-7718；2500-7719
服務時間／週一至週五：09：30～12：00　13：30～17：00
24小時傳真服務／(02) 2500-1900；2500-1991
讀者服務信箱E-mail／service@readingclub.com.tw
劃撥帳號／19863813
戶名／書虫股份有限公司
香港發行所／城邦（香港）出版集團有限公司
香港灣仔駱克道193號號1樓東超商業中心
電話／(852) 2508-6231　傳眞／(852) 2578-9337
E-mail／hkcite@biznetvigator.com
馬新發行所／城邦（馬新）出版集團
Cite (M) Sdn Bhd
41, Jalan Radin Anum, Bandar Baru Sri Petaling,
57000 Kuala Lumpur, Malaysia.
Tel: (603) 90578822
Fax:(603) 90576622
email:cite@cite.com.my
封面設計／高偉哲
排　版／游淑萍
印　刷／中原造像股份有限公司
●2021年 1 月初版
●2022年11月25日初版三刷
售價420元

 ISBN 978-986-99810-1-9

國家圖書館出版品預行編目資料

時空旅人的沙漏／方丈貴惠著；李彥樺譯.
–初版. – 台北市：獨步文化，城邦文化出
版：家庭傳媒城邦分公司發行，民110.01
面；公分. --（E fiction ; 43）
譯自：時空旅行者の砂時計
ISBN 978-986-99810-1-9（平裝）

861.57　　109018955